JN085317

第一章
没落令嬢フランセットは、
不思議なスライムを拾う
「あの、あなたのご主人様は、どこ?」
『わからなあい』

ガブリエル・
グリエット・ド・スライム
この国で公爵の権力に匹敵する〝魔物大公〟。
その一人であるスライム大公の青年。
有能で何でも一人でできるがゆえに、
周囲からは誤解されがちだった。
心優しいフランセットに
好意を抱く。
フランセット・ド
・ブランシャール
下町で暮らしていた公爵家の没落令嬢。
プルルンとの出会いをきっかけに
ガブリエルと婚約することに。
良いところ探しが得意で、
ガブリエルやその領地をどんどん
好きになっていく。

プルルン
ガブリエルにテイムされた
喋るスライム。
お風呂を沸かす、掃除をする、
護衛役もできる、
超有能なスライム。
アクセル・ド
・アダラード・ドラゴン
この国の第二王子にして、
剣技が優れた者に贈られる
ドラゴン大公を襲名した青年。
兄のせいで下町暮らしをすることになった
フランセットのことを心配している。

ガブリエルは突然、
私の傍にしゃがみ込んだ。
そして、私の手をぎゅっと握る。
「領地について、ここまで考えてくれた女性は、
あなたが初めてです。心から、嬉しく思います」

slime taikou to botsuraku reijou no
angai shiawasena konyaku
江本マシメサ
イラスト 凪かすみ
1
スライム 大公と 没落 令嬢の
あんがい
幸せな
婚約

口絵・本文イラスト　凪かすみ

contents

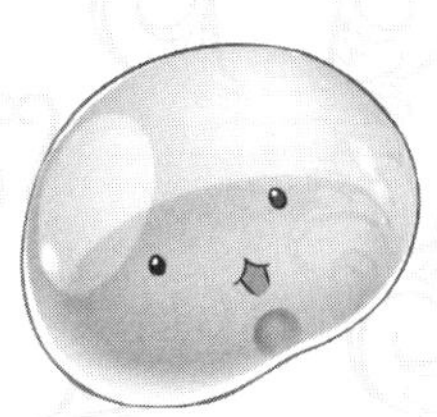

第一章◆没落令嬢フランセットは、不思議なスライムを拾う

婚約破棄され——国外追放を命じられた。

私フランセットではなく、姉アデルが。王太子マエル殿下から、衆目の前で糾弾されたのだ。

姉は真面目な性格で、辛い花嫁修業も文句ひとつ言わずにやりとげた。

それなのに、奔放な振る舞いをするマエル殿下を諫め、愛人に目立たないよう注意しただけでこの仕打ちである。

罰の対象は、姉本人だけに止まらなかった。実家である公爵家の財産はすべて没収。一晩にして没落した。隣国の皇女であった母は、国外追放された姉に付き添って家を出る。今は隣国で、親子共々元気に暮らしているらしい。

婚約破棄事件から二年後、喜ばしい話が飛び込んできた。なんでも、姉は隣国の皇太子と婚約が決まったらしい。

めでたし、めでたしである。

幸せを勝ち取った姉の妹である私はというと——国に残った父と共に、下町にある平屋建てでひっそり貧乏暮らしを続けていた。

なぜ、母についていかなかったのか。それは、社交界での付き合いにうんざりしていたから。

別に父が心配なわけではない。

ちなみに父は、毎晩愛人と遊び歩いている。財産は失ったものの、社交界いちの遊び人と言われた父は女性達に放っておかれなかった。父の世話は愛人達がしてくれるので、私は私の生活を守るばかりである。

没落令嬢であり、父親に放任された私と結婚したいと望む男性なんているわけもなく……。

魔法でも使えたら、妻にと望んでくれる家もあっただろうが。

なんでも、魔法使いは減少傾向にあるらしい。魔法使いの血を、と望む貴族は多いようだ。

私達ブランシャール家の者達は、魔法とは縁が遠い家系である。

もしも使えたら、魔法が付与された日常雑貨、〝魔技巧品〟を作ってひと儲けできるのに……と考えていた。

そんな私は現在、私は中央街にある菓子店にお菓子を納品し、生活費を稼いでいる。慈善活動に参加するために、お菓子の作り方を菓子職人からいくつか習っていたのだ。誰かを助けようと得た技術が、まさか自分を助けるとは。人生、何が起こるかわからないものである。

労働に勤しむ私を、可哀想だと哀れむ人達がいた。けれども気にしない。

今は働いて報酬を得ている。頑張った結果が、手元に残るのだ。その素晴らしさを、働かない者は知らないのだろう。

今、私は満たされている。

裕福ではないものの、平和でのんびりとした毎日を送っていた。

今日も朝から、アヒルの鳴き声で目を覚ます。起き上がって、ぐっと背伸びする。

窓から外を覗くと、新聞配達のおじさんに向かってガアガア鳴いているようだった。息を大きく吸い込んで、注意する。

「こら――！　新聞配達のおじさんに、喧嘩を売ったらダメ――！」

すると、アヒルは大人しくなった。

我が家にはアヒルがいる。名前はない。ただ、アヒルと呼んでいる。近所の公園で、人を襲うアヒルとして騎士達に追われているところを保護したのだ。貴族のペットか、どこかの養鴨場から逃げ出したのだろう。飼い主を探したが見つからず、結局私が引き取ることとなった。

父が購入したこの平屋建ての古い家には、アヒルが泳いだり水浴びしたりできる池があった。飼育するには、ちょうどいい環境だったわけである。

あの通りアヒルは獰猛な性格だ。敷地内に入ろうとする人を、容赦なく威嚇し、時には攻撃を仕掛ける。

いささか過激であったが、父がほとんど帰らない家に相応しい、番犬ならぬ、番鴨なのだろう。

ちなみに出入り口となる門には、暴力的なアヒルがいます、注意！　という看板を立てている。けれども、アヒルだから大丈夫だろうと思って、うっかり足を踏み入れてしまう人がいるのだ。

アヒルは新聞配達のおじさんから強奪(ごうだつ)した新聞を、持ってきてくれた。

窓から手を伸(の)ばすと、すり寄ってくる。私にとっては、懐(なつ)っこい、可愛(かわい)いアヒルであった。

「ありがとうね」

「さてと。今日も一日頑張りますか！」

没落する前は、侍女(じじょ)に優(やさ)しく起こされ、優雅(ゆうが)に紅茶を飲むところから一日が始まっていた。

財産を没収されてからは、使用人を置く余裕(よゆう)なんて欠片(かけら)もなかった。そのため、今はなんでも自分ひとりで行っている。

着替(きが)えや炊事(すいじ)洗濯(せんたく)、掃除(そうじ)など、すべて養育院で習っていたので、なんとか暮らしていけていた。フリルやレースたっぷりのドレスは、一枚も持っていない。今は下働きのメイドが着ているような、エプロンドレスを毎日まとっている。動きやすくて、案外気に入っていた。

昨日洗濯(せんたく)し、アイロンをかけたシャツに袖(そで)を通す。これまで着ていた服に比べて、肌触(はだざわ)りが悪い。こればかりは、いつまで経(た)っても慣れないものだ。

洗面所にいき、いくら磨(みが)いてもきれいにならない曇(くも)った鏡を覗き込む。ありきたりな茶色い髪(かみ)を前に、「はあ」とため息をついた。

姉は母譲(ゆず)りの、美しい黒髪(くろかみ)であった。私は残念ながら、父譲りの地味な髪色(かみいろ)だ。ただ、母と同じ藤色(ウィステリア)の瞳(ひとみ)は少しだけ自慢(じまん)である。

と、こんなことをしている場合ではない。

髪を丁寧(ていねい)に梳(くしけず)ったあと、後頭部でひとつにまとめた。樽(たる)に溜(た)めていた水で顔を洗い、歯を磨く。

これまでだったら、ここで化粧の時間である。今は、化粧品なんて持っていないし、化粧をする暇なんてなかった。

「よし！」

気合いを入れて、庭に出る。春の庭は、緑が鮮やかに輝いていた。アザミやデイジー、スカーレット・ピンパーネルなど、自生している草花が風に揺れている。

春とはいえ、まだ外は肌寒い。用事は手早く済ませなければ。

アヒルがバサバサと翼をばたつかせながらやってきて、私の前でぴたりと止まる。餌をねだっているのだろう。市場で処分される野菜の皮や、鮮魚店で売れなかった魚などを貰い、餌として与えていた。アヒルの分だけではなく、私が食べられる食材まで譲ってくれるときもある。市場の人達は私が、ドが付く貧乏なのを知っているため、皆親切にしてくれるのだ。そのおかげで、この通りなんとか暮らしていた。

ちなみにアヒルは害虫も食べてくれる。家庭菜園で育てた野菜を食らうバッタやコオロギを嘴で突く姿を見たときは、頼もしいと思った。

しかしながら、アヒルは野菜も大好物。虫を食べ尽くしたあとは、野菜の葉もつまみ食いする時があるので勘弁してほしい。

アヒルが餌を食べている間、寝泊まりしている藁の巣を覗き込む。

「あ、あった！」

あの凶暴なアヒルは雌で卵をもたらしてくれる。鶏のように毎日というわけではないものの、けっこうな頻度で産んでくれるのだ。

アヒルの卵は鶏の物と比べると、ひとまわりほど大きい。オムレツにすると、お腹いっぱい食べられる。今日もありがたいと思いつつ、卵をいただいた。

家庭菜園からはジャガイモとホウレンソウを収穫。ホウレンソウは若干、アヒルが突いたあとがある。分けっこしたと思えばいい。

朝食はオーブンで焼いたジャガイモと、ホウレンソウのオムレツ。それから庭で摘んだカモミールのフレッシュハーブティー。ジャガイモには、贅沢にバターをひと欠片落とした。オムレツには、手作りのトマトソースをかける。

新聞を読みながらいただく。アヒルの卵は、鶏より若干濃厚に感じた。牛乳やバターを混ぜなくとも、クリーミーに仕上がっているのだ。丹精込めて育てたジャガイモは、ホクホクでおいしかった。

カモミールティーは甘い香りがたまらない。春を凝縮させたような、さわやかなお茶である。以前、これを飲んだ父が「雑草茶だな」と呟いていたのを思い出し、若干腹立たしくなる。そう。父といえば、今日も帰らないというカードが届いていたが、それはさっさと処分した。朝食が終わったらお菓子作りを開始。台所に立ち、おろしたてのエプロンをかける。今日作るひと品目のお菓子は、〝サクリスタン〟というスティック型のアーモンドパイだ。昨日の夜仕込んでおいたパイ生地をめん棒で広げ、フォークを使ってまんべんなく穴を空ける。伸ばした生地に卵黄を刷毛で塗り、砕いたアーモンドを振りかけた。これに生地を重ね、ズレないようにしっかりめん棒で圧力をかける。生地の表面にも卵黄を塗り、アーモンドとグラニュー糖を散らす。スティック状にカットした生地をしばし乾燥させたあと、生地をねじる。これを、温めておいたオーブンで焼くのだ。

焼けるのを待つ間、余った卵白で〝ラングドシャ〟というクッキーを作る。

魔法仕掛けの保冷庫から一時間前に出して室温にしたバターをクリーム状にし、粉砂糖、卵白、バニラビーンズを入れて混ぜ合わせる。これに小麦粉を加え、生地になじませた。この生地を袋に詰めて、油を塗った鉄板にスティック状に絞っていく。あとは焼くだけ。

そうこうしている間に、サクリスタンがいい感じに焼き上がる。オーブンの蓋を開くと、アーモンドの香ばしい匂いが台所に漂う。こんがりキツネ色に焼けていた。

このサクリスタンというお菓子は、なんとも不思議な響きだ。名前の由来は、教会にある。儀礼で使用する装飾品や杖を管理する人を、サクリスタンと呼んでいるらしい。そのサクリスタンが持つねじれた杖に、このお菓子が似ているところから名付けられたようだ。

ひとつ味見してみる。層になった生地はサクサクと口当たりが軽く、ふわりとアーモンドが香る。グラニュー糖のザクサクとした食感も、いいアクセントになっていた。

うん、おいしく焼けている。

今日はサクリスタンとラングドシャの他に、サブレとフィナンシェを焼いた。完成したお菓子はバスケットに崩れないよう丁寧に詰めていく。

納品はいつもお昼前だ。今日も、いい感じの時間に届けられそうだ。

麦わら帽子を被り、裏口から外に出る。正面玄関からだと、アヒルに付きまとわれてしまうのだ。ご近所さんもアヒルを警戒し、訪問するときは裏口からである。

てくてくと下町の通りを歩いて行く。この辺りは王都とは思えないほど、のどかだ。街路樹はリンゴである。可憐な白い花がちらほら咲いていた。あと十日も経てば満開だろう。

秋は下町の子ども達と鳥が、リンゴの争奪戦をする。硬くて酸味が強い品種だが、ジャムにするとおいしいらしい。下町に住み始めて二年だが、私はまだ口にしていない。争奪戦に勝てる気がしないから。いつか勝利を味わいたい。密かな野望である。

お菓子を納品しているのは、庶民御用達の菓子店。ここで、以前我が家に勤めていた菓子職人が働いているのだ。

文無し、財なし、仕事なしとなった私を見かねて、作ったお菓子を買い取ってくれるよう、店主にかけあってくれた。命の恩人と言っても過言ではない。

赤レンガに緑の屋根が可愛らしい、菓子店。古くから王都の人々に愛されるお店だ。

扉を開くと、カランカランと音が鳴った。

「いらっしゃい――って、フランセットじゃない」

「ごきげんよう、ソリン」

「ごきげんよう～」

笑顔を向けてくれる女性の名はソリン、菓子店の看板娘だ。仲良くさせてもらっている。ここへお菓子を納品するのは、二日から三日に一度。没落した私を気の毒に思い、手数料なしで委託してくれるのだ。

「今日の分は、これ」

「はいはい、受け取りました。こっちはこの前の売り上げ」

「ありがとう」

先日納品したお菓子は、無事完売したようだ。なんでも、私のお菓子を好む風変わりな常連さんがいるらしい。お菓子がひとつでも売れていると、酷く悔しがっているようだ。

二年間、毎日ここに通い、私が作るお菓子が納品されていないか調べにくるのだという。毎回、頭巾を深く被ってやってくるので、正体は不明。

「相変わらず、あなたの常連さん、怪しかったわー」

「話を聞く限りは、否定できないわね」

なんでもその常連さんというのは、訛りのないきれいな発音だが、信じられないくらい早口らしい。ひょろりと背が高く、まとう外套は贅が尽くされたもの。ソリンは二十代半ばから三十代半ばくらいの小金持ちだろうと推測している。

「なんか、ごめんなさいね。変な常連がいて」

「いいのよー。いつもチップを弾んでくれるから」

「だったらよかった」

お礼を言って帰ろうとしたら、ソリンが引き留める。朝焼いたパンを分けてくれた。

「フランセット、ジャガイモばかり齧っていたら、力がでないからね。きちんとパンを食べなさいよ」

「わかっているわ。パン、ありがとう」

ソリンに手を振って別れる。

小麦が焼けるいい匂いをかいでいたら、お腹がぐうっと鳴った。ジャガイモだけでは、腹持ちが悪いのだろう。ソリンの言う通り、パンを食べなければ。

けれども、小麦粉があったらパンよりお菓子を作って売りたい。そんな気持ちが湧き出てくるので、パンはいつも後回しになってしまう。

焼きたてのパンと、野菜を濃厚に煮込んだポタージュ、分厚く切られたベーコンに、半熟ゆで卵、温野菜のサラダ――没落する前の朝食は、今振り返ってみると豪華だった。

あの暮らしに戻りたいと強くは思わないが、食事だけは、少し贅沢をしたいと考えてしまう。

お菓子作りの他に、何か仕事を始めようか。以前、姉が教えてくれた占いを商売にしてみるとか。

水晶に魔力を流し、相手の運勢をみるのだ。魔法の才能がなくても、呪文と少量の魔力で占えるらしい。ただ、占い用の水晶を買うお金がない。

がっくりと肩を落としていたら、道ばたに薄紅色のつるりとした球体を発見する。

あれは、もしかして水晶⁉　色付きなんて珍しい。

道ばたに転がっているなんて、こんな偶然などあるのだろうか？　ただ、落とし物には持ち主がいる。まずは、騎士隊の詰め所に届けるのが先決だろう。一年間、持ち主が見つからなかったら、拾い主に権利が譲渡されるのだ。

ひとまず騎士隊に届けて、一年後、権利が譲渡されたら占いを始めようか。

なんてことを考えつつ、すぐに駆け寄って水晶を拾い上げる。土が付着して汚れた水晶は、私が手にするとぐにゃりと歪んだ。

「え――うわ‼」

ここで気づく。道ばたに転がっていたのは水晶ではなく、スライムだったことに。

スライム――体の九割以上が水で構成された、最弱と名高い魔物である。戦闘職でない一般人でも、足で踏み潰したら倒せるくらい弱い。

薄紅色の体には、魔力を蓄積させる中核があった。泥まみれだったので、気づかなかったのだろう。

つぶらな目が付着した泥の間から覗く。元気がないのか、目をショボショボさせていた。

スライムだと気づいた瞬間、投げようとした。けれども目が合ったのでできなかった。

澄んだ瞳の持ち主だ。それにもしも、敵意があればすでに私は攻撃されている。ここは街中。魔物は大魔導師の結界で入れないようになっているのだ。

つまり、このスライムは手懐けさせた状態なのだろう。

おそらく飼い主がどこかにいるはずだ。

しばしスライムと見つめ合っていたが、いつまでもそうしているわけにはいかないだろう。

ダメもとで問いかけてみる。

「あの、あなたのご主人様は、どこ？」

『わからなあい』

「しゃ、喋った!!」

腰を抜かしそうになるほど驚いてしまう。叫ばなかった私を褒めてほしい。

『み、みず……』

「水？」

『ひからびるう』

「ええっ、干からびる？　ちょっ、ちょっと待って、耐えて!!」

近くに養育院がある。お菓子が入っていたカゴにスライムを入れて、慌てて駆けていった。

子ども達に見つからないように、裏口からそっと足を踏み入れる。

井戸に向かい、水を汲んで引き上げた。

どうしようか迷ったが、カゴに入れたまま水をかけてあげた。

『はあー、いきかえるうー』

泥が落ち、プルプルツヤツヤのスライムに生まれ変わった。ホッと胸をなで下ろす。

まだ水を欲していたので、桶に水を満たしてそこにスライムを入れてみた。すると、鼻歌を歌いつつ、泳ぎ始めた。

こうして見ると、スライムは可愛い。つんつん突きそうになったが、寸前で我慢する。可愛く見えても、相手は魔物だ。用心に越したことはない。

私が魔物について詳しいのは、養育院の子ども達が〝魔物大公〟の物語を好んでいるから。

物語というよりは、歴史の記録と言ったほうがいいのか。ほんの少し脚色されているだけで、そのほとんどが実際に過去に起こった大事件だという。

もう百回以上は読んだので、しっかり暗記していた。

スイスイ泳ぐスライムを眺めながら、七大魔物大公の物語を記憶から掘り起こす。

――かつて世界は最強最悪の、七体の魔物に蹂躙されていた。

強力なブレスで、街を一瞬にして焼き尽くす〝ドラゴン〟。

船で勇ましく戦う者達を、歌声ひとつで溺れさせた〝セイレーン〟。

ワイバーンに跨がって剣をふるう空騎士を、魔法で次々と墜落させた〝ハルピュイア〟。

人々を喰らい、知能と力を得る〝オーガ〟。

出口のない大森林に人々を誘う〝トレント〟。

群れを率いて襲いかかる〝フェンリル〟。

底なし沼のように人々を呑み込む〝スライム〟。

暗黒時代は長くは続かなかった。七体の魔物を屠る者達が現れたから。

国王は魔物を倒した者達を英雄とし、王族に次ぐ権力を持つ爵位を与えた。

ドラゴンを倒した王子には、ドラゴン大公。

セイレーンを倒した漁師には、セイレーン大公。

オーガを倒した冒険者には、オーガ大公。

トレントを倒した炭焼き職人には、トレント大公。

フェンリルを倒した騎士には、フェンリル大公。

ハルピュイアを倒した神官には、ハルピュイア大公。

スライムを倒した地方領主には、スライム大公。

千年経った今でも、魔物大公は存在する。

ドラゴン大公は王家の中でもっとも剣技が優れた者に贈られる、名目(カートシー・タイトル)だけの爵位であった。

ドラゴン大公で思い出す。

現在のドラゴン大公である第二王子アクセル殿下は、真面目で謹厳実直、徳や品位に溢れ、教養もある非常にすぐれた御方だ。姉はアクセル殿下と結婚するほうがよかったのではないか、と思うくらいである。

アクセル殿下は私にもお優しかった。未来の義妹として、気に掛けてくださったのだろう。

実家が凋落の目に遭った時も、行く当てがないのであれば、身柄を引き取るとまでおっしゃってくれたのだ。

もちろん、アクセル殿下のお世話になるわけにはいかないので、丁重にお断りした。

『はあー、いいみずだったあ』

スライムの満足した声で、ハッと我に返る。スカートにハンカチを広げた状態でポンポンと膝を叩くと、スライムは跳び乗ってきた。

濡れた体を拭こうと思ったのだが、スライムなので不要だったようだ。

けれども、ハンカチを気に入ったようなので、そのまま包んでカゴに入れた。

ちょうど、院長が通りかかったので声をかける。

井戸を使ったことを伝えたら、いつでもどうぞと微笑みながら言ってくれた。

「すみません、今日は急いでいるので、また訪問します」

「はい、楽しみにしていますね」

院長と別れ、小走りで向かった先は騎士隊の派出所。男女の騎士がいて、私に気づくと女性のほうがやってくる。

「いかがなさいましたか？」

「あの、テイムされているスライムを拾ったのですが、主人から届け出があるか、調べていただきたいのですが」

「スライム……？」

「こちらです」

「ああ、たしかに」

騎士は棚から、落とし物（※未解決）と書かれた冊子を抜き取り、スライムの所有者から連絡がないか調べる。

「残念ながら、届け出はないようです」

「そうですか」

「こちらの書類に、ご記入いただけますか？」

「あ、はい」

どこで拾ったかとか、どんな状態だったとか、詳細を書いていく。書類とともにスライムを差し出したが、受け取ったのは紙だけだった。

「申し訳ありません。騎士隊では、生体を預かれないのです。所有者が名乗り出た場合、連絡しますので、その……」

「私が、このスライムの面倒を見るということですか？」

「はい」

どうやら私は、とんでもない存在を拾ってしまったようだ。

即座に腹を括る。拾ってしまったものは仕方がない。私がしばらくこの子の身柄を預かっておこう。

念のため、スライムに問いかける。

「あの、ご主人様が見つかるまで、うちに滞在してもらうけれど、いい？」

『いいよう』

いいらしい。そんなわけで、人生で初めてスライム同伴で帰宅する。

自宅の門を開くと、アヒルが飛んできた。

「う、うわ！」

門が越えられるくらいの高い飛行である。アヒルは飛べないと聞いていたのだが……。というか、あれだけ飛べるのであれば、いつでも脱走できる。おそらく、できるけれどしないのだろう。

近所迷惑になるので、ここを気に入って定住地にしてくれてよかったと思う。

ガアガア鳴いて私の足下に付きまとうアヒルを、優しく撫でる。畑からニンジンを間引いたものを与えると、喜んで食べていた。

昼食はチーズグラタンでも作ろう。その前に、スライムをどこに置いておけばいいものか。

「ねえ、あなた――あ。名前、聞いていなかったわね」

スライムというのは種類名である。人に対して「人間」と呼びかけるようなものだ。意思の疎通ができる以上、名前を聞いておいたほうがいいだろう。

カゴの中のスライムを覗き込む。つんつんと突いたら、パチッと瞼を開いた。

「あなたの名前を聞いてもいい？」

『なまえは、プルルン、だよお』

「プルルン……。わりと見た目そのままの名前ね」

一方的に名乗らせるのも悪い。私も名乗っておく。

「私は、フランセット」

『フラン』

「フランセット！」

『フラ！』

長い名前は覚えられないようだ。まあ、いい。名前がわかったところで、質問を投げかける。

「プルルンは、落ち着く場所とか、のんびりできる場所とか、あるの？」

『おふろー！』

「ああ、なるほど、お風呂ね」

さっそく、浴室に連れて行く。魔石水道を捻って浴槽に水を満たす。

プルルンは喜んで、水に飛び込んでいった。

『はー、ごくらく、ごくらく』

「ごくらくって何？」

『わかんない』

「あ、そう」

ひとまず、プルルンはここに置いておいて。朝に収穫したジャガイモを使って、チーズグラタンを作ろう。これも、養育院でよく作っていた定番メニューである。

まず、ジャガイモを薄切りにしてバターで炒める。次に鍋にバターと小麦粉を入れて、牛乳を加えつつぐつぐつ煮込んだ。とろみがついてきたら、ホワイトソースのできあがり。

ジャガイモをグラタン皿に並べ、黒コショウをパッパと振る。上からホワイトソースを被せ、チーズをたっぷりとふりかけてオーブンで焼く。

表面にこんがり焼き色が付いたら、チーズグラタンの完成だ。実家で食べていたチーズグラタンにはトリュフが入っていたが、これはこれでシンプルでおいしい。庭で間引きしたニンジンで作ったサラダと、ソリンから貰った白パンを添えたら、立派なごちそうである。

グラタンはアツアツのうちに頬張る。フォークでジャガイモを掬うと、チーズがみょーんと伸びた。ホワイトソースが絡んだジャガイモは、クリーミーな味わいになる。文句なくおいしい。口の中ではふはふ冷ましつつ、どんどん食べ進めていく。

途中から、ホワイトソースをパンの上に載せて頬張る。小麦粉に小麦粉を合わせる食べ方だが、これが信じられないくらいおいしいのだ。

お腹いっぱいになったところで、しばし休憩する。

その前にプルルンを確認しなければ。『きゃー』という声が聞こえ、ギョッとする。浴室を覗き込むと、プルルンは満面の笑みを浮かべ、浴槽の中で沈んだり、浮かんだりを繰り返しているようだった。楽しそうだったので、そのまま放置しておく。

しばし休憩し、午後からは養育院へ持って行くお菓子を作る。子ども達の大好物、〝修道女のため息〟だ。簡単に言うと、一口大の揚げドーナツである。

子ども達が大好きなあまり、修道女がため息をつくほど作らされた――という由来は後付けらしい。

本当の名前は、〝修道女の屁〟。

詳しい話は存じないが、修道女の屁がきっかけでできたおやつなのだ。

鍋に牛乳、水、溶かしバター、塩、砂糖を入れて加熱する。沸騰したら火を止め、強力粉と薄力粉を加えて混ぜる。生地がまとまってきたら、溶き卵を追加し練るように木べらを動かす。生地がスライムみたいにとろーんと粘着質になったら、絞り袋へ詰めた。温めた油に、生地を絞っていく。急いでいるときは、ナイフでどんどん削ぐように落としていくのだ。

生地はシュワシュワ音を立てて揚がっていく。キツネ色になり、油にぷかぷか浮かんできたら掬い上げる。油をしっかり切ったあと砂糖をまぶしたら――〝修道女のため息〟の完成だ。

ひとつ味見をしてみる。表面はサクサク、中の生地はむっちり。素朴なおいしさがあるお菓子だ。明日、渡そうと思っていたが、これはやはり揚げたてがおいしいだろう。

これから養育院へ持って行くことにした。一応、プルルンに声をかける。

「プルルン、これから出かけてくるけれど、どうする？」

『んー、るすばん、してるう』

「そう。よろしくね」

『はあい』

留守番ができるスライム、優秀過ぎるだろう。裏口から出て、養育院を目指す。

門にシスターがいたので、そのまま手渡した。

「まあ！　〝修道女の屁〟！　おいしそうですわ」

「シスター、それは〝修道女のため息〟よ」

「そうでしたわ。子ども達が使うものだから、つい」

子ども達の顔を見ていこうと思ったが、シスターに止められる。

「早く帰ったほうがよろしいかと。ガラの悪い男達が、誰かを探しているようで」

「まあ、怖(こわ)い」

「なんでも、豪商(ごうしょう)の奥方(おくがた)に手を出した不届き者がいるとかで」

「なんて酷い。天罰(てんばつ)ね」

「本当に」

子ども達と遊ぶのはまた今度だ。こういうときは、さっさと帰って、お風呂に入って、早めに眠(ねむ)ったほうがいいのだろう。

「シスター、それではごきげんよう」

「ええ、ごきげんよう」

急ぎ足で帰宅する。

プルルンはお利口にお留守番をしていたようだ。

「あ、プルルン、お風呂借りていい？　またあとで、水を張ってあげるから」

『おふろ、はいる？』

「ええ」

『あたたかい、ざぶーん、ごしごし？』

「そうよ」

『プルルン、できるよお』

「できる？」

プルルンの色が、透明から赤に変わっていく。水の表面に魔法陣が浮かび上がり――水が一瞬でお湯となった。

『ゆかげん、どー？』

「あ、いい感じ」

『やったあ』

お湯を沸かせるスライムなんて、天才の発想だろう。プルルンのご主人様が教え込んだのか。

『みずはー、じょうか、して、きれいだよう』

「あ、そっか。ありがとう」

スライムが浸かっていたお風呂に、なんの疑問も持たずに入ろうとしていた。魔物は雑菌の温床である。ついつい失念していた。きれいにしたという言葉を信じ、入浴させていただく。

脱衣所に水を張った桶を置いたが、プルルンは浴槽に浸かったままだ。

「えーっと、プルルン、一緒に入ってもいいの？」

『いいよう』

「で、では、お邪魔します」

服を脱いで浴室に入る。まずは体を洗ってから。

石鹸に手を伸ばした瞬間、目の前からなくなった。

「え!?」

『ぶくぶくー』

声がしたほうを見ると、プルルンが石鹸を猛烈(もうれつ)に泡立(あわだ)てているではないか。

『あらいますー』

「なっ、えっ、嘘(うそ)――――!!」

泡を纏(まと)ったプルルンが、私の体を洗い始める。

「あ、あはははは、あははは、くすぐった、あははっは！」

『かゆいところは、ないですかー』

「いや、な、ないけど、あはははは！」

古い角質が剥(は)がれ落ち、全身ツルツルぴかぴかになった。

鏡を覗き込みながら、信じがたい気持ちになる。実家が没落して早くも二年。忙(いそが)しく過ごすあまり、スキンケアは後回しにしていた。その結果、肌(はだ)はガサガサ。目の下には隈(くま)が出現し、唇(くちびる)は荒(あ)れ放題(ほうだい)だった。それがどうだろう。プルルンに体を洗ってもらった結果、全身がゆで卵のようにつるつるピカピカだ。侍女達(じじょたち)が時間をかけてスキンケアしてくれたときよりも、肌は輝いていた。

「プルルン、ありがとう！」

『いいよう』

お礼に水を張り替(か)えようかと思っていたが、もう水はいいという。

『プルルン、ねむるう』

「そう」

大きなカゴにクッションを詰めた寝床でもいいのか。用意しようとしていたら、プルルンは寝台に跳び乗った。どうやら、一緒に眠るつもりらしい。

私も布団に潜り込み、毛布を被る。春とはいえ、夜は冷え込む。今日こそ、暖炉に火を入れたほうがいいのか。いかんせん、我が家は貧乏なので、毎晩暖炉を使う余裕なんてないのだ。

『フラ、さむういの？』

「え、あ、うん」

『だったら、プルルンが、あたためてあげるう』

そう言って、プルルンは毛布の中に潜り込む。何をするのかと思いきや、ぴったりと身を寄せたプルルンの体の熱がどんどん高まっていった。

冷たかった布団と毛布は、一気にほかほかになる。

『いかがですかあー？』

「温かいわ。ありがとう」

『どういたしましてえ』

プルルンのおかげで、温かい夜を過ごした。

翌日――今日は掃除の日だ。早起きして、張り切って箒を握る。古い家なので、定期的にワックスをかけないと、床が反り返って見るも無惨な状態になるのだ。
腕まくりをしていたら、プルルンが起きてくる。

「おはよう、プルルン」

『おはよう、フラ！』

目をショボショボさせていた。まだ眠いのだろう。

『なにを、しているのお？』

「お掃除よ。埃を掃いて、ワックスを塗るの」

『んー、それ、プルルンもできるよお』

「え？」

プルルンは床に張り付き、薄く伸びていく。慌てて椅子の上に避難した。

「なっ、えっ、嘘！」

まさかの光景が広がる。プルルンは床全体に膜を張ったような状態になり、一気に元の球体に戻る。ぷっと、口からゴミの塊を吐き出した。

『わっくす、ちょうだいー』

「あ、えっと、どうぞ」

プルルンはワックスを呑み込み、再び床に膜が張ったような状態に薄く広がっていく。元に戻ると、床はワックスが塗られていた。一瞬にして床はピカピカに輝く。

「わ、私がするより、かなりきれいかも……！」

プルルンを抱き上げ、感謝しつつ撫でる。すると、嬉しそうに目を細めていた。

それから庭の除草作業、アヒルへの餌やり、調理補助など、プルルンは多才な才能を私に披露してくれた。

「こ、これが、テイムされたスライムなのね！」

万能スライムプルルン、一家に一体、欲しくなってしまう。一瞬、「プルルン、うちの子になりなよ」と言いかける。喉から出る寸前に、ごくんと呑み込んだ。

プルルンにはご主人様がいて、今も捜しているかもしれない。プルルンも、不安だろう。

アヒルと戯れていたプルルンを抱き上げ、頬ずりする。

「私が絶対、プルルンのご主人様を探してあげるからね」

『うん、ありがとう』

プルルンの活躍もあり、仕事はお昼前に終わった。これから、街にプルルンのご主人様を探しに出かけようか。

一歩前に踏み出した瞬間、ハッとなる。ご主人様の家名を聞けば、一発でプルルンの帰るべき家がわかるだろう。

「そういえば、プルルンのご主人様の名前って覚えている？」

『ガブリエル！』

「ガブリエルってことは、男性ね。家名は？」

『ガブリエル！』

「……」

どうやら、覚えているのは名前だけらしい。なんていうか、非常に惜しい。

「プルルン、ガブリエルの家、わかる？」

『とおい！　ここじゃなあい』

「つまり、王都にガブリエルの家はないと？」

『そう！　いつも、ひゅん！　って、こっちにきてる』

「ヒュン？」

『そう』

ヒュン、というのは、ワイバーンか何かを使役（しえき）し、空を飛んで王都まで来ているということなのか。よくわからないけれど、王都を拠点（きょてん）としている人でないのは確かだ。

プルルンのご主人様は王都にやってきた商人か。それとも、社交期にあわせてやってきた貴族か。冒険者である可能性もある。

そういえば、テイムされた魔物は冒険組合（ギルド）に登録されているという話を聞いたことがあるような、ないような。

問い合わせに行ってみる価値はあるかもしれない。出かけようとしたそのとき、庭からアヒルの鳴き声が響き渡る。

「誰（だれ）かしら？」

窓から覗（のぞ）き込むと、手紙の配達人が門の前で右往左往していた。いつも夕方あたりにくるのに、今日はずいぶん早い。外に出て、手紙を受け取る。

「アヒルがごめんなさいね」

「い、いえ。その、速達です」

「速達？」

受け取ると、いつもの父からのカードであった。速達を使ってまで、何を知らせようというのか。愛人と、旅行に行くとか？

配達人にお詫びのチップを渡し、手を振って別れる。

家に戻り、ペーパーナイフを探していたら、プルルンが伸ばした触手をナイフに変化させ、封筒をカットしてくれた。

「ありがとう、プルルン」

『いえいえー』

カードを取り出すと、不可解な言葉が記されていた。一言「ごめん」と。

裏には何も書かれていない。なんに対する謝罪なのか。首を傾げていたら、再びアヒルがガアガアと騒ぐ。

「また、誰かやってきたの？」

プルルンを腕に抱え、外に出る。同時に、怒号が響き渡った。

「おい、クソ公爵サマよお、いるんだろう？　出てこいや!!」

門の前には強面で迫力がある、鋲がたくさん付いた服を着る無頼漢が大勢いた。

「ん、なんだ、女ァ？」

「こいつ、たぶん公爵の愛人でっせ」

「マクシムサマの奥方に手を出していながら、こんな小娘も囲っていたと～!?」

不可解な状況の中で、記憶の点と点が線で見事に繋がる。

昨日、養育院で聞いた「ガラの悪い男達が、誰かを探しているようで」というシスターの噂話。父の「ごめん」という謝罪。無頼漢の「奥方に手を出した」という一言。

これらの謎から推測するに、おそらく父は豪商の奥方に手を出し、どこかへ逃げたのだろう。娘である私を置き去りにして。

「マクシムサマは、公爵サマに損害賠償を求めている」

「額にして、二十万ゲルトだ！」

「なっ……！」

ありえない金額を提示され、言葉を失う。二十万ゲルトは貴族令嬢の親が用意する、持参金クラスの大金だ。財産を没収された父に、準備できるわけがない。

こうなるのがわかっていて、父は逃げ出したのだろう。本当に自分勝手だ。

どうすれば……どうすればいいのか。

迷っていたら、アヒルが「ガアーーーー!!」と叫んで男達に飛びかかろうとする。

「だ、だめ!!」

慌ててその身を抱きしめた。アヒルが無頼漢に敵うわけがないのに。暴れるアヒルを押さえつけておく。そうこうしているうちに、プルルンが触手を伸ばし、立派な伝説の聖剣を作りだしていた。まさか、戦う気なのか。

「プルルンも、ダメ！」

『どうしてぇ？』

「この人達を倒したとしても、なんの解決にもならないから！」

そう。ここを乗り切っても、父が訴えられることに変わりはない。

「なんだ？　よくよく見ればお前、いい女じゃないか。娼館に売り飛ばしたら、二十万ゲルトくらいすぐに稼げるだろう」

「なっ――!?」

無頼漢の男達は門を蹴り倒し、庭へ足を踏み入れる。恐怖で声がでない。心の底から恐ろしいと感じたときは、物語のように悲鳴など上げられないようだ。

「おら！　大人しく付いてこい!!」

太く、無骨な腕が伸ばされた瞬間、声が聞こえた。

「待ちなさい!!」

シ――ンと静まり返る。

声がした方向には誰もいなかった。数秒遅れて、生け垣がガサガサと音を立てて揺れる。髪に葉っぱを付けた男性がのそのそと四つん這いで出てきた。

立ち上がると、上背がある年若い青年であることがわかる。パールホワイトの長い髪をベルベットのリボンで結んでおり、銀縁の眼鏡をかけ、知的な雰囲気を漂わせていた。

年頃は二十歳前後だろうか。思いがけない場所からの登場に、驚いてしまう。

「ん、なんだあ、お前は」

「あなた方に名乗る名前は持ち合わせておりません」

「なんだと⁉」

気の短い男が、青年に殴りかかろうとする。しかし、近づく寸前で体が吹き飛んだ。

「え、どうして⁉」

蹲る男の腹には、緑色のスライムが跳ねていた。

『せいばーい！』

腹部を殴るような勢いで跳びはねているので、男は「うっ‼　ぐっ‼」と引き続き苦しんでいる。ここで、プルルンが叫ぶ。

『あ、ガブリエルだ』

「あの人が、プルルンのご主人様？」

『うーん、そう！』

無頼漢の男達の注目は、謎の青年ガブリエルに移ってしまった。

「なんだお前、突然邪魔しやがって」

「そんなひょろいなりだから、魔物なんぞ使役しているんだな」

「とっちめてやる‼」

五名ほどの無頼漢が、ガブリエルに襲いかかる。だが、先ほど同様、接近する前に弾け跳んでいった。大柄な男達を襲ったのはプルルン以外の、青、黄、赤、黒、緑という、色とりどりのスライム達。

『よわっちいな、おい！』

『くちほどにも、ないやつめ！』

『ぷぷぷ、くすくすくす！』

『まだあそぼうよ』

『つまんないの―』

ガブリエルが片手を挙げると、スライム達は細長い縄状に変化する。くるくると巻きつき、身動きが取れないような状態にしていた。

あっという間に、無頼漢の男達を制圧してしまった。プルルンが私の腕から飛び出し、ガブリエルのほうへと跳んでいく。私も、あとを追いかけた。

『ガブリエルだ―！』

プルルンはガブリエルの胸に飛び込む。が、勢いがよすぎたのか、「ウッ!!」といううめき声を上げ、その場に膝をつく。追いついた私は、彼を見下ろす形となった。

ついでだと思い、頭についていた葉っぱを落としてあげた。ガブリエルはギョッとしていたが、はらはら舞う葉っぱを見て私が何をしたのか察してくれた。

律儀に頭を下げ、感謝の言葉を口にする。

「あの、ありがとうございます」

「それは私の台詞よ。助けてくれて、ありがとう」

「べ、別に、私は、あなたを助けようとしたわけではなく――」

「そういえば、生け垣付近で何をしていたの？」

「それは！」

ガブリエルは突然その場に膝を突き、キョロキョロと挙動不審な様子で周囲を見回す。いったい何を探しているのか。

「えー、えー、えーっと、ですね……」

『ガブリエル、プルルン、さがしていた？』

「そ、そうです！　このスライムを、捜していました」

「そうだったの」

両手を差し出すと、ガブリエルはキョトンと見上げてくる。

「お手をどうぞ。そこにずっと座っていたいのならば、話は別だけれど」

「ありがとう、ございます」

ガブリエルの手を取って、ぐいっと引っ張る。プルルンはガブリエルの頭によじ登り、ベレー帽みたいな形状になっていた。

それが面白くて、笑ってしまう。

「な、なんですか？」

「ごめんなさい。プルルンが、面白くて」

「あ、なっ、こいつ、何を――」

と、笑っている場合ではなかった。無頼漢の男達をなんとかしなくては。このまま庭に転がしておくわけにはいかないだろう。

「騎士を呼ばなければいけないわ」

「ああ、それならば、私にお任せください」

ガブリエルは懐から紙を取り出し、指先でさらさらと何か書いている。よくよく見たら、指先に嵌める形のペンを装着していた。どんな仕組みでインクが出ているのか、わからない。

それを丁寧に折りたたむと、鳥の形となった。ふっと息を吹きかけると、本物の鳥のように空を飛んでいった。

「あれは――?」

「鳥箇魔法です。騎士隊に通報したので、すぐにこいつらを連行するかと」

お礼を言おうとしたら、家の前に大きな馬車が停まる。騎士ではないだろう。こんなに早く来るわけがない。

「あれは、ファストゥ商会の商業印ですね」

「あ!」

父が手を出したのは、豪商の奥方である。

豪商――ファストゥ商会なんて、世界的に有名な商人ではないか。なんてことをしてくれたのか。頭を抱え込む。

馬車の扉が開き、中から熊みたいにずんぐりむっくりとした中年男性が出てきた。年齢は五十前後か。目の下にはくっきりと黒い隈が浮かんでいて目つきは鋭（するど）い。立派な鷲鼻（わしばな）に、きつく結ばれた口元――目にしただけで震（ふる）え上がるような、威圧（いあつ）感を放っていた。

　私を見るなりスッと目を眇（すが）める。値踏（ねぶ）みされているようで、恐怖よりも腹立たしい気持ちがこみあげてきた。

　のし、のしとやってきた男性は、自ら名乗る。

「俺（おれ）はファストゥ商会の商会長、マクシム・マイヤールだ。ここは、メルクール公爵の家で間（ま）違（ちが）いないか？」

「ええ。申し訳ないけれど、父は不在よ」

「おお、そうだったか」

　周囲に男達が倒れているのは一目瞭然（いちもくりょうぜん）。それなのに、気づかないふりをして話を続ける。マクシム・マイヤールは大商人。とんだ食わせ物なのだろう。弱みなど絶対に見せてはいけない相手だ。

「話は、聞いているだろうか。父君の悪行を？」

「全部は知らないけれど、少しだけ。そこに転がっている人達から聞いたわ」

「そうか、そうか。ああ、こいつらは、うちの若いのがけしかけた。悪かったな」

「いいえ」

　悪いのは間違いなく父だが私は関係ない。認めて謝（あやま）るつもりなんてなかった。

「まさかメルクール公爵が、愛する我（わ）が妻を連れて駆（か）け落（お）ちするとは、思わなかった」

「え⁉」

「家には、帰っていないのだろう？」

「え、ええ」

てっきりひとりで逃げたのかと思っていた。まさか一緒に姿を消していたとは。

「こちらも一生懸命捜しているが、見つからん。俺は酷く傷ついている。誠意を、示してもらおうと思ってな」

「賠償金の二十万ゲルト？」

「そうだ」

私が一生お菓子を焼いても、稼ぎきれないような金額だ。先ほど無頼漢の男達が話していた、娼館ならばどうにか工面できるかもしれないが。

マクシム・マイヤールは、選択肢をふたつ提示する。

「そうだな……ひとつめは、娼館で稼ぐか。ふたつめは、三日以内に父を捜すか」

三日以内に見つからなかったら娼館行きである。酷い話だ。

「好きなほうを、選ぶといい」

喉がカラカラで、声が出ない。すでに逃げた父を見つけるなんて無謀だろう。

どちらにせよ、私を娼館へ売り飛ばすつもりなのだ。

「さあ、どうする？」

「みっつ目の選択を、選びます」

ガブリエルがまさかの発言をする。

「なんだ、みっつ目の選択とは？」

「この私が二十万ゲルトを払います」

「どうして、他人である貴殿が、そこまでする？」

「他人ではありません。私は彼女の婚約者です」

「何⁉」

私も、マクシム・マイヤールに続いて声をあげそうになった。いったいどういうことなのか。

ガブリエルを見る。彼は何も喋るなと瞳で訴えているようだった。

「実は私、彼女の父親から、持参金の二十万ゲルトを受け取っているんです。それを、立て替えておきましょう。いいですよね？」

「いや、まあ、二十万ゲルト、受け取れるのならば、なんでもいいが」

ガブリエルは胸ポケットから小切手を取り出し、サラサラと記入していく。

「こちらでよろしいでしょうか？」

「ああ、たしかに」

「もう、これで問題は解決したということで、判断してもいいですよね？」

「ああ、そうだな」

マクシム・マイヤールは小切手を握った手を軽く掲げ、帰っていった。

入れ替わるように、騎士達がやってくる。

無頼漢の男達は連行され、ガブリエルとスライム達だけが残った。

庭が静けさを取り戻したあと、私は改めて彼に感謝し、頭を下げる。

「危ないところを助けてくれて、本当に感謝しているわ。ありがとう」

「こちらのほうこそ、私のスライムを保護していただき、ありがとうございました」

お互いに頭を下げ合っている中で、名前も名乗っていなかったことに気づいた。

「私はメルクール公爵の娘、フランセット・ド・ブランシャール」

ご存じかもしれないけれど……という視線を送るが、いまいち反応は薄い。

「あの、お名前を、お聞きしても？」

「私の、ですか？」

「ええ」

彼がガブリエルという名前は把握しているものの、どこの誰かというのは謎である。もしかしたら有名な御方だったのか。若干信じがたい、という視線を向けていた。

「私は、ガブリエル・ド・グリエット・スライムです」

「スライム……ってことは、スライム大公なの⁉」

「ええ、まあ」

七名いる魔物大公のひとり、スライム大公が我が家に⁉

たしかに、知らないのは失礼だろう。けれども、彼が夜会に現れたことはあったか。記憶にない。

それにしても、どうしてすぐに気づかなかったのか。これだけ多くの賢いスライムをテイムしているというのは、ありえないことなのに。

「あ、立ち話もなんですから、どうぞ家の中へ」

「どなたか、家にいるのですか？」

「いいえ、私ひとりだけ」

「ならば、入るわけには――」

未婚の男女が密室でふたりきりになるべきではない。家庭教師が、口が酸っぱくなるほど言っていた言葉である。けれどもここでは近所の人達の耳目があった。騎士達がやってきたので、先ほどから何かあったのかと覗く近隣住民もいる。

「どうかお気になさらず」

「いやしかし」

「本当に、大丈夫ですので」

てこでも動かないつもりだろう。背中をぐいぐい押したが、びくともしない。ここで、プルンがガブリエルの背中に体当たりする。

「ぎゃーす!!」

ガブリエルはなんとも残念な悲鳴をあげていた。体が動いた勢いを利用し、彼の手を引いて家の中へと誘う。

「……まさか、テイムしているスライムに裏切られるとは考えてもいませんでした」

ガブリエルはカモミールティーを飲みつつ、早口でぼやいている。私も、プルルンが加勢してくれるとは思わなかった。

「ごめんなさいね。下町の人達、噂好きだから話を聞かれたくなくて」

「もしも私が、あなたを襲ったらどうするのですか？」

「あなたが私を？」

聞き返した瞬間、プルルンが私の膝の上に跳び乗る。ガブリエルから守るように、触手を伸ばしてくれた。

「ちょっとプルルン、どういうつもりなのですか！」

『ガブリエルから、フラ、まもるう』

「自分の主人を忘れているのですか？」

『ガブリエル、あやしいからー』

ガブリエルとプルルンのやりとりは面白い。主従関係は破綻していた。

会話にほのぼのしている場合ではなかった。本題へ移らなければならない。

「あの、立て替えていただいた二十万ゲルトなんだけれど、現状、お返しすることはできなくて……」

「ええ、メルクール公爵の家の経済状況は、わかっています」

「だったらなぜ、助けてくれたの？」

「あなたに、契約を持ちかけようと思いまして」

「契約？」

領地で強制労働か。はたまた、人体実験か。

契約とはいったいなんなのか。まったく想像できない。

ガブリエルは銀縁眼鏡のブリッジを指先で押し上げ、契約について話し始める。

「私と、結婚していただこうかなと」

「け、結婚⁉」

たしかに結婚は契約だ。しかしなぜ？

貴族の結婚は互いの利害が一致してするものである。彼が私と結婚して得することはひとつもない。

疑問符が雨霰のように降り注ぐ。

「どうして私と結婚を？」

持参金はない、名誉もない、私自身の器量もない。ないない尽くしの女と結婚する意味などないだろう。

「大叔父に結婚を急かされていたのです。もう何年も無視していたのですが、最近は特にしつこくて……」

なんでも王都で最高の女性を探している。見つかるのを待つようにと宣言していたらしい。

「最近、年下の従弟が結婚したものですから、当主が長い間独身なのは恥だと言い始めまして……」

「でも、私で納得されるかしら？　父は爵位を没収されていないけれど、社交界で悪評は知れ渡っているし」

「大丈夫です。大叔父はゴシップの類が大嫌いで、社交界の卑しい噂話には耳を傾けないはず。メルクール公爵の娘と結婚すると聞いたら、小躍りして喜ぶでしょう!!」

眼鏡のブリッジを何度も指先で上げながら、ガブリエルは早口で力説する。その眼鏡、サイズは本当に合っているのか、指摘したくなったが我慢した。たぶん、眼鏡を押し上げるのが癖なのだろう。

「家柄についてはまあ、いいとして、最高の女性という条件も、当てはまらないような……？」

「あなたは、最高の女性では？」

「え？　どこが？」

聞き返すと、ガブリエルはカーッと顔を赤く染める。なんの照れなのか。私も恥ずかしくなるので、羞恥心は隠してほしい。

それにしても、何かがおかしい。いきなり、見ず知らずの女性を花嫁に抜擢するものなのか。もしかしたら――という思いがこみ上げ、念のため質問してみる。

「あの、私、どこかであなたに会ったことがあるの？」

「――っ!!」

ガブリエルは口元を手で覆い、がっくりとうな垂れる。

この反応を見る限り、やはりどこかで知り合っているようだ。

「どこで会ったか、教えてくれる？　思い出すから。十年以上前、幼少期の話かしら？」

違うと首を横に振る。ごくごく最近の話らしい。

「詳しく教えてくださる？」

「いいえ、覚えていないのであれば、いいです!!　まったく、まったく問題ありません!!」

「そ、そう」

強く言われると、追及できなくなる。残念ながら、ガブリエルくらい個性的な男性と出会った記憶はない。

ガブリエルはゴホンゴホンと咳払いする。背筋をピンと伸ばし、眼鏡のブリッジを指先で押し上げた。キリッとした表情で、話しかけてくる。

「我が領地について、ご存じですか？」

「いいえ」

「王都から遠く離れた、スプリヌという湖水地方なのですが」

「人が住む土地よりも、湖のほうが広いという噂の？」

「ええ。そこが、我が領地となります」

「はあ」

スプリヌについて、湖がとにかく多いというぼやっとしたイメージしかなかった。

ガブリエルの口から語られたスプリヌは、私が想像もしていない驚くべき土地だった。

国の北東部に位置する、スプリヌという湖水地方。そこは季節や時間を問わず、深い霧に覆われた場所だという。

「空が青く晴れ渡る日はごく稀。一年中、ジメジメジメジメ、ジメジメジメジメしています。領地に建つ家は苔で黒ずんだ石造りの家ばかりで、町全体は信じられないくらい暗い。雨の頻度が高く、嵐もよく訪れる。そのため、外出もままならない日が続きます。交流をあまりしないからか、内向的で人見知りばかり。その上こんな場所で暮らしていけるかと叫んで都会に出ていく若者が多数。領民は年々減る一方なんです」

ここまでひと息で言い切った。よく息がもつものだと、感心してしまう。

「なんと言っても、スライムが多い。領民よりもスライムが多いくらいです!!　庭にスライム、畑にスライム、窓に張り付くスライム、井戸にスライム、スライムが跳ねる音で目を覚まし、スライムの鼻歌でお昼だと気づき、スライムのいびきを聞きながら就寝する。おはようからこんにちは、おやすみまで、スライム、スライム、スライム、スライムなんですよ」

深い霧、一年中過ごしにくい村、減っていく人口、そしてスライム……。

ガブリエルが領するのは、年若い娘が嫁ぎたくないような土地だと言う。

「父は婿だったのですが、王都育ちで……」

湖水地方での暮らしに耐えきれず、ガブリエルが十五歳になった誕生日に勝手に家督を継がせ、翌日には家を飛び出していったようだ。今でも行方知れずだという。

「えーっと、お父様以外のご家族は？」

「母だけです。あと、離れた場所に大叔父や叔母など、親戚が数名住んでいます。接触はほとんどありませんが、顔を合わせた際は、非常に不快な時間を過ごしています」

「そ、そう」

なぜか、話したガブリエルが頭を抱え、落ち込んでいるような様子を見せていた。

プルルンは可哀想に思ったのか、ガブリエルのほうへ近づき、触手を伸ばし、頭を撫でて励ます。

『おちこまないでえ、いいところだよお』

「そりゃ、スライムであるあなたにとっては、楽園のような土地でしょう。あそこは、人間が住むべき場所ではないのですよ」

けれども、湖水地方の人々はその土地で生活を営んでいる。ガブリエルは領主なので、逃げられるわけがなかった。

「結婚相手は貴族の娘から決めなければなりませんでした。父が数名、打診をしたようですが、会う前に断られてしまい――」

「会ったら、結婚してくれたかもしれないのに」

「は⁉　どうしてそう思うのですか⁉」

「だってあなた、綺麗な顔をしているから」

パールホワイトの美しい髪に、アイスグリーンの澄んだ瞳は彼の美貌を際立たせている。精巧(こう)に作られた人形(ドール)のような美貌と言えばいいのか。アクセル殿下(でんか)とはまた違う方向の美形だろう。

「私、王都の夜会に参加したことがあるんです。誰にも見向きもされませんでしたが」

「おかしいわね」

ガブリエルほどの美貌の男を、周囲は放っておかないはずだが……。

「なんといいますか。近寄りがたい陰気(いんき)なオーラが出ていたのかもしれません。髪は白カビ色、瞳は苔の色みたいだと言われていたので」

「そんなことないわよ」

「いいえ、わかっているんです。私は陰(かげ)の世界で活(い)き活きするタイプだと」

とにかく、今日まで花嫁は候補すら見つけられなかったようだ。そんな中で、ガブリエルは私の弱みを握った。またとないチャンスだと感じたという。

「あなたの意思を無視して、婚約者だなんて名乗ってしまったことは、心から申し訳なく思っています」

「いえ、助けていただいて、感謝しているわ」

可能であるならば、豪商(ごうしょう)であるマクシム・マイヤールは敵に回したくない。ただ、二十万ゲルトはどうしても返せるとは思えなかった。

私も、腹をくくるべきだろう。

「やはり、あの二十万ゲルトは、あなたにさしあげ――」

「私、あなたと結婚するわ」

「え⁉」

「今、何か言った？」

「いいえ、何も言っていません‼」

『おかね、フラに、ぜんぶあげるーっていって、もがが！』

ガブリエルはプルルンの口を塞ぎ、満面の笑みを向けている。

「契約成立ですね‼」

「待って。ひとつ問題があるの」

「な、なんでしょうか？」

にこにこしていたのに、秒で顔色を青くさせる。

なんというか、表情が豊かな男性である。

「結婚は勝手にできないの。お父様の許可がないと」

「ああ、そういえば、そうですね……」

貴族の娘は、父親の了承なしには結婚できない決まりがあるのだ。

途端に、ガブリエルは肩を落とす。

「父は探偵を使って捜すとして、私は婚約者として、あなたの下で暮らせると思うわ。もちろん、迷惑でないのならば、だけれど」

「迷惑だなんてとんでもない！　本当に、いいのですか⁉」

こっくりと頷く。ガブリエルは瞳が零れそうなくらい、目を見開いていた。

「ジメジメしていて、領民よりもスライムのほうが多いような土地なんですよ」

「平気よ、きっと」

「同じくらい、私もジメジメとした男なのですが、それでもいいと？」

「面白いじゃない、あなた」

「私が、面白い？」

「ええ。話していて、楽しいわ」

「た、楽しい……⁉」

　六色のスライム達が大集合し、ガブリエルの周囲で跳ね回る。『よかったねー』と口々に祝福しているようだった。

「あの、ふつつか者ですが、スライム共々、よろしくお願いいたします」

　ガブリエルはそう言って、頭を深々と下げたのだった。

　こちらのほうこそよろしくお願いいたします、と頭を深々と下げる前に、ふと気づく。

「そういえば、うちの醜聞――姉アデルがマエル殿下に婚約破棄された話は詳しくご存じ？」

「え？　あ……さあ」

「詳しく知っていてほしいの。結婚するかどうかは、話を聞いてからでも構わないわ」

「いいえ、ですが、必要ないような気もしますが」

「いいから聞いて」

「はい」

今、実家であるメルクール公爵家が社交界でどういった立場でいるか確認してから、結婚を決めたほうがいいだろう。

二度と思い出したくない、辛い記憶である。それは、今から二年前の話だった。

華やかな社交界デビューの晩。私は流行のドレスをまとい、心を躍らせ参加していた。

けれども、楽しい気持ちがきれいさっぱり消え失せるほどの騒ぎが起きる。

王太子マエル殿下が愛人ヴィクトリアの肩を抱きつつ、大勢の参加者の前で婚約者である姉を糾弾したのだ。

「我が婚約者アデルは、ヴィクトリアを長きにわたり侮辱した！　このような陰険で浅慮、冷徹な女が、未来の国母など寒気がする！　婚約は、破棄させてもらう！」

私は見逃さなかった。マエル殿下に身を寄せるヴィクトリアが勝ち誇ったような表情を、一瞬浮かべたのを。多くの人達が集まった夜会の場で、姉の名誉はズタズタに裂かれた。

「アデル・ド・ブランシャールを国外追放とする！」

何を言っているのか。まったく理解できなかった。愛人を傍に置き、自由気ままに過ごしていたマエル殿下が、自らの行いを正当化させるためにこのような茶番を起こしたのか。

さらに、信じがたい宣言はここで終わらなかった。

「アデルの妹は――あそこか。罪を犯(おか)した姉を恨(うら)むことだな!!」

マエル殿下が私を指差した瞬間、人々の視線が鋭い氷柱(つらら)のように突き刺(さ)さった。

「実家のメルクール公爵家は財産をすべて没収！　爵位も返上しろ。家族は下町でひもじい生活でもしておけ！」

私の周囲にいた人々は、サーッと離れていった。先ほどまで社交界デビューする私を温かく見つめていた人々の空気は、一気に冷え切ったものとなる。ゾクッと悪寒(おかん)が走り、胃の辺りがスーッと冷えていくような不快感を覚えた。

どうやら姉だけでなく、両親や私までも罰(ばっ)せられるようだ。それにしても、なんという仕打ちをしてくれるのか。

あのマエル殿下の傍に寄り添(そ)うヴィクトリアという女性は、商人の娘だ。貴族でもなんでもない。

彼女はたぐいまれなる美貌を武器に、マエル殿下に近づいた。社交界の礼儀(れいぎ)やしきたりを知らないヴィクトリアは、傅(かしず)くだけの女性を相手にしてきたマエル殿下には珍(めずら)しく、新鮮(しんせん)に映ったのだろう。彼女はマエル殿下を連れ出し、博打(ばくち)や喫煙(きつえん)、飲酒と、思いつく限りの娯楽(ごらく)を教えたという。それを品行方正、清廉潔白(せいれんけっぱく)、誰よりも貴族らしい姉が許すわけがない。

マエル殿下にいくら物申しても言うことを聞かないので、ヴィクトリアに直接意見したのだ。それを、マエル殿下は嫉妬(しっと)からいじめていると決めつけた。姉はヴィクトリアを公妾(こうしょう)として、受け入れるための準備をしていたというのに。それすら、ヴィクトリアは屈辱的な行為だと思っていたのだろう。

正妃教育を受けていない女性が、王太子妃になれるわけがないのに。

姉は凜と、マエル殿下を見上げているようだった。背中しか見えないので、どんな顔をしているのかはわからない。

悔しいだろう。憎たらしいだろう。今すぐ駆け寄って、姉を抱きしめたい。

けれども周囲の目が恐ろしくて、足がすくんで動けなかった。

突然、多くの人達の耳目がある場で婚約破棄するマエル殿下が怖い。それ以上に、他人の言動ひとつで態度を変える人々もまた、恐ろしかった。

「あそこにいる妹は、今日が社交界デビューだったたか。仲がいいと言っていたな。どうだ、一緒に国外追放させるのは？」

「マエル殿下、それだけはお止めください。妹は、わたくしの所業とは関係ありませんので」

「お前が私に言ったのだろう？　責任ある立場の者の一挙手一投足は、自分だけではなく、身内にも影響を及ぼすと！」

これまで凜としていた姉が、しおれた花のように俯く。私のせいで、言い負かされてしまった。

「アデルの妹は――どこに隠れたか？」

居場所など先ほど指差したからわかっているはずなのに、わざとらしく捜すような仕草を取る。すぐに私から距離を取っていた者達が指を差した。針のむしろとは、こういう状態を言うのだろう。

「アデルの妹を、姉と共に捕らえろ!!」

「兄上、お待ちください」

扉が開く音と共に、マエル殿下を制止する声が響いた。

突如として現れたのは第二王子であり、ドラゴン大公でもあるアクセル殿下。金色の髪を撫で上げ、毅然と佇む姿は美しい。

普段、口数が少ないアクセル殿下の発言に、誰もが耳を傾ける。

「なんだ、アクセル！　邪魔をするな！」

「彼女らは、メルクール公爵家の娘達です」

「だから、なんだと言うのか!?」

「メルクール公爵の妻であるメルクール公爵夫人は、隣国の皇女殿下。その娘である姉妹の扱いは、慎重になさるべきだと思います」

「うるさい、だまれ!!」

姉は騎士達に連行されてしまった。私は——見ず知らずの女性に手を引かれ、会場をあとにする。

その女性は、アクセル殿下の元乳母だと名乗った。乳母の手引きで私はなんとか王城を脱出し、帰宅する。だが、屋敷には多くの騎士達が押し寄せ、調度品などが押収されていた。

我が家は、一晩にして没落してしまった。

マエル殿下の宣言通り、財産は没収された。けれどもアクセル殿下がいろいろと動いてくださったようで、父の爵位だけは残った。ただそれも継ぐべき男系男子がいないため、そのうち返上することになるだろう。魔物大公は女性やそれ以外の者にも継承権があるものの、普通の爵位は男性しか継げないのだ。

当時のことは、振り返るだけでも辛い。聞かされているガブリエルもいい気持ちはしないだろう。申し訳なく思いつつ、話を切り上げる。

「――というわけなんだけれど」

ガブリエルは私の話を聞いて、どう思ったのか。ちらりと見てみると、猛烈に泣いていた。

「え、あの、ど、どうしたの!?」

「酷い。あまりにも酷い仕打ちです」

「たしかに酷いけれど、そこまで泣くほど!?」

感受性が豊かなのだろう。年上の男性がここまで涙を流しているところを前にするのは初めてだ。なんだか見てはいけないもののように思えて、顔を逸らしてしまう。

あまりにも泣くので、スライム達が励ましていた。

『なかないのおー』

『いいこ、いいこ』

『なくなよ!』

『だいじょうぶー？』

『つらいねえ』

『よしよし、よしよし』

ハンカチを差し出すと受け取って目元を拭（ぬぐ）っていた。瞼（まぶた）は腫（は）れて目は真っ赤になっている。

可哀想に……。

「でも、大丈夫。結末は、そんなに酷いものではないのよ」

「どういうことですか？」

「私の姉は母の故郷である隣国へと渡（わた）って、社交界に返り咲（ざ）いたの。先日、皇太子様との婚約が発表されたわ」

「そういえば、そんな話が小耳に届いていたような気がします」

隣国はここよりずっと大きな国だ。そんな国で皇后として抜擢されるのは、この上ない名誉だろう。

いとこ同士の結婚である。ふたりとも一途（いちず）で真面目なので、今度こそ上手（うま）くいくに違いない。

「あなたは、母親や姉に、ついて行かなかったのですか？」

「私は――」

「父親が心配だった？」

「いいえ、まったく。お父様はひとりでも大丈夫。面倒（めんどう）を見てくれる愛人が大勢いたから」

「ではなぜ、残ったのですか？」

「もう二度と、社交界での付き合いをしたくなかったから、かしら」

これまで優しくしていた人達が、手のひらを返したように冷たくなる。ここはそういう世界なのだと気づいたら、どうしようもなく恐ろしくなったのだ。けれどそれはきっと、国内だけの話ではない。よその国でも、同じようなことは起こっているのだろう。

皆、権力者の言葉は絶対だと思い、長いものに巻かれて生きているのだ。

「どちらが正しく、どちらが間違っているか明白なのに、まかり通ってしまう卑劣な世の中なのですね」

「ええ、そうなのよ。権力がある者が正当性を主張したら、皆何も考えずに支持する。それが、貴族社会なの」

「本当に、酷い話です」

華やかな暮らしから一転して、質素な暮らしになった二年前。

最初は朝、ひとりで起きられなくて、昼まで眠って頭を抱える日も珍しくなかった。お菓子作りだって、火加減を誤って焦がしたり、生焼け状態のお菓子を食べてお腹を壊したり、薪が買えなくて近所で木の枝を拾ったり。失敗と苦労の連続だった。めげずにやってこられたのは、私達家族を不幸へ突き落としたマエル殿下よりも幸せになってやるという意地があったから。

これまで誰にも話してこなかったが、すべてガブリエルに打ち明けてしまった。

「よくぞ、二年間も慣れない環境で耐え抜きましたね。誰にでもできることではないでしょう。あなたは尊敬すべき女性です」

「そんな、尊敬だなんて、大げさだわ」

「謙遜しないでください」

この二年間、私はずっとモヤモヤしつつ過ごしてきた。けれど今、妙にすっきりしている。たぶん、誰かに話を聞いてもらい、頑張っていると認めてもらいたかったのかもしれない。

「あ――」

涙が、ぽろりと零れる。二年前、姉が酷い目に遭っても出てこなかったのに。

他人の前で泣くなんて恥だ。けれども、先ほどガブリエルの大号泣を目にしたばかりである。おあいこだろう。

彼は、わかりやすいほどうろたえていた。申し訳なくなる。

私のもとに六色のスライムが集まって、先ほど同様励ましてくれた。

『たまには、ないてもいいいんだよお』

『よくやった！』

『そうだ、そうだ』

『がんばったねー』

『よーし、よしよし』

『えらい、えらい』

スライムの励ましを受けて、なんとか泣き止んだ。早めに止まってくれた涙に感謝する。泣いたのはお互い様だったからか、そこまで恥ずかしさも残らなかった。ありがたい話である。

ひとまず、スプリヌに行くのは一か月後に、という話になった。

「後日、嫁入(よめい)り準備をするために、叔母をこちらに向かわせようと考えています」

「嫁入り準備？」

「小物とか、ドレスとか、いろいろ必要になると思いますので」

そうだ。手ぶらで嫁入りなんてできるわけがない。しかしながら、うちに新しいドレスの一着ですら買う余裕(よゆう)なんてなかった。ガブリエルは私の心配事を察してくれたようで、言葉を付け加える。

「費用は私が持ちますので」

「そんなの悪いわ」

「でしたら、貸しにしておきます」

「でも、返す当てがないから」

「何か事業を始めたらいかがですか？　投資しますよ」

「事業……」

私ができる仕事といえば、お菓子作りのみ。けれども王都みたいに常連さんがいるわけでもない。果たして上手くいくものなのか。

「ゆっくり考えておいてください」

「ありがとう」

お詫(わ)びと感謝の印として、ガブリエルを夕食に誘った。だが先触(さきぶ)れのない訪問で、食事までいただくわけにはいかないと丁重に断られてしまった。

「あの、だったらいつが大丈夫なの？」

「いえ、約束は結構です。今は、今後の生活のことだけ考えておいてください」

「あ、ありがとう」

ガブリエルは紳士の会釈をし、別れの言葉を口にする。

「では、また今度」

「ええ、ごきげんよう」

ガブリエルが出て行くとスライム達もあとに続く。が、プルルンだけは家の中に残っていた。

「プルルン、何をしているのですか！　帰りますよ！」

『プルルン、フラといっしょにいるう』

「な、何をふざけたことを言っているのですか！」

『いるったら、いるー。フラといっしょがいいのー』

プルルンは私の左腕に巻きつき、離れようとしない。どうやら、懐かれてしまったようだ。

「あの、あなたさえよければ、プルルンは預かっておくけれど」

「しかし、迷惑なのでは？」

「ぜんぜん。料理とかお菓子作りとか手伝ってくれるし、むしろ助かるくらい」

「でしたら――」

ガブリエルは「プルルンをよろしく頼みます」と言って、深々と頭を下げたのだった。

こうしてガブリエルはアヒルに猛烈に鳴かれ、激しく突かれながらも帰っていった。

ガブリエルはプルルンを残して帰ることを、ひたすら申し訳なく感じているみたいだ。お詫びの品として、最初は大量の絹のハンカチが贈られた。なぜ……？　と思いつつも、ありがたくいただく。ハンカチ以外では、小麦粉や肉、果物などの食材やパンやチョコレートなどの食品を送ってくれた。そのおかげで、毎日充実した食生活となっている。

プルルンの助けもあってお菓子も大量に作れるようになり、これまでの二倍以上の売り上げを手にできるようになった。稼いだお金は、嫁入り準備のための資金にしたい。

一週間後――ガブリエルの叔母さんが私を訪ねてやってきた。年齢は四十代半ばくらいだろうか。深く被った帽子から、優しげな瞳が覗く。細身の体に似合う、品のいいマーメイドラインのドレスをまとっていた。

「あなたが、わたくしの可愛い可愛い甥っこ、ガブちゃんの花嫁ですのね。初めまして。わたくしはジュリエッタ・ド・モリエールといいます」

モリエールというのは国内でも有数の資産を誇る、名だたる貴族だ。なんでも、母と少しだけ付き合いがあったらしい。そんなご縁もあって、快く引き受けてくれたようだ。

「私はフランセット・ド・ブランシャール、と申します」

「まあまあ、なんて可愛らしい！　こんな愛らしい女性を花嫁に選ぶなんて、ガブちゃんったら女性を見る目がありますのね！　わたくし、感激いたしました！」

ガブちゃんとはいったい……？

遠い目をしていたら、モリエール夫人から手をぎゅっと握られる。続けざまに放たれる弾丸のような褒め言葉を浴びた。

ガブリエルに相応しい花嫁かどうか、一日中調べるのではないか、と不安だった。けれども、お気に召していただけたようなので、ホッと胸をなで下ろす。

「ところでそちらのドレスは、どうしましたの？」

「あ——えっと、貸衣装店のドレスです」

お菓子の売り上げを使い、借りてきた。みすぼらしいエプロンドレスで、貴族御用達の店をうろつくわけにはいかないと思って用意したのだ。

一応、流行にとらわれない、定番のドレスを選んだつもりであった。貴族のご夫人からみたら、引っかかる恰好だったのか。

「その、おかしかったですか？」

「いいえ、まったく！　ガブちゃんから、ドレスの一着も持っていないだろうと聞いていたものですから、どうしたのかと疑問に思いまして」

「そうでしたか」

「ガブちゃんったら、お出かけ用のドレスを贈っていなかったのですね！　ぜんぜん気が利かない」

「いいえ、その、これまでいろいろいただいておりまして」

「たとえば？」

「パンとか、チョコレートとか。その、日々の生活に必要な物ばかりで、とてつもなく助かっておりました」

そう答えると、モリエール夫人は瞳を潤ませる。

「大変な苦労をされていたのですね。これから先の人生は、ガブちゃんが責任を持って、あなたを幸せにしますので！」

「え、ええ、ありがとうございます」

ここでプルルンがのそのそと這い出てくる。それに気づいたモリエール夫人は、嬉しそうに話しかけた。

「あら、プルルルンではありませんか！」

『プルルン、ちがう。プルルンだよう』

「そう、プルルン！」

久しぶりの再会のようで、手と触手を取り合い、小躍りしていた。

なんとも微笑ましい光景である。

「と、踊っている暇はありませんわね。さっそく行きましょうか」

「はい。よろしくお願いいたします」

そんなわけで、モリエール夫人と街へ買い物に出かける。プルルンは留守番をするようで、触手を伸ばして手を振っていた。

『フラ、ジュリ、行ってらっしゃい』

「行ってきます」

家の前には立派な馬車が停まっていた。

「うふふ、可愛らしいアヒルちゃんがいますわね」

「え、ええ」

アヒルも空気を読んでいるのだろう。今日はガアガアとうるさく鳴かない上に、飛びかかりもしない。大人しくしていた。

「名前は？」

「いえ、特に決めていないのですが」

「でしたら、わたくしが決めてもよろしいでしょうか？」

「はあ、どうぞ」

「ありがとう。ちなみに男の子なのかしら？　それとも女の子？」

「雌……いえ、女の子です」

「そう」

モリエール夫人はアヒルをじっと見つめ、首を傾げる。

「う〜〜〜ん。アレクサンドリーヌ、というのはいかが？」

「ア、アレクサンドリーヌ……。え、えっと、その、大変高貴で、彼女に相応しい名前かと」

「よかった！」

そんなわけで、アヒルに〝アレクサンドリーヌ〟というたいそうな名前が付く。

あなたはアレクサンドリーヌよ、とモリエール夫人が語りかけると、誇らしげに胸を張っているように見えた。まあ、気のせいだろうけれど。

アヒル改め、アレクサンドリーヌの見送りを受けつつ、私達は馬車に乗りこんだ。

モリエール夫人の馬車は見た目も豪華だが、内装も立派だ。床板にはベルベットが全面に敷かれ、座席は艶のある本革だ。窓枠は金で縁取られている。

かつて実家が所有していた馬車よりも、豪勢であった。

「まずはドレスを買いに行きましょう。スプリヌには、仕立屋さんが一軒しかない上に、耳が遠いお婆さんがひとりでやっていて、オーダーがまったく通りませんの」

袖が膨らんだ、空色のドレスが欲しいと注文したら、鋼鉄色の背広が完成したらしい。しかも、広げてみたら袖がなかったという。

「酷いでしょう？」

「ええ、まあ」

袖のない背広……いったいどんな一着なのか、逆に気になってしまった。

最初に立ち寄ったのは、王都でもっとも人気があるドレスの仕立屋さんであった。いつも行列ができていて、近づけないような店である。モリエール夫人は裏のほうへ回り、別の入り口から入っていった。どうやら、お得意様専用の出入り口があるようだ。

裏側から足を踏み入れると、従業員が笑顔で出迎えてくれる。

「モリエール夫人、いらっしゃいませ」

「ええ。今日は先日お願いしていたドレスを、見せていただこうかなと」

「かしこまりました」

従業員の誘導で辿り着いた先は、シャンデリアが輝く広い個室であった。そこに、トルソーに着せられたドレスが何体も並べられている。ザッと見る限り、三十着以上はありそうだ。

「現在王都で流行っているものから、長年愛される定番の形まで、いろいろ揃えてみました」

「まあ！　どれも素敵ですこと！」

モリエール夫人は社交界デビューをする少女のように、瞳をキラキラと輝かせていた。

「フランセットお嬢様はこちらへどうぞ」

「ええ」

モリエール夫人がドレスを一着一着眺めている間に、私は体の寸法を測られる。既製品を、仕立て直してくれるのだろう。

「では、ここにある品を全部、いただきますわ！」

「え!?」

びっくりして、モリエール夫人を見る。すると、不思議そうに小首を傾げた。

「何か、気に入らないドレスがありましたの？」

「いいえ、この中から、一着か二着、選ぶものだと思っていたので」

「まあ、まあ！　一着や二着では、使用人の洗濯が間に合いませんわ。少なくとも、一日に二着は必要でしょう？」

たしかに、母は一日に三回以上着替えていた。貴婦人は一日に何度もドレスを替えるのだ。モーニングドレスにアフタヌーンドレス、ティードレスにイブニングドレス、ナイトドレスなどなど。

その場その場で相応しいドレスをまとうのが、上流階級に生きる女性のマナーである。私がみすぼらしい恰好をしていたら、夫となるガブリエルの名が傷つく。そのため遠慮なんてしている場合ではなかった。

「あと数着、オーダーメイドで作ってくださいまし。秋のドレスは、わたくしが見繕って領地に贈りますので」

「秋のドレス、ですか？」

「ええ」

「もしかして、ここにあるのはすべて、夏のドレスなのでしょうか？」

「もちろん」

夏のドレスだけで、三十着以上も買うなんて……！

遠い目をしつつ、従業員が淹れてくれた紅茶を飲んだのだった。

それから何軒もの店を回り、想像を絶する物量の品々を買い集めた。どれもすべて、ガブリエルが支払うというので、戦々恐々としてしまう。

購入した品物は、一部を除いてスプリヌに直接送るらしい。家具まで見繕うらしく、その辺は家具店の従業員のセンスにお任せしておいた。あれもこれもと自分で選んでいたら、日が暮れてしまうだろう。

馬車に乗りこむと、座席の背もたれに全体重を預ける。ぐったりしてしまったが、モリエール夫人は元気だった。

「あの、こんなに購入して、よかったのでしょうか？」

「あら、これでも少ないくらいです。今は社交期真っ只中だからか、どこも品揃えが悪くて、目標の三分の一も集まりませんでしたわ」

「そ、そうだったのですね」

社交期というのは春から夏にかけて、貴族がこぞって社交を行う季節である。各地から貴族が王都に押し寄せるので、店はどこも大行列。街中は活気に溢れているのだ。

「うふふ、わたくし、社交期って大好き。こんなにたくさんの人がいて、楽しそうにしているの、わくわくしてしまいます」

「そうですか」

「王都育ちのフランセットさんにとっては、当たり前の光景でしょうが」

たしかに私にとってはごくごくありふれた、いつもの春の王都だ。モリエール夫人は故郷の春の景色と比べ、「楽しそう」だと言っているのかもしれない。

「どこかで、お茶を飲みましょうか」

「はい」

向かった先は、モリエール夫人がお気に入りの喫茶店。開放感のあるテラスが人気のお店だが、魔石昇降機で三階まで上がる。

すると、王都の景色が一望できる露台席に案内された。

「ここには来たことはあって？」

「いいえ」

「さくらんぼのクラフティが絶品ですの」

「楽しみです」

クラフティというのは、タルト生地にカスタードを流し込み、上からシロップ漬けの果物を並べて焼いたお菓子だ。

「わたくし、クラフティが世界で一番大好きなお菓子ですのよ」

そう言って、少しだけ遠い目をしていた。

注文してすぐに、香り高い紅茶と共に運ばれてくる。モリエール夫人は嬉しそうに、クラフティを頬張っていた。

私も食べてみる。タルト生地はクッキーよりも硬く、ザクザクと歯ごたえがある。中の生地はプリンのように濃厚で、さくらんぼの甘酸っぱさがほどよいアクセントになっていた。

「やっぱりおいしいですわ」

にこにこしていたモリエール夫人だったが、私のほうを心配そうに覗き込む。

「たくさん連れ回して、疲れさせてしまいましたね」

「いえ」

「屋敷に商人を招いて、品物を選べたらよかったのですが」

通常、上流階級の貴族は店巡りをしない。商人を家に呼び、品物を選ぶ。だが、一部例外もある。それは社交期。

多くの貴族が王都に集まる期間は、邸別の訪問を断る商人がほとんどなのだ。

「あの、楽しかったです」

「そう言っていただけると、わたくしも嬉しい」

モリエール夫人はクラフティをぺろりと食べ、追加でサンドイッチを注文していた。私はお腹いっぱいなので、ご遠慮する。

「それにしても、フランセットさんは謙虚といいますか、たくさんの品物を買うのに慣れていない様子でしたが、公爵家ではあまりドレスなどをお求めではなかったのですか？」

「いえ、人並みには買い与えられていたかと。ただうちは、姉が王太子殿下の婚約者だったので、予算はどうしても姉に集中していたようで……」

「まあ！　お姉様ばかりずるいと、思いませんでしたの？」

「いいえ、まったく」

姉は努力の人だった。外交に力を入れるため何カ国もの言葉をマスターしたり、慈善活動をしようと各地を巡ったり、サロンを開いて多くの人達と交流したり。どれもこれも、私にはとてもできない。

両親が姉にだけ熱心に投資するのは、当たり前だと思っていた。

「そうでしたのね。わたくしは、いつも姉をずるいと羨ましがってばかりでした」

モリエール夫人の姉——ガブリエルの母親である。

未来のスライム大公となるための教育や礼儀作法、家柄と見目のよい婚約者など、モリエール夫人には与えられない特別なものばかり与えられていたらしい。

「けれど姉は、わたくしのほうが羨ましいとぼやいていましたわ」

「それは、どうしてですか？」

「自由だから」

爵位を継承したら、スプリヌの地に住み続けなければならない。どこか余所の土地に行って、好き勝手暮らすことなど許されないのだ。

「大人になってから、姉がわたくしを羨ましがっていた理由を、正しく理解しましたの。今でもきっと、そう感じているはず」

私が嫁ぎ、子どもでも産まれたら、ガブリエルの母親は自由になれる。

「もう、姉に気遣う必要なんて、なくなるのではと考えていたけれど——今度はあなたを、あのつまらない土地に閉じ込めておくことになるのは、胸が痛みます」

モリエール夫人は結婚を機に、王都へ越してきた。何十年も、故郷には帰っていないという。

「わたくしみたいな故郷愛のない自分を、情けなく思うところがあるのですが」

「あの、故郷愛は、あると感じましたが……？」

「まあ、どうして？」

「クラフティは、湖水地方スプリヌの郷土菓子です。もしも愛がないのならばクラフティではなく、王都で流行のお菓子を好んで召し上がるのではないのですか？」

クラフティを口にしたとき、遠い目をしていた。きっと、故郷での記憶が甦り、懐かしく思っていたのかもしれない。

「ああ――そう、ですわね。そうかもしれません」

なんでも、王都にやってきたばかりのとき、スプリヌの出身だというと「あの湖と霧とスライムしかない田舎の？」とバカにする人がいたらしい。そんな言葉を浴びているうちにモリエール夫人は、故郷はつまらない場所だと思い込むようになってしまったようだ。

「世界にはさまざまな土地があって、それぞれ良いところも悪いところもあります。悪いところばかり目が行く人達は、視野が狭いだけ、なのかもしれないですね」

「ええ、わたくしも、そう思います」

私はモリエール夫人に約束する。スプリヌでお気に入りの場所を見つけたら、手紙を書くと。

モリエール夫人は少女のような可憐な微笑みを浮かべ、「楽しみにしていますわ」と言ってくれた。

ガブリエルからの贈り物という名の食糧支援は、スライム達が運んでくる。色とりどりのスライム達が、カゴに入った食材を持ってくる様子はまるで物語の世界だ。

ただ、街中で目立たないように、姿隠しの幻術をかけているらしい。そのため、獰猛アヒルことアレクサンドリーヌの前を通っても、無傷でいるようだ。

一昨日、ガブリエルに宛てた手紙に、スプリヌに行く前に会えないかと、ダメ元で書いてみた。今日、その返事が届く。明日であれば、時間があるという。

すぐに返事を書いて、スライム達に託した。

一応、プルルンにみんなと一緒に帰るか、毎回聞いている。

『いいー、フラといっしょにいるぅ』

「そう」

相変わらず、プルルンは一緒に過ごしてくれるらしい。お菓子作りをしたり、料理をしたり、買い物に付き合ってくれたりと、プルルンなしの生活は考えられないくらいになっていた。

私の相棒として、活躍している。スライム達はお風呂で楽しそうに水遊びをしてから、帰っていった。

翌日――ガブリエルが買ってくれたデイドレスに袖を通す。ライラックカラーの、清楚な色合いの一着だ。久しぶりに、化粧も施す。次は髪結い。サイドの髪をロープ編みに結い、後ろの髪は三つ編みにしてまとめる。真珠が連なった髪飾りを差し込んだら、完成だ。

合わせ鏡できちんときれいに仕上がっているか確認する。

「うん、上出来！」

髪結いもこの二年でずいぶん上達したものだ。最初は三つ編みですら、上手くできなかった。一度、髪結いのお店に行ったが、私の好みの髪型にはならなかった。その日以降、猛烈に練習したのだ。

ちなみに、ガブリエルと会うのは我が家である。オシャレな喫茶店も候補に挙がったが、ゆっくり話せるのはここしかないだろう。

お菓子はチョコレートパイを焼いた。上手くできたと自画自賛している。

あとは、ガブリエルを待つだけ。落ち着かないので、庭で雑草を抜く。すると、ガブリエルの叫びが聞こえた。

「な、何をやっているのですか！　そういうのは、使用人の仕事です！」

花束を持ったガブリエルが、門を抜けてずんずんと迫ってくる。すると、アレクサンドリーヌがガブリエルに向かって突進していった。

「う、うわー！」

「アレクサンドリーヌ、ダメ！」

私が怒ると攻撃は止まるが、ガアガアうるさく鳴き続けていた。完全に、ガブリエルを敵だと認識している。

「ごめんなさいね、凶暴で」

「いえ……。手紙には裏口からと書いていたのに、正面からやってきた私が悪いのです」

家をそっと覗いてから、裏口に回ろうとしていたようだ。

「庭の草抜きなんて、プルルンにでもやらせたらいいものを」

「プルルン、草抜きもできるのね」

「基本的に、人間ができるものはなんでもできます」

「器用ねえ」

スッと、ガブリエルの腕が私に伸びる。頬を撫でるのかと思いきや、髪に付いていた葉っぱを取ってくれたようだ。

私は何を勘違いしているのか。恥ずかしくなった。

「あ、ごめんなさい。草が、付いていたものですから」

「いいえ。その、ありがとう」

続けて、花束も差し出してくれた。

「先ほど叔母に会ったのですが、花を買って持っていけと言うものですから」

「まあ、嬉しい。水仙、大好きなの。とてもきれい……！」

「喜んでいただけたようで、何よりです」

立ち話もなんだ。家に招く。その前に——。

「閣下、このドレス、嫁入り準備で購入したの。いろいろと、ありがとう」

「いいえ。あなたを妻に娶るのです。これくらい、当たり前です。それよりも——」

「それよりも？」

「閣下は止めてください。敬われるような存在ではないので」

「でも、あなたはスライム大公でしょう？」

「そうですが」

「だったら、なんと呼べばいいのかしら？」

「ただ、ガブリエルと」

「呼び捨てで？」

「ええ」

「わかったわ、ガブリエル」

「ありがとうございます」

ガブリエルは眼鏡のブリッジを高速で押し上げる。頬が、若干赤いような気がした。

名前を呼ばれて嬉しいのか、照れているのか、謎である。

「私も、フランセットと呼び捨てでいいわ」

「わかりました。その…………フ、フランセット」

「呼びにくいのであれば、フランでいいわ」

「たしかに、フランのほうが、呼びやすいかもしれません」

「だったら、フランで」

「はい、ありがとうございます」

お互いの呼び方が決まったところで、家の中へ案内する。

「今日はチョコレートパイを焼いたの。ガブリエル、あなた、甘い物はお好き？」

「え⁉　あ——た、食べられないことはないです」

「そう、よかった」

手紙で何が好きか、聞いておくべきだった。父が甘い物が大好きだったので、ガブリエルも大丈夫だろうという思い込みがあったのだ。

客人を招くときは、好みを把握しておかなければならないのに。

紅茶を淹れて、チョコレートパイと共に運ぶ。

何やら、プルルンとガブリエルの楽しそうな会話が聞こえた。

『ガブリエルがー、フラのおかし、かいしめていたはなし、してもいい？』

「ダメです‼」

「何がダメなの？」

ひょっこり覗き込むと、ガブリエルがプルルンの口を手で押さえていた。

「いいえ、なんでもありません」

「そう。チョコレートパイ、お口に合うかどうか、わからないけれど」

「いただきます」

ドキドキしながら、ガブリエルがチョコレートパイを頬張る様子を見守る。食べられないことはない、という発言から、そこまでお菓子を好んでいないのだろう。

ガブリエルは上品にフォークを使い、チョコレートパイを食べる。

口に含んだ瞬間、アイスグリーンの瞳をカッと見開いた。

「どう？」

「うまっ……ではなくて、さ、最高においしいです!!」

古い家が若干揺れるほどの、大きな声だった。お口に合ったようで、何よりである。

「それで今日、呼び出した理由なんだけれど」

「理由が、あったのですか？」

「ないと思っていたの？」

「ええ」

婚約者なので、理由もなく会うのは当然だと思っていたらしい。

「そう……。なんかもう、目的は達成したようなものだけれど」

「何の用事だったのですか？」

「心変わりはしていないか、聞こうと思ったの」

「心変わり？」

「ええ」

婚約から数週間経った。そろそろ我に返って、私と結婚するのは間違っているのではないか、と気がつく頃だと思ったのだ。

「というわけで、心変わりはしていないのかな、と気になっていたの」

「していません。まったく」

「だったら、よかった」

「逆に、あなたこそどうなのですか？」

お金が縁で結んだ契約的な婚約である。不満はないのかと問いかけられた。

「私は不満なんてないわ。スライム大公と結婚できるなんて、またとない名誉だと思っているの。それにあなたはとても優しくて紳士だから、私にはもったいないくらいの男性よ」

「もったいないだなんて、それはこちらの台詞です」

ガブリエルは顔を逸らし、眼鏡のブリッジを押し上げる。頬が少しだけ赤く染まっていた。照れ屋さんなのだろう。

「そういえば、以前、フラン……あなたに対する噂話を耳にしたのですが」

「あら、何かしら？」

社交界での話題の中心は、いつだって姉だった。美しく聡明で、誰にでも平等に優しい。未来の国母に相応しい女性だと、皆口々に褒めていた。

一方、私は姉に比べて影が薄いので、風の噂ですら流れていなかった。

「まだ、あなたの姉君がマエル殿下の婚約者だった時代に、アクセル殿下との婚約話を耳にした覚えがあるのですが、その話はいったいどうなったのかと気になりまして」

「私がアクセル殿下と？　ないわ。ないないない。絶対にない！」

ドラゴン大公ことアクセル殿下は騎士隊の総隊長を務める、国一番の剣の使い手だ。完璧を擬人化したような人物で、兄の婚約者の妹という繋がりが遠い私にも優しかった。会うたびに言葉を交わし、社交界デビューのときはダンスを踊ってもらった。

けれども、婚約の話が浮上したことなんて、一度もない。

「そもそもメルクール公爵の娘がふたりも王族の妻の座を得たら、反感を買ってしまうわ」

「そうでしたか」

社交界デビューの日、姉が婚約破棄されるわ、実家は凋落するわで大変な目に遭った。けれども、唯一アクセル殿下と踊ったことだけはいい思い出だ。

アクセル殿下はよき兄という感じで、姉と結婚するのが彼だったらどんなによかったかと何度夢みたことか。思うようにいかないのが、現実なのだろう。

「誰かの勘違いだから、気にしないで」

「それを聞いて、安心しました」

会話が途切れたところで、いろいろと質問してみる。

「私も気になっていたことがあるの。お時間、大丈夫？」

「ええ。何時間でも、問題ありません」

「いえ、何時間もかかるような質問でもないのだけれど」

まず、もっとも気になっていた点を尋(たず)ねてみる。

「アヒルを水浴びさせられるような湖はあるかしら？」

「湖はもれなくスライムの棲(す)み処(か)なので、オススメはできません。我が家にはいくつか浴室がありますので、そのうちのひとつをアヒル専用にしましょう」

「アヒル専用の浴室って、贅沢(ぜいたく)な話だわ」

「普段(ふだん)は使っていないので、どうかお気になさらず」

それにしても、湖がスライムの棲み処になっているなんて。思っていた以上に、暮らしに密着しているようだ。

「あとは、アヒル……アレクサンドリーヌというのだけれど、性格がちょっと凶暴で、鳴き声も大きいの。ご近所迷惑(めいわく)にならないかしら？」

「問題ありません。屋敷(やしき)は村から少し離(はな)れた、小高い丘(おか)にあります。下町のように、住居が密集しているわけではありませんし」

ちなみに、親戚(しんせき)は隣町(となりまち)に住んでいるので、滅多(めった)に会わないという。

「母は動物好きですので、アヒルもまあ、大丈夫でしょう」

「よかった」

他にも、アレクサンドリーヌが散歩できる場所や、遊べる場所、くつろげる場所はあるかとか、さまざまな質問を続けざまにぶつける。

日光浴はできそうにないが、それ以外は彼女が暮らしていくに問題ないように思えた。

「他には？」

「うーん、こんな感じかしら？　もう大丈夫」

「いや、大丈夫って、あなた、さっきからアヒルのことしか質問していないのでは？」

「言われてみたら、そうね」

「もっといろいろあるでしょうが」

「う――――ん。特にない、かしら？」

現地で疑問に思うことがあるかもしれない。そのときにまた、教えてもらえばいいだろう。

質問が尽きたところで、お開きとなる。食事に誘ったものの、約束していないからと断られてしまった。

「料理はまた今度。領地で、暮らしに慣れてからふるまってくれたら嬉しいです。今は、いろいろと大変でしょうから」

「ええ、わかったわ。ありがとう」

お土産として用意していたサブレを手渡す。

「いいのですか？」

「ええ。贈り物のお礼よ」

「ありがとうございます」

笑顔でお礼を言ってくれる。甘い物は食べられないことはないと発言していたものの、本当は大好きなのかもしれない。

「それでは、また」

「ええ」

アレクサンドリーヌに襲われてしまうので、今度は裏口から出るように案内した。

馬車はどこに置いているのか。疑問に思っていたが、ガブリエルの体は光に包まれる。魔法陣が浮かび上がり、一瞬にして消えた。

「あ、あれは――」

腕に抱いていたプルルンが、代わりに答えてくれた。

『てんいまほう、だよお』

「て、転移魔法!?」

国内でも限られた者しか使えない、高位魔法である。どうやらガブリエルは、とんでもない実力を秘めた魔法の使い手だったようだ。

ただただひたすら驚いていたが、それ以上に驚くような事態となる。

ガブリエルが帰ったのと同時に、正面玄関の扉が叩かれた。

「あら、誰かしら?」

アレクサンドリーヌの鳴き声が聞こえない。いつもだったら、訪問者に激しく鳴いて威嚇するのに。

いったい誰がやってきたのか。

扉に備え付けられている小さな穴から、訪問者を覗き見た。

「――え!?」

訪問者は――金髪碧眼の美丈夫。間違いなく、アクセル殿下だった。慌てて扉を開く。

驚くばかりの私に、アクセル殿下は優しく声をかけた。

「久しいな、フランセット嬢」

頭の中が真っ白になり、返す言葉が見つからない。ひとまず、跪礼をしておく。

「ア、アクセル殿下におかれましては――」

「堅い挨拶は不要だ。私はそなたが元気か、見に来ただけだ」

なぜ？　という疑問が表情に滲んでいたからか、アクセル殿下は理由を語る。

「メルクール公爵が行方不明らしいな。今日、部下から報告を聞いて、驚いた」

「あ……はい」

騎士隊が無頼漢の男達を連行したので、アクセル殿下のもとまで話が届いたのだろう。

「内部に問題があって、把握が遅れてしまった」

問題というのは、事件をもみ消すためにマクシム・マイヤールが大金を騎士に手渡したらしい。それゆえに父の失踪も含めて、上層部にまで事件が伝わっていなかったようだ。

「マクシム・マイヤールはどうやら、妻に逃げられたのを恥だと思っていたらしい。事件が明るみに出ないよう、あれこれと手を尽くしていたようだ」

関係した騎士達が受け取った金額は、二十万ゲルト。ガブリエルが渡したお金がそのまま、事件のもみ消しに使われたようだ。

それにしても、アクセル殿下直々に事件の調査に当たるなんて。何か、大きな事件でも絡んでいるのか。

「失踪前のメルクール公爵は、何か行動におかしな点はあっただろうか？」

「いいえ。いつも通り、愛人の邸宅で過ごし、あまり家には戻りませんでした」

「家に、戻らない？　もしや、そなたはほとんどひとりで暮らしていたというのか？」

「ええ、まあ」

「使用人は？」

「おりません。あ、アヒルならおりますが」

「アヒル……？」

「庭に放し飼いしておりまして。獰猛で、訪問者を襲うのです」

背伸びをして庭を覗き込む。アレクサンドリーヌは大人しく、庭の隅で雑草を突いていた。

彼女は襲う相手を選んでいるのだろう。悲鳴を上げるガブリエルが脳裏を過り、躾が必要だと改めて思った。

「やはり、そなたは私が面倒を見るべきだった。今からでも遅くない。後見人となってやる」

「あ、えっと、大丈夫なんです」

「そなたは以前もそう言って、私の申し出を断った。実際は、大丈夫ではなかったではないか」

「いや、そうなんですけれど、本当に今は大丈夫なんです」

「何がどう、大丈夫なのだ？」

「婚約したんです」

「婚約？　どこの誰と？」

凄み顔で問いかけられる。震える指先を握りしめ、質問に答えた。

「ガブリエル……スライム大公です」

「スライム大公だと!?」

「はい」

「彼と、どこで出会ったというのだ？」

「ここです。実は、無頼漢の男達がやってきたとき、助けてくれたのが彼だったんです」

「そうか……。彼が、そなたと婚約をしたのか」

どうやら、アクセル殿下とガブリエルは顔見知りらしい。魔物大公同士なので、交流があるのかもしれない。

「たしかに彼ならば、そなたを守ってくれるだろう。生活も、安定するはずだ」

「ええ、だと、いいのですが」

立ち話もなんだ。お茶でもと声をかけたが遠慮される。

事件について詳しい話をするならば、騎士隊の本部へ行ってもいい。そう申し出たが、それも断られてしまう。

「今日は、そなたの顔を見に来ただけだ」

「そ、そうだったのですね。呼び出していただけたら、いつでも参上しましたのに」

「それもそうだな。呼び出せばよかった」

頭をぽんぽんと叩かれる。ここで初めてアクセル殿下は淡（あわ）く微笑んだ。

まるで兄が妹にしてやるような、優しいスキンシップだ。

「もう、こうしてそなたと接することも、できなくなるな」

「アクセル殿下……。これまで、優しくしてくださり、ありがとうございました」

「いいや、そなたには、何もしてやれなかった」

「お立場もあるでしょうから」

「それでも、何かできたはずだった」

繋がりが薄い私をここまで気にかけてくれるなど、なんて温かな心の持ち主なのか。

今一度、感謝する。

「メルクール公爵については、騎士隊が責任を持って調査する。何かわかったら、スプリヌ地方に手紙を送ろう」

「はい、よろしくお願いいたします」

今度、スプリヌに遊びに行く。そう言って、アクセル殿下は帰っていった。

想定外の訪問者に、胸がバクバクと脈打つ。

二度とこういうことはないだろうけれど、訪問されるさいは事前に連絡（れんらく）してほしい。心の中でそっと抗議（こうぎ）した。

とうとう、スプリヌへ嫁入りする当日となった。正確に言えば、嫁入りではないのだが……。

隣近所にはすでに挨拶を済ませている。菓子店と養育院、市場の知り合いにも。王都が恋しくなったら、ガブリエルがいつでも転移魔法で連れてきてくれるという。だから、また会えると言葉を交わし、別れてきた。

荷物は鞄ひとつ、それからアヒルのアレクサンドリーヌを脇に抱える。

プルルンも、ポンポンと跳ねて私の肩に着地した。

下町の家はガブリエルが庭師を雇い、庭の管理を任せる。いつでも父が帰ってきてもいいように、手入れを頼んでくれた。家の掃除もしてくれるというので、至れり尽くせりだ。

時間になり、ガブリエルがやってくる。魔法陣が浮かび上がり、そこから現れた。

「お待たせしました」

会って早々、これを持っておくようにと、傘が差し出される。フリルがついた、可愛らしい意匠だ。

「スプリヌは雨なの？」

「いいえ、護身用です」

「護身用？」

傘で何をどうするのか。

ガブリエルは何も答えず、代わりに手を差し出す。そこに、私はそっと指先を重ねた。

新しい土地での暮らしが始まる。

きっと悪いようにはならない。そんな気がしていた。

「行きましょう、フラン」

「ええ、お願い」

転移魔法が展開され、光に包まれる。景色がくるりと回転し、一気に変わった。

第二章 ◆ 没落令嬢フランセットは、湖水地方へ移住する

下り立ったのは、霧がかった村を見下ろすような小高い丘。鬱蒼とした森と湖、それから霧――それらで構成された土地だ。

空気はしっとりとしていて生ぬるく、ドレスが重たく感じるほどの湿気を感じる。

昼間は暑いが、夜は寒くなるらしい。王都とは異なる気候に、驚いてしまう。

地面に転がっていた鞄をガブリエルが拾ってくれる。着地するさいに手放してしまったのだ。手を差し出しても、返してくれない。どうやら、家まで運んでくれるらしい。

「転移魔法酔いは、していませんか？」

「転移魔法酔い？」

「転移魔法に適応できない者が訴える症状です。気分が悪くなったり頭痛がしたりするそうで」

「ああ、そうなの。大丈夫。何も感じないわ」

「よかったです」

アレクサンドリーヌも、ぐったりしていない。興味津々とばかりに、周囲の様子を窺っている。ガブリエルが近づくと、ガアガア鳴いて足をばたつかせる。相変わらず、彼を敵視しているようだった。仲良くしてもらうのは難しいのだろう。

最近、アレクサンドリーヌ専用の布袋を作った。これに入れておくと、大人しくなるのだ。体に密着するような作りなので、巣穴にいるような安心感を覚えるのだろう。

家から持参した布袋にアレクサンドリーヌを詰めて、肩からかけておいた。

プルルンはいつも通り。故郷に帰ってきたからか、瞳が少しだけキラキラしているように見えた。

「ここが湖水地方スプリヌ、なのね」

四方八方、深い霧で覆われている。霧の濃度はそれぞれで、遠くの景色が見えるところもあれば、まったく見えないところもある。そして、どこを見ても大小の湖があった。空を見上げると、曇天が広がっている。これでも、空は明るいほうらしい。いつもはもっと暗いようだ。

「寒くないですか？」

「ええ、平気」

ガブリエルは背後を振り返り、指を差す。そこにあったのは、暗い森と霧をまとう古城。

「あれが、我が家です。不気味でしょう？」

「まあ……なんというか、雰囲気があるわね」

一歩、二歩と足を踏み出す。地面の草花も湿気を帯びていて、歩く度に水滴がぽつぽつ舞う。

「フラン、水たまりには確実にスライムが潜んでいます。近づかないように」

「そうなの？」

「ええ。うっかり踏んだ者を狙って、襲いかかってくるのですよ」

ちょうど近くに、小さな水たまりができていた。背伸びして覗き込んだが、ごくごく普通の、浅い窪みに雨水が溜まっているようにしか見えない。

けれども、ガブリエルが近づき、手にしていたステッキで水たまりを叩く。すると、拳大のスライムが飛び出してきた。

ガブリエルは即座にスライムを叩き落とす。潰れたスライムは息絶え、動かなくなった。

「このように、ちょっとした水たまりですら危険なんです。気を付けてください」

「わ、わかったわ」

どんなに大きなスライムでも、ちょっとした水たまりがあるだけで中に溶け込むことが可能らしい。

「ということは、浴槽や洗面所とかも、要注意ってこと？」

「いえ、家の中は大丈夫です。スライム避けの結界を張っていますので」

ガブリエルの話を聞いて、ホッと胸をなで下ろす。

「葉っぱに付いている、小さな水滴にスライムはいない？」

「いません。最低でも、手のひらで掬えるほどの水場が必要なので」

「そう、よかったわ」

何はともあれ、警戒するに越したことはないだろう。

「もしものときは、その傘でスライムを殴打してください。おそらく、一撃で倒せるかと」

「護身用って、対スライム用だったのね」

「ええ。もしも出発前に教えて、ここに来るのが嫌だと言われたら困るので、説明しませんでした。その、すみません」

黙って連れてくるのはどうかと思ったが、正直に打ち明け、謝罪したので許してあげよう。ただ、二回目はわからない。何かあるときは、事後承諾ではなく、その場で説明してくれと訴えた。

「次からは、そうします」

「お願いね」

夫婦となる以上、歩み寄りは大事だ。

自分の意見ばかり主張するのではなく、彼の気持ちも聞きながら、ゆっくり関係を深めていきたい。

「その傘は、フランのために作った特別製です。スライムと戦うさいに攻撃力が上がる魔法が付与されています」

傘を広げてみると、裏側に魔法陣が描かれていた。対スライム戦に特化した、湖水地方スプリヌで暮らす女性のための武器らしい。

「それはあなた専用に作らせた物ですが、使いにくいようでしたら改良させます」

「ということは、この傘は、私がいただいてもいいってこと？」

「ええ。外を歩くときは、肌身離さず持ち歩いてください」

「ええ、わかったわ。素敵な傘ね。気に入ったわ。ありがとう」

「そう言っていただけると、贈ったかいがあるというものです」

　ガブリエルは眼鏡のブリッジを素早く押し上げながら、「しかしまあ、夫となる者として、当然のことです！」と早口で捲し立てていた。

　湿気を含む草原をしばらく歩いていると、木々に覆われた森へと入る。

　中へと進むにつれて緑の匂いが濃くなっていく。きっと葉が湿気をまとっているからだろう。

「……ん？」

　パラパラと、水滴が落ちてきた。

「雨かしら？」

「いいえ、これは〝樹雨〟です」

「きさめ？」

「ええ」

　樹雨は雨ではないらしい。木々にまとわりついた霧が水滴となり、風と共に地上に降り注ぐ湖水地方特有の現象だという。

　ぽた、ぽたと雨のように降ってくるので傘を差した。湖水地方の人々は、樹雨程度では傘など差さないらしい。

「所持している外套のほとんどに撥水加工が施されているので、傘は必要ないのです」

「どちらかと言えば、傘はご夫人の護身用なのかしら？」

「そうですね」

大雨が降ったらさすがに傘を差すという。

「出先で傘がないときには、こうします」

ガブリエルはプルルンを杖の先端に乗せ、ぽんぽんと軽く叩く。すると、プルルンが薄くなり、半球体に広がった。

「スライム傘です」

「さすが、スライム大公だわ」

思わず、感心してしまった。そうこう話しているうちに、森を抜ける。

先ほど見かけた、霧がかった古城の前に辿り着いた。

「立派ね」

「無駄に大きいだけですよ」

スプリヌの山で採石される粘板岩を用いて建てた城らしい。高く突き出た尖塔には巨大な魔石が収められており、夜間は月のように煌々と光るようだ。霧深いスプリヌでの、灯台の役割を果たしているという。

堅牢な城門を潜る前に、ガブリエルが振り返って言った。

「あの、申し遅れたのですが、母は少々神経質でして……。無理して話を合わせなくてもいいので」

どう返すのが正解なのか、よくわからない注意事項であった。ひとまず頷いておく。

古城は水が溜まった堀に囲まれていた。中を覗き込むと、隙間なく杭が突き出ている。

「あの杭は、対スライム用？」

「そうです。杭に呪文が刻まれていて、堀に落ちると吸い寄せられるようになっているんです。スライムが刺さると魔力を吸収し、杭は強固になる魔法をかけています」

さらにスライムの亡骸で、水質を浄化する魔法も施されているらしい。だから、堀の水は杭がはっきり見えるほど澄んでいるのだ。

「あなたが考えて、作ったの？」

「ええ、まあ。大した技術ではないのですが」

「いいえ！　素晴らしい技術だわ！　スライムが退治される上に、水も浄化するなんて！」

ガブリエルは眼鏡のブリッジを指先で押し上げ、顔を逸らす。

「完成まで、大変だったでしょう？」

「それはまあ……。いや、私のことはどうでもよくて。内部を案内します」

ガブリエルは堀の前で、杖をトントン叩く。すると、魔法陣が浮かび上がった。連動して、跳ね橋が下りてくる。

「私の杖やあなたの傘の石突きに、呪文が刻んであるんです。それでここを叩くと、この通り、跳ね橋が自動で動くという仕組みです」

「なるほど。傘は鍵代わりでもあるのね」

「ええ、そうなんです」

橋はしっかりした造りであったものの、手すりはない。堀の杭を見てしまったら、怖じ気づいてしまう。そんな私に気づいたのか、ガブリエルは手を差し伸べてくれた。

「よろしかったら、手をお貸しします」

「お願い。実は、怖かったの」

「毎日通っていたら、慣れますよ」

「そうかしら」

差し伸べられた手に、指先を重ねる。ぎゅっと握り返され、腰も支えてくれた。どきん、と胸が跳ねる。それは、意外としっかり支えてくれた彼に対するときめきなのか。それとも、危険な橋に対する恐怖から動悸がしたのか。

どちらにせよ、恐ろしいことには変わりないので、手を貸してくれて助かった。

ホッとしたのもつかの間のこと。地面の泥に足を取られ、倒れそうになる。

「きゃっ――――！」

衝撃に備えて覚悟を決めたが、そのまま転倒することはなかった。

なぜかと言えば、ガブリエルが私を抱き止めてくれたから。

「フラン、大丈夫ですか⁉」

「え、ええ」

ガブリエルは荷物を手放さず、片腕で私の体重を受け止めた。

ロマンス小説に登場する貴公子のように細身の体型に見えたが、想定していたよりも力があり、筋肉質であった。

まさかのギャップに、ドキドキしてしまう。

「地面はぬかるんでいるので、気を付けてください」

「え、ええ、そうね。ありがとう」

離れたあとも、しばらく心臓は落ち着かなかった。

「フラン、先を進みましょう」

落とし格子を上げて門を抜ける。その先にあったのは、切石で作った外郭に囲まれた威圧感のある庭だ。スライムの侵入を防ぐために、頑丈に造っているのだろう。

「スライム避けの侵入防止の魔法が完成したのは百年ほど前で、それ以前は外郭を高く造ることによって、スライムの侵入を防いでいたようです」

「そうだったの」

この古城には、スライムと長きにわたり戦ってきた歴史があるのだろう。よくよく見たら庭の植物はほぼ野菜で、木々は果樹だった。一般的な貴族の庭にある薔薇や百合などの、観賞用の草花は見当たらない。

「三百年前にこの地でスライム飢饉が起きまして、今後何かあったときに領民に食料を配布できるよう、領主城では野菜や家畜を育てているんです」

「スライム飢饉？」

「スライムが野菜や家畜を好む個体へ進化してしまった、暗黒期があったのですよ」

村の野菜はすべて食べ尽くされ、家畜は血の一滴も残らないほど呑み込まれてしまったという事件があったらしい。当時の領主が血反吐をまき散らしながらスライムを殲滅させ、領民を飢えから救ったという。

　庭では多くの庭師が働いていた。ガブリエルを見つけるなり、頭を下げる。

「あの、ちょっと気になったことがあるのだけれど、聞いてもいい？」

「ええ、どうぞ」

　庭の土には、スライムを薄く伸ばしたような透明な膜が張られていた。

　これは何なのか、妙に引っかかったのだ。

「この膜は、植物の生育を早める土壌スライムです」

「ど、土壌スライム……!?」

「ええ」

　スライムの亡骸を素材として作っているらしい。

「スプリヌで小麦は秋に種を蒔き、越冬させたあと、初夏に収穫します。しかしながら、この土壌スライムを使うと、たった一か月で収穫までできるのです！」

「本当に？」

「嘘は言いません」

　領民全員の食糧を確保するために、ガブリエルが開発したらしい。スライムを素材に、という点で怪しさを感じる。けれどもきちんと浄化され、スライムの成分はいっさいない状態だという。外部に依頼し、食品の安全性も確認されているようだ。

「ちなみに、ここで働く者以外は知らない情報です」

「私に喋ってても大丈夫だったの？」

「もちろんです。フランは、私の妻となる女性ですから」

頬を染め、恥ずかしそうに言っていた。私が見ているのに気づくと、高速で顔を逸らす。

なぜ、彼にここまで気に入られているのか、まったくわからない。

ここでの暮らしに慣れたら、ゆっくり話を聞いてみたくなった。

城の内部には家畜小屋や酒を造る工房、養蜂を行う花畑や礼拝堂、武器保管庫などなど、把握しきれないほどの施設があった。

一歩進んだら使用人とすれ違うほど、たくさんの人達が働いている。皆、ガブリエルを尊敬し、恭しく頭を下げていた。彼はよき領主らしい。

やっとのことで、住居となる城へ辿り着いた。大勢の使用人に出迎えられる。

「旦那様、おかえりなさいませ」

深々と頭を下げる三十代くらいの女性は、家令だという。女性の家令を初めて見たので、驚いた。ブルネットの髪を短く切りそろえた、かなりの美人である。

「使用人は、あとで紹介します」

まずは母親に、ということなのだろう。ガブリエルは使用人に、荷物を託す。家令はアレクサンドリーヌを預かると受け取ってくれた。浴槽で水浴びをさせてくれるらしい。

「では、フラン、中を案内しますね」

「ええ、お願い」

城の内部は驚くほど明るい。その秘密も、やはりスライムであった。

「ここではスライムを魔石のように硬化させ、灯りにする〝スライム灯〟が利用されています」

光属性のスライムを用いて、生活灯として使っているようだ。もちろんこれも、ガブリエル特製だという。

長い石造りの廊下を歩き、二階へと上がっていく。辿り着いた先は、ガブリエルの母親の私室であった。扉を叩き、声をかける。

「母上、ただいま戻りました。今日は婚約者であるフランセット嬢を紹介したく、参りました」

侍女の手によって、扉が開かれる。部屋の中にいた上品な女性が、私に微笑みかけてきた。

だが、次の瞬間には、信じがたいほどの声量で叫ばれる。

「やだ――、都会の人ですわ――!!　どうせ、半日でこの地に飽きて、出て行きますのよ――!!」

ガブリエルの「ほら、変わっているでしょう?」みたいな悲しげな視線に、どう応えていいのか本気でわからなかった。

「母上、落ち着いてください。彼女は私の婚約者です。この地については理解いただきました」

「あなたの父親も、そう言って、結局はみんなみんな出て行きましたの!　ああ、不幸な子ですわ。早々に、捨てられるなんて!」

なんていうか濃い御方だ。上手くやれるのか心配になったが、信頼は行動で示すしかないのだろう。

「初めまして、フランセット・ド・ブランシャールと申します」

「ブランシャール？　ブランシャールって、メルクール公爵家の⁉」

「え、ええ」

「母上、どこの誰と結婚するというのは、先日説明したでしょう？」

「ごめんなさい、ぜんぜん聞いていませんでした」

「母上……。呆れて言葉がでてきません」

今一度、私と私を取り巻く問題について、ガブリエルは説明してくれた。

「――という事情がありまして、彼女はただの公爵令嬢ではありません。父親は行方不明のままで、今すぐ結婚というわけにもいかず……。しばらくは、婚約者という関係でいなければなりません」

「まあ、そうでしたの。若いのに苦労をして、おかわいそうに……！」

ガブリエルの母親は私のもとへやってきて、ぎゅっと手を握る。

「わたくしのことは、お義母様と呼んでかまいませんからね」

「あ、ありがとうございます」

ガブリエルの母親改め義母は、にっこり微笑みながら思いがけないことを口にした。

「頼るべき父親がいないのならば、永遠にここにいてくださるわね！」

「母上、何を言っているのですか‼」

悪い人ではないのだろう…………たぶん。

義母はそうとう、スプリヌの地を捨てて出て行った人達のことが心の中の深い傷として残っているらしい。領地全体でも、若者達の都会への流出が止められないような状況なのだとか。そのため、余計に神経質になっているのだろう。

「フランセットさん、わたくしが死ぬまでここにいてくれたら、わたくしの個人財産をすべて相続させてあげますからね」

「母上!!」

「別によいではありませんか。子どもをたくさん産めとか、あなたを愛してあげてとか、言っているわけではないし」

義母は優しく諭すように話す。爵位の継承は、直系の子どもにこだわってはいないらしい。ガブリエルは止めようとしているものの、こういう話を聞いておくのも大事だろう。

「大事なのはスプリヌの地を大切に思っているか、ということだけですわ。直系の子どもに継承しても、財産ごと都会へ逃げられたら、たまりませんから」

親戚はそこまで多くないという。義母の姉妹は、王都へ嫁いでいったモリエール夫人のみ。あとは、義母の亡くなった父親の兄弟、ガブリエルからみたら大叔父がひとり。

この大叔父というのが食わせ者という話は耳にしていた。大叔父の子どもは息子がひとり、娘がひとり。娘は余所へ嫁いでおらず、結婚した息子とその妻、娘がふたり。親戚は以上だという。

「子どもに関しては、最低五人は欲しかったのだけれど、ガブリエルしか生まれませんでした。

家系的に、たくさん子どもを産めないのかもしれません」

最悪、ガブリエルの意思を強く引き継ぐ者がいたら、その者を養子としてスライム大公の爵位と財産を継承させたらいい、という考えもあるという。

魔物大公の爵位は、男系男子と限定しておらず、女性や養子にも継承権があるらしい。大事なのは、魔物大公の爵位を次代へ引き継ぐことなのだとか。

「そんなわけですので、跡継ぎとなる子どもを産まなければ、というお役目はお気になさらず。好きな物はなんでも買っていいですし、旅芸人を呼んだり、劇団を呼び寄せたりもご自由にどうぞ。社交が苦手ならば、家に引きこもっておくのもかまいません。愛人も、お好きに囲ってくださいな」

「母上～～!!」

義母はガブリエルの抗議を無視して話し続ける。

「この地を出て行くこと以外でしたら、なんでも好きになさって」

「えー、その、わかりました」

貴族の結婚で当たり前のように果たさなければならないことは、ここではしなくていいという。ただ唯一、スプリヌの地を捨ててどこかに行くのだけは許さない、と。実に単純明快な決まりだった。

「フランセットさん、スプリヌの印象はいかが？」

「母上、どうしてそう、答えにくいことばかり聞くのですか」

「ガブリエル、あなたは少し黙っていてくださいまし。それで、どう？」

満面の笑みで問いかけられる。たった今、来たばかりなのでゆっくり景色を見ていない。けれども、言えることはある。

「王都と何もかも違っていて、驚きました。まだ、ここがどのような土地かきちんと把握していないので、ひとまず、理解を深めたいなと思っています」

「あら、そうですの。ガブリエル、明日は村でも案内してあげたらいかが？」

「ええ、そうですね」

義母は笑みを浮かべたまま、楽しそうにしていた。不興は買っていないようで、ホッと胸をなで下ろす。

「フランセットさんが来るって知っていたら、料理長にクラフティを作らせたのですが」

「クラフティ……」

「ご存じですの？」

「以前、いただきまして」

モリエール夫人の話題を出していいものかわからなかったので、濁した言葉を返す。

「そうでしたのね。クラフティはスプリヌでもっともおいしいお菓子のひとつですのよ。わたくしも、ここを出て行った妹も大好物でした」

モリエール夫人の話題が出たので、ドキッとする。別に、禁句というわけではないようだ。

「母上、フランセット嬢の嫁入り支度は、叔母上が手伝ってくれたんです」

「あら、そうでしたの？　ジュリエッタが、どうして？」

「それはその、私の母は現在、姉と一緒に帝国にいるんです。姉が嫁入り前ですので。頼れる親戚がいなかったので、モリエール夫人の力をお借りました」

「では、お父上がいなくなってからは、ずっとおひとりで？」

「ええ」

「大変でしたのね」

こうしてみると、義母とモリエール夫人は見た目や喋りがそっくりである。姉妹といっても、私と姉はまったく似ていなかった。子どものときから、似ている姉妹が羨ましかったのを思い出す。

「あの、実は、クラフティはモリエール夫人と食べたんです。彼女も、クラフティが大好きだと、おっしゃっていました」

「まあ……そう」

複雑な表情を浮かべている。きっと、ふたりは仲のよい姉妹だったのだろう。けれども、結婚を機に離ればなれになってしまった。

モリエール夫人は故郷を捨てたわけではない。大好きなクラフティは、毎週のように食べると話していたから。

「モリエール夫人にスプリヌでお気に入りの場所を見つけたら、手紙に書いて送ると話したら、笑みを浮かべて喜んでいました」

「それは、どうして？　あの子は、スプリヌの地を捨てて、出て行ったのに……！」

「母上、スプリヌに固執し、暮らし続けることだけが愛というわけではないのですよ」

ガブリエルの言葉を聞いて、義母はハッと反応を示す。

「ここでの暮らしを他人へ強要する行為の愚かさを、今一度考えてみてください」

挨拶の場はこれにてお開きとなる。

義母をひとり残していいものか不安になった。ガブリエルは大丈夫だと言っているが。

「母には冷静になって、ひとりで考える時間が必要なのでしょう」

「それは、そうかもしれないけれど」

後日、義母とはゆっくり話す時間を作ってもらおう。今は、ここでの暮らしに慣れなければ。


ガブリエルは私のために、部屋を用意してくれたらしい。

「お気に召していただけるとよいのですが」

下町の雨漏りする家に比べたら、どんな部屋でも快適に過ごせるだろう。

けれども、実をいえばあの家をけっこう気に入っていた。自分だけの楽園と言えばいいのか。

家具の色を塗り替えたり、カーテンに刺繍して好きな模様にしたりと、好みの部屋に改造していたのだ。試行錯誤しながら暮らしていた日々は大変だった。けれども、振り返ってみると充実していたように思える。

「こちらです」

オーク材らしい剛健な扉を開いた先には、水晶の美しいシャンデリアが輝いている。大理石の床には、羊毛と絹を織り込んで作ったという精緻な模様の絨毯が敷かれていた。大きな窓にはドレープがたっぷり重なった、重厚でゆったりとしたカーテンが揺れている。部屋の中心にはマホガニーのラウンドテーブルに、座り心地のよさそうな猫脚の椅子が置かれていた。ガラス製のキャビネットや、茶器やグラスが並べられたオープンシェルフもオシャレである。白を基調とした優雅で清楚な部屋だ。

「いかがでしょう？」

「とっても素敵。気に入ったわ」

「安心しました」

使用人を呼んでくるので、ここで待っておくようにと言われた。ずっとガブリエルの肩に乗っていたプルルンは残り、私の膝に跳び乗る。

『ガブリエル、うれしそう』

「そう？」

『うん。うかれているんだよお』

なんでも壁紙や床板は新しく張り替え、家具は村の職人に作らせた品々だという。カーテンだけは気に入ったものが村で見つけられず、王都で買ったようだ。

『おうとでかったの、おかーさんには、ないしょ』

「でしょうね」

ここまで喜んでくれたら、やってきたかいがあるというもの。スプリヌの地で私は何ができるのか。

彼と結婚する日までに、なんとか探し出したい。部屋には二カ所、扉があった。一カ所は寝室。天蓋付きの豪華な寝台が、どん！　と鎮座していた。その隣は、台所だった。オーブンまで完備されており、床には美しい青のタイルが敷き詰められている。

『ここは、フラのだいどころ！　ガブリエルがフラのために、あたらしく、つくらせた』

「そうだったのね」

私が不自由なく暮らせるよう、いろいろと準備をしてくれたようだ。台所は私がお菓子作りをすると話したからだろうか？　真新しい台所を前に、胸がときめく。

ガブリエルが使用人を伴って戻ってくる。まず紹介されたのは、家令の女性。先ほどはエプロンドレスをまとっていたが、今は執事が着ているような燕尾服をパリッと着こなしていた。

「彼女は家令の、コンスタンス・バルテルです」

「どうも初めまして。フランセット・ド・ブランシャールよ」

「初めまして、フランセット様。どうぞ、お見知りおきを。困っていることがあれば、なんでも仰ってください」

「ええ、ありがとう」

いつも男装姿で働いているらしい。先ほどは、私が驚いてはいけないからと、エプロンドレスを着ていたようだ。女性が家令だと聞いて動じていなかったため、いつもの恰好で参上したという。

続けて、専属侍女が紹介される。同じ顔だったので驚いたが、三つ子らしい。

ココアブラウンの髪をシニヨンにしてまとめ、それぞれ違う色のドレスにエプロンをかけた姿でいる。年ごろは十七から十八くらいだろう。

ひとりは輝く瞳でアレクサンドリーヌを抱いていて、ひとりは眼鏡をかけていて、ひとりは少し眠そうだ。顔はそっくりだが、個性がありそうな三つ子である。

動物好きなのがニコ。眼鏡をかけているのがリコ。眠そうなのがココだという。

「ニコ、リコ、ココ、よろしくね」

声を合わせ、「よろしくお願いいたします」と返してくれた。

ニコだけ部屋に残り、ふたりは下がっていく。

コンスタンスと入れ替わるようにして、メイドがお茶を持ってきてくれた。

スプリヌで栽培している茶葉から作った紅茶で、お茶請けは香辛料を利かせたクッキーだとガブリエルが紹介してくれる。

お茶を一口飲んでホッと息をはく。緊張から解放されたからか、ずいぶんと気持ちが楽になった。

「すみません、一気にたくさんの人達を紹介してしまって」

「いいえ、嬉しいわ。みんな親切そうで、安心した」

「親切……？」

「ええ」

ガブリエルは部屋の隅で待機しているニコを振り返った。嬉しそうに、アレクサンドリーヌを胸に抱いている。相当、動物が好きなのだろう。珍しく、アレクサンドリーヌも抱かれたまま、大人しくしている。居心地がいいのかもしれない。

「皆、変わり者の間違いでは？」

「紹介した人のなかに、あなたのお母様も入っているのだけれど」

「母は変わり者のスプリヌ代表みたいなものです」

「だったら私も、変わり者の仲間入りかしら？」

「フランは常識ある女性です。変わり者ではありませんよ」

「あらそう？　でも、ここで暮らすのならば、馴染めるように努めなければいけないわね」

ガブリエルは何か言いたいような表情を浮かべたが、出てきたのはため息ばかり。

「とりあえず、ここに慣れるまでゆっくり過ごしてください。母が村の案内がどうこう言っていましたが、気分が乗らないのであれば、別の日でもかまいませんので」

「あなたが忙しくないのであれば、ぜひとも村を案内していただきたいわ」

「いいのですか？　何もありませんよ」

「ええ。楽しみにしているわ」

「わかりました。では明日、村をご案内します」

「ありがとう」

ガブリエルは素早く眼鏡を押し上げ、立ち上がる。一礼すると、部屋から去って行った。

部屋に残っていたニコを振り返り、手招く。

「あなた、動物が好きなの？」

「はい！　こちらのアヒル様がとても可愛らしくて……！」

「アレクサンドリーヌっていうの」

「アレクサンドリーヌ様ですか！　すばらしいお名前です」

「お世話を、お願いしてもいい？」

「もちろんです‼」

水浴びや餌（えさ）、散歩、排泄（はいせつ）、寝床（ねどこ）、卵についてなど、ニコにしっかり教えておく。

「私も手が空いていたら、一緒にお世話するからよろしくね」

「はい！」

他の姉妹についても、話を聞く。

リコが眼鏡なのは、暗い部屋で本を読みすぎたから。ココは夜更（よふ）かしするのが好きで、昼間は常に眠そうにしているらしい。想像通り、個性豊かな三姉妹である。

「コンスタンスはどんな人なの？」

「家令は、クールですね。仕事人間です。とっても頼りになるんですよ」

「そう」

主要の使用人について、ざっくり情報を聞き出しておく。

あとは、直接話をして理解するほかない。ここで上手くやっていけるかは、私次第だ。頑張ろうと、心の中で誓ったのだった。

夕食はガブリエル、義母と囲む。

「うふふ、息子以外の誰かと共に食事をするなんて、ものすごく久しぶりですわ」

「これから、どうぞよろしくお願いいたします」

「フランセットさん、末永く、ご一緒できたら嬉しいですわ‼」

「母上、それくらいに」

特別なワインを用意してくれたようだ。コンスタンスが音もなく、器用に栓を抜く。

「我が領地では少量ながら、ブドウを栽培しております。ワインは絶品だと、身内の間で評判です」

「ガブリエル、身内の間で評判って説明しても説得力はありませんわ」

「母上、本当に少量しか生産していないので、よそに出す余裕はないのですよ。それにあの偏屈大叔父がおいしいと言っていたんです。味は間違いないですよ」

「あら、そうでしたのね」

身内に評判だというワインが差し出される。シュワシュワと、音を立てて泡が弾けていた。

義母がグラスを掲げ、声をあげた。

「息子の、すばらしい妻に！」

「母上、まだ妻ではありません」

「いちいちうるさいですわねえ。……改めまして、息子のすばらしい婚約者に、乾杯！」

初めて食卓を囲むとは思えないほど、和やかな雰囲気の中で杯を交わす。

スライム大公家とっておきの料理が、次々と運ばれてきた。

前菜はキノコパイ。秋に採れたものを乾燥させ、冬から春にかけて消費するらしい。

旨みがぎゅっと濃縮されていて、大変美味だった。

スープはチキンコンソメ。成熟雌鶏と呼ばれる個体から、長時間煮込んで完成させたスープらしい。あっさりしているのに、深いコクがある。

「このスープ、本当においしいわ」

「家禽については、実はいろいろこだわっているんです」

スプリヌでは家禽の畜産が盛んらしい。ニワトリをメインに、ガチョウやウズラ、シチメンチョウなどを育てているのだとか。

夕食にも、自慢の家禽が並ぶ。メインはウズラの蒸し焼き。スプリヌで採れた薬草を利かせた一品だ。

肉質はとてもやわらか。癖はなく、おいしいお肉だった。

家禽の飼育には飼料が必要となる。スプリヌではトウモロコシの栽培も盛んらしい。飼料として利用するのはもちろんのこと、領地で消費される分も生産される。

ポタージュにするほど甘い品種ではないものの、粉末にしてコーンブレッドにしているという。シンプルな味わいのパンは、どの料理とも相性がいい。

デザートはスライムゼリーと聞いてぎょっとする。薄紅色をしたぷるぷるのゼリーが運ばれてきた。

「あの、これは、もしかしてスライムを素材にしたゼリー？」

「いいえ、違います。見た目がスライムに似ているだけで、ただのゼリーです」

「だったらよかった」

ベリーを使ったゼリーで、甘酸っぱくておいしかった。

初めての晩餐会は、和やかに過ぎていく。


お風呂に入り、一日の疲れを洗い流す。湯に薬草が詰められた布袋が浮かんでいて、いい匂いだった。プルルンに体をこすってもらい、肌や髪はツヤツヤぴかぴかになる。

最初はびっくりしたスライムに体を洗ってもらう行為だったが、今では慣れてしまった。プルルンが毎日のように、『からだ、あらってあげるう』と言ってくれるので、甘えているのが現状である。

スプリヌの人達は皆、テイムしているスライムで体を洗っているのが普通なのだろうか。その辺、詳しく聞いてみたい。

桶に張った水でプルルンと水遊びをしたあと、寝室に向かう。

すでに、アレクサンドリーヌはカゴに納まり、スヤスヤと眠っていた。起こさないように、足音を立てずに寝台へと潜り込む。

今日も、プルルンは私と一緒に眠るようだ。

「プルルン、ガブリエルのところで眠らなくていいの？」

『ガブリエル、ねぞうがわるい。フラといっしょがいいの』

「そう。だったら、一緒に眠りましょう」

『うん！』

プルルンを胸に抱き、瞼を閉じる。

昨晩は不安で眠れなかったからか、横になってすぐに睡魔が襲ってくる。

明日はどんな一日になるのか。期待を胸に、眠りに就いた。

翌日——カエルの鳴き声で目を覚ます。外はまだ薄暗い。時計を確認すると、朝だった。

これが湖水地方の朝なのだろう。

プルルンはブランケットみたいに薄くなり、私の体に覆い被さっていた。ペロリと剥ぐと、ハッと目を覚ます。形状は球体へと戻った。

「プルルン、おはよう」

『フラ、おはよう』

私達の声に反応して、アレクサンドリーヌも目を覚ましたようだ。むくりと、体を起こす。

カーテンを広げて外の景色を覗いていたら、眼鏡をかけた侍女リコがやってきた。

「フランセット様、おはようございます」

「おはよう、リコ」

リコは物静かな性格のようだ。ココはどんな性格の子なのか。気になるところだ。

「本日のドレスはいかがなさいましょう？」

「朝食のあと出かけるから、村で浮かないものをお願い」

「かしこまりました」

数分後――リコは羚羊色のドレスを手に戻ってくる。

「こちらがいいと思ったのですが、少々地味でしょうか？」

「いいえ、いいわ。まだ婚約者という立場で、派手なドレスを着ていったら、どういうつもりなのか、みたいに思われるかもしれませんし」

「そんなことは……あるかもしれません」

淡々としながらも、素直な物言いをするので笑ってしまった。リコはいい性格をしている。

リコが用意してくれたドレスは、色合いこそ地味だが、美しい刺繍が施された品のある一着だ。白い糸で刺されたニオイスミレの花言葉は〝貞淑〟。このドレスを見て、悪い印象を抱く者はいないだろう。

「そういえばそのドレス、初めて見るわね。ガブリエルが王都で購入したドレスではない？」

「はい。こちらは村の職人が仕立てた一着でございます」

「あの、耳が遠くて注文が通らないという噂の？」

「はい」

村の経済を回すために、ガブリエルが根気強く発注したらしい。

華やかな珊瑚色の生地に薔薇の刺繍で一着作ってくれと注文したところ、完成したのがこのドレスだという。

「ドレスが仕上がっただけでも奇跡だと、ガブリエル様はおっしゃっていました」

「そうね」

リコが選んでくれたドレスをまとう。寸法はぴったりだった。スカートの丈は、足首より少し上。

地面は常に湿っているので、これくらいの長さが裾を濡らさずにちょうどいいらしい。

「髪型はいかがなさいますか？」

「この辺りの若い娘がしているものと、同じ髪型でお願い」

「承知いたしました」

サイドの髪を一房三つ編みにし、頭に巻き付けてリボンで結ぶ髪型が流行っているようだ。

ハーフアップができるのは、独身の娘のみ。この髪型が許されるのも、今だけだろう。

「うん、いいわね。リコ、ありがとう」

リコは会釈し、下がっていく。

朝食は各々食べるらしい。なんでもガブリエルは超絶早起きで、義母はそれより二時間遅く起きてくるからなのだとか。

朝食はカフェボウルたっぷりに注がれたミルクコーヒーに、バタークリームとジャムが塗られたパン、白トリュフのオムレツと厚切りベーコンがワンプレートに載ったものが運ばれてくる。春先に白トリュフが食べられるとは驚いた。旬は秋で、しかも十日くらいしか保たないから。もしかしたら、秋に採れたものを魔法か何かで保管していたのかもしれない。

なんとも豪勢な食事だ。没落する前の公爵家でも、朝からトリュフなんて食べなかったのに。

おそらく、スライム大公家は思っていた以上に裕福なのだろう。

どれもおいしくいただいた。

プルルンもお出かけに同行するらしい。ベルベットのリボンに擬態し、ドレスの装飾と化す。

「プルルン、そんなこともできるのね」

『うん、できるよお』

ペンダントに擬態してもらったら、夜会のとき楽かもしれない。装飾品は地味に重たいのだ。

アレクサンドリーヌと今朝方産んだ卵をニコに託す。

ニコは卵を温めたらアヒルが孵るかも！　と喜んでいたが、残念ながら無精卵だ。期待させてはいけないので、しっかり教えておく。

「あの、よろしければ、なのですが、アレクサンドリーヌ様をお見合いさせてもよろしいでしようか？　村に、アヒルを飼っている家がいくつかあるので！」

「雛の面倒をあなたが責任を持って見るのならば、問題ないわ」

「ありがとうございます！」

アヒルを増やしてどうするつもりなのか。まあ、幸いにも飼育スペースはたくさんある。ニコが責任を持って育てるというので、許可した。

そろそろ出発の時間である。見送りには三つ子の末っ子らしいココがやってきた。

「フランセット様……こちらを」

「ありがとう」

ニコやリコに比べて、のんびりとした喋りのココから傘を受け取る。外に出る際、スライムを倒す武器として傘を持ち歩かなければならないのだ。

ココは腰に鞭を吊り下げていた。あれで、スライムをやっつけるしかないのだろう。

彼女は夜更かしが趣味だと言うだけあって、朝から眠そうだ。目も開ききっていない。

こうして眺めていると、三つ子はパッと見てそっくりだ。けれども個性豊かなので、見間違えることはないだろう。

ガブリエルはエントランスで待っていた。今日はモスグレイのフロックコートをまとっている。私を見るなり、眼鏡のブリッジを押し上げた。

「フラン、おはようございます」

「おはよう」

階段を下りようとしたら、ガブリエルが颯爽と駆け上がってくる。ごくごく自然に、手を差し伸べられた。そっと指先を重ねると、優しく握り返される。

ガブリエルの導きと共に、階段を下りた。

非常にスマートなエスコートである。こういうことを異性からされた覚えがなかったので、盛大に照れてしまった。

階段を下りるだけで、少々過保護なのではないか。そう思ったものの、悪い気持ちはしない。

昨日、跳ね橋を渡ったときのように、胸がドキドキと高鳴っていた。

この気持ちはいったい、と考える暇もなく、ガブリエルに話しかけられる。

「そのドレスは、たしか――」

「ええ、リコから聞いたわ。村の職人に頼んで、作ってもらったと」

「すみません。もっと華やかなドレスを仕立てていただこうと思っていたのですが」

「いいえ、すてきよ。ニオイスミレ、好きなの。ありがとう」

ニオイスミレが丁寧に刺繍されたスカートを軽く摘まみつつ、感謝の気持ちを伝えた。

「お気に召していただけたのならば、何よりです」

早速出発する。外に出て、庭を通り過ぎる。庭師が作業の手を止めて、会釈していた。朝も早くから、汗水垂らして働いているようだ。

門を抜け、跳ね橋を渡る。ガブリエルは優しく手を引いてくれた。

ここでもドキドキしてしまう。今日は動悸が激しい。

村までは馬に乗って行くようだ。森は馬車が通れるほど広くはないため、騎乗して向かうという。

馬屋番が馬を用意し、待機していた。黒くて大きな馬が、私達を見下ろす。

「お、大きい馬ね」

「この辺りでは、これくらいが普通です」

「そうなの」

「フラン、馬に乗った経験は？」

「小さなときに、お父様と」

「そうでしたか。では、そのときの記憶を思い出して、乗ってみてください」

「できるかしら？」

「大丈夫です。難しくはありませんから」

馬に乗ることなんて、まったく想定していなかった。姉が馬術を習得するときに、一緒に習いにいっていたらよかったと、今更ながら後悔する。

傘や杖は鞍に吊り下げるようだ。ベルトがあって、そこにしっかり固定される。

ガブリエルは軽々と馬に乗り、私に手を差し伸べた。

「鐙を足で踏んで、一気に上ってください」

「ええ、わかったわ」

ガブリエルの手を握り、鐙に足をかける。意を決し、踏み込んだ足に力を込めた。すると、ぐいっと強く手を引かれ、馬の背に上げられる。腰を下ろし、ストンと横乗りに座った。

「けっこう、高いのね」

「すぐに慣れますよ。鞍の握りを持っていてください」

　鞍にドアノブのような突起があった。これを掴むだけでは不安だと思っているところに、腰にガブリエルの腕が回される。

　馬上の高さにおののいていたものの、今、彼とかなり密着しているのではないか。

　そう意識したら、恥ずかしくなった。これまでにないくらい、ぴったりくっついている。

　清潔感のある、ハーバル系のさわやかな香りをほんのり感じた。

　ここでハッと我に返る。そういえば、香水の類いは付けていない。強い匂いが苦手で、お風呂に入ったあと軽く香油を髪に揉み込む程度だった。

　自分の匂いがどんななのか、自覚しにくい。変な匂いがしていませんようにと、祈るほかなかった。

　馬はゆっくりと歩き始める。

「大丈夫そうですか？」

「ええ、まあ」

　言葉とは裏腹に、ぜんぜん、まったく大丈夫ではなかった。馬の相乗りがこんなに密着するなんて、知らなかったのだ。

　昨日、転びそうになってガブリエルが抱き留めてくれたことも思い出してしまう。

　羞恥心はさらに加速していった。

「フラン、体の力を抜いてください。馬にも緊張が伝わってしまいますので」

「え、ええ」

「最初は怖(こわ)いかもしれませんが、じきに慣れます。馬を信じてください」

ガブリエルの優しく、穏(おだ)やかな声を聞いているうちに、体の強(こわ)ばりは解(ほぐ)れたような気がする。

けれども、ドキドキと高鳴る胸は収まりそうになかった。

落ち着け、落ち着けと自身に言い聞かせつつ、鬱蒼(うっそう)とした森を進んでいく。

樹雨(きさめ)がパラパラと降ってきたが、村で買ったドレスは水滴(すいてき)を弾(はじ)き返した。

「このドレス、水を吸い取らないのね。昨日おっしゃっていた、撥水(はっすい)加工をしているの？」

「ええ、そうなんです」

耳元で声が聞こえたので驚いてしまう。これだけ密着しているのだから、当たり前なのだが。

声が耳に触(ふ)れるたびに、落ち着かない気持ちになっていた。

本当に、ふたり乗りは心臓に悪い。

「どうかしましたか？」

「い、いいえ、なんでも。それにしても、水を弾くドレスなんて初めてだわ」

「通常は男性の外套(がいとう)くらいにしかかけないのですが、昨日、樹雨を気にされていた様子だったので」

「急遽(きゅうきょ)、加工を施してくれたってこと？」

「ええ、まあ」

「そうだったのね。ありがとう」

あやうく、彼の心遣(こころづか)いに気づかないところだった。ささいな内容でも、こうして会話することは大事なのだろう。

「この撥水技術は、湖水地方に昔から伝わるものなの？」

「いいえ、これは私が考えました。スライムを加工し――」

「加工し？」

言葉が途切(とぎ)れたので聞き返す。振(ふ)り返りたかったが、まだそこまで馬上に慣れていなかった。

「その……スライムを塗ったドレスを着るのに、抵抗(ていこう)はないのですか？」

「別に、なんとも。匂いもしないし、触(さわ)っても普通のドレスと変わらないわ。こんな技術を思いつくなんて、すごいわね」

「そ、そうでしたか。でしたら、よかったです」

なんでも領民の一部から、スライムを使って防水するなんて気持ち悪い、という声が上がっていたようだ。

「断りもなく、施してしまって申し訳ありません」

「いいえ、大丈夫」

ガブリエルはスライムを用いてさまざまな発明をしているらしい。ただそれは、領地内で使うだけに止(とど)めているようだ。

「魔物喰(まものぐ)いが禁忌(きんき)とされている世の中ですから、魔物の利用についてよく思わない者が多いのです。領民でさえ、私に嫌悪(けんお)感を抱く者もいるくらいですから。これも、婚約(こんやく)を結ぶ前に、説明しておくべきでした」

「まあ、そうね」

話を聞いたら別になんてことないと思う。けれども私が知らなくて、トラブルが発生したさいに対処しきれない瞬間があるかもしれない。だから、何事も隠さず話してほしい。

「あなたの妻となったとき、助けられるかもしれないから、なんでも打ち明けてほしいわ」

「ありがとう、ございます」

心なしか、ガブリエルの声が震えているように聞こえた。これまでいろいろあったのかもしれない。今日は気づかなかった振りをしよう。

森を抜けると、広々とした平たんな野原に霧がかかる光景が広がる。

朝は昼間よりも霧が濃いようだ。気温も昼間に比べて低い。ひんやりとしていた。

「寒くないですか？」

「ええ。あなたが温かいから」

口にしたあと、はたと気づく。くっついているから温かいだなんて、はしたないことを言ったのではないかと。

ドキドキしていたら、背後から笑い声が聞こえた。

「暖房としてお役に立てていたようで、何よりです」

「え、ええ」

あんがい快活に笑うものだと、意外に思う。こうして馬に乗っているだけで、彼についてたくさんのことを知った。

たぶん、普段であれば聞けなかった話や気づかなかった物事もあっただろう。

いつもと違う行動を取るのは、大事なのだとひしひしと痛感する。

湖に近づくと、大きな看板が立てられていた。

「遊泳及び、ボートでの遊覧は禁じられています……？」

霧がかった全貌が見えない湖で、泳いだりボートを漕いだりする者達がいるのか疑問に思う。

「いたんですよ、それが」

薄曇りの昼下がりともなれば、霧がきれいに晴れる日があるらしい。なんでも過去にやってきた観光客が、湖でスライムに襲撃されるという事件が起こったようだ。

看板の下には赤文字で、〝凶暴な人喰いスライム出没、死にます〟と書かれていた。

「昔は〝スライムに襲われます、注意〟と書かれていたんです。それでも湖に入る者がいたので、わかりやすい文章に変えたんです」

「そ、そう」

湖水地方と聞いて、何も知らない観光客がやってくることがあるのだという。

「湖水地方といったら、美しい湖、豊かな自然、のどかな景色――と、勘違いして、ボート持参でのこのことやってくるのですよ」

その美しい湖水地方は、国の北西部にある国内でも有名な観光地だ。どこをどう間違って、この地へ辿り着くのか。謎でしかない。

「湖からスライム達が顔を覗かせる、霧深い湖を見た観光客は、かならず言うんです。これは湖ではなく、沼では？　と」

　間違いなく、湖なんだとガブリエルは悔しい気持ちになるらしい。

「湿気でジメジメしていて、湖は沼のようで、観光するような場所は何もない。ここは湖水地方ではなく、ただの湿地帯だ、なんて言われたこともありました」

　一年中キノコがどこでもかしこでも生えるような環境のため、否定はできないという。

「そういえば、朝食のオムレツに白トリュフがふんだんに使われていたけれど、ここではよく採れるの？」

「ええ。通常は犬や豚に探させるといいますが、湿った森の土を適当に掘ったら、高確率で見つかりますよ」

「へえ、そう」

　秋に大量に採れたトリュフは、魔法保存器の中で保管されているらしい。スプリヌではどこにでもあるキノコなので、価値はほとんどないという。

　領民なんかは、お腹が膨らまないからという理由で食べないようだ。

「我が家では、朝食用のオムレツだったり、オイルに混ぜて香り付けにつかったり。その程度ですね」

「王都のほうでは、白トリュフは高級食材なの。だから、朝食にでてきて驚いたわ」

「そうなのですね」

白トリュフは栽培方法が見つかっておらず、黒トリュフの倍以上の価格で取り引きされる。最近は各地でむやみやたらと採っていたからか、かなり稀少だとも言われていた。

「たぶん、季節外れのトリュフは重宝されるはずよ」

「なるほど、いいことを聞きました。では、今年の秋に大量にトリュフを採って、時期を置いてから売りさばきましょう」

ほとんど外部の人間と交流しないので、トリュフの希少性に気づいていなかったらしい。

「ここから王都に移住した人達も、商売にしなかったのね」

「気づいても、ここに残っている家族と連絡を取りたくなかったのかもしれません。絶縁覚悟で、皆王都に行くというので」

「ああ、なるほど」

モリエール夫人も、嫁いでからは一度も故郷へ戻っていないと言っていた。

皆、覚悟を持って家を出ているのだろう。

「あの、ガブリエル。さっきから思っていたのだけれど」

「なんでしょう？」

「ここ、エスカルゴもよく見かけるわね」

「ああ、冬眠から目覚めて、散歩でも楽しんでいるのかもしれません」

湿気を多く含むこの地は、エスカルゴにとって天国のような場所なのだろう。

「そういえば、エスカルゴもここ近年、数が減少しているという話だわ」

「へえ、そうなのですね」

「晩餐会で出るときも、ぐっと減ったわね」

「晩餐会？」

「ええ」

「もしや、あれを食べるのですか？」

「食べるわ。スプリヌの人達は、食べないの？」

「食べません!!」

雑菌だらけのカタツムリではないかと指摘されるも、エスカルゴは〝陸の貝〟とも呼ばれる食用のカタツムリだ。

「なるほど。王都の貴族は、あれを好んで食べると」

「そうなのよ」

ガブリエルの眼鏡がキラリと光る。エスカルゴの可能性に気づいたようだ。

「ならば、商売するしかないですね」

「きっと高値で売れるわ」

エスカルゴの旬は冬。冬眠にむけて、たっぷり栄養を蓄えるのだ。

「あんなものを食するなんて信じられないのですが」

「おいしいわよ。今度、エスカルゴ料理をふるまってさしあげましょうか？」

「フランの手料理であれば、まあ、食べないこともないです」

嫌悪感を示しつつも、私の手作りだったら「いただくかもしれません」と言うので笑ってしまった。

鬱蒼とした森を抜け、小高い丘を下り、湖がぽつぽつとある道を通り過ぎると、石造りの家が見えてくる。馬に乗ってお喋りできる程度の速さで三十分進んだ先に村があった。周囲をくるりと囲むように壁が造られている。スライム避けらしい。

村の郊外に小麦やトウモロコシなど、広大な畑が広がっている。回る風車は、穀物を挽いているのだろう。近くに小屋があり、粉挽き番が見張りをしているという。

少し離れた場所にある大がかりな建物は、家禽を育てている施設らしい。スライムを討伐する、家禽騎士隊が見張りをしているのだとか。

「家禽の騎士様？」

「ええ。我が領地に限定して、騎士と名乗ることを許している者達です」

スプリヌの領民にとって家禽は大事な食料であり、大切な収入源でもある。スライムから守るために、騎士達は日々戦っているようだ。と、話をしているうちに、村の全貌が見えてくる。

「あれが、領内唯一の村〝シャグラン〟です」

「嘆き？」

「ええ。その昔、領地を訪れた王族が、村を見て言ったそうです。スライムしかいない土地なのに、領民を招いて村を作るなんて、皆、嘆いているだろうと。嘆きを、村の名にするといいと命じたそうですまあ、シンプルに悪口ですね」

「酷(ひど)い話だわ」

「本当に」

馬から降りて村に一歩足を踏み入れると、石畳(いしだたみ)の道が続く。石造りの家が並び、窓には美しい花々が植えられている。と思いきや、よくよく見たら、赤や橙色(だいだいいろ)の葉を付けた植物であった。この気候では花々を育てるのは困難なのだろう。

村の中心には高い尖塔(せんとう)が見える。あれは教会らしい。

週に一度、商人が行き来しているものの、ここで必要な品はほぼ揃(そろ)わないという。欲(ほっ)している品物があれば、商人に直接頼み込むしかないようだ。

「あちらが鍛冶(かじ)職人の家、そこが織物職人の家――」

職人の家に直接行き、品物を注文するらしい。私のドレスを作ってくれた職人の家もあったが、夜型人間のようで今の時間は眠っているようだ。

「あちらの立派な建物は？」

「ああ、あれは空き家です。代々騎士を務める家系の者達が暮らしていましたが、叙勲(じょくん)されたのを機に、王都へ移り住んでしまったのです」

「そうなの」

空き家はここだけではないらしい。出て行った領民達の家が、そのまま残っているという。

一応、いつでも人が住めるように、一か月に一度の手入れを命じているようだ。

「空き家問題は、正直、解決したいのですが……」

管理費はスライム大公家が負担しているという。家を貸し出したら収入となるのに、このままでは負の遺産でしかない。

「大きくて、すてきな家ばかりなのに、もったいないわね」

「本当に」

空き家問題についてはこのくらいにして、ガブリエルは村の案内を再開する。

「パン、肉、野菜は教会広場に店を出しています」

領民達はせっせと働いているからか、ガブリエルがやってきているのに見向きもしない。

子どもが駆けてきて、豪快にガブリエルへとぶつかった。

「うわ!!」

それは衝突したことに驚いたというよりも、ガブリエルを見て目を丸くした上に、声をあげたように見えた。

「おい、逃げろ！　スライムを喰わされるぞ！」

「や、やだ――――!!」

子ども達の声に気づいた領民達は、家の中へ駆け込んだり、窓を閉めたりと明らかな行動を取る。

ガブリエルは眼鏡のブリッジを押し上げながら、私を振り返って言った。

「その、一部の領民から嫌われていると話しましたが、その、実際はけっこう大勢の領民から、嫌われているようです」

　なんと返していいのかわからず、言葉を探す。ひとまず、質問を投げかけてみた。

「ここへは、どのくらいの頻度で来ているの？」

「毎週、金糸雀の日には教会に顔を出しています」

「そのあとは？」

「帰りますが」

　ここでピンとくる。双方に誤解があるのだと気づいた。

「たぶんだけれど、あなたのことをよく知らないから、怖がっているのだと思うわ」

「怖い？　嫌いではなく？」

「ええ、怖いのよ」

　ガブリエルはスライムを使い、さまざまな研究をしていると話していた。その辺が、もしかしたら不気味に映っている可能性がある。

　この地の問題は、すぐに解決するものではない。時間をかけて少しずつ理解を深めていくしかないのだろう。

　教会周辺には、さまざまな露店が並んでいた。先ほど聞いていた肉や野菜、パンだけでなく、串焼き肉や大鍋で煮込むスープなどが売られている。

　人通りも多い。やってきたガブリエルを見て、ギョッとした表情を浮かべる者も少なくなかった。

お店は二十くらいあるだろうか。思っていた以上の規模だ。

「なんだかお祭りみたいね」

「お祭り、ですか？」

「ええ。王都ではお祭りの日に、ああやって外で食べ物を売っているの」

「うちの村は毎日お祭りというわけですか」

「楽しそうだわ」

「だったらよかったです」

お祭りは危険なので近づくなと言われていた。見かけたのも、馬車の中からである。

そんな話をすると、ガブリエルが何か食べようかと提案してくれる。

「何がいいですか？」

「あそこのお店の串焼き、いい匂いがする」

「あれは、湖で獲れるシロウナギですね」

スライム避けが施された捕獲器を使い、湖に一晩置いて獲るらしい。大豆を発酵させて作る香ばしいソースを塗って焼くのだとか。

近づくと、シロウナギをひっくり返すおじさんが話しかけてきた。

「いらっしゃい、べっぴんなお嬢さん――って、一緒にいるのは領主様じゃないですか！　今日はお忍びデートですかい？」

「お忍びではありません。彼女は私の婚約者です」

ガブリエルは堂々と、誇らしげに宣言していた。一方、私はおじさんからの視線を浴び、恥ずかしくなってしまう。

「おやおや、そうでしたか！」

おじさんは新鮮なシロウナギが獲れたと言って、おもむろにカゴを取り出す。その中に手を入れ、ヘビのように細長い生き物を高々と掲げた。

「きゃあ!!」

縦横無尽に動く生き物を前に恐怖し、とっさに隣にいたガブリエルに抱きついてしまった。

「店主、生きているシロウナギは年若い娘に見せるものではありません。今すぐしまってください」

「す、すみません」

よかれと思って見せてくれたのだろうが、心の準備ができていなかったのだ。

「せっかく見せてくれたのに、ごめんなさいね」

「いいえ、こっちが悪いんです。あの、お詫びと言ってはなんですが、どうぞ」

申し訳なさそうに、シロウナギの串焼きを差し出してくれた。実物のシロウナギを見る前ならば、喜んで受け取っていただろう。

けれども覚悟を決めて、シロウナギの串焼きを手に取る。

「ありがとう。とってもいい匂いだと思っていたの」

「脂が乗っていて、おいしいですよ」

「ええ」

ガブリエルが無理しなくてもいいと言うが、この空気の中で食べないわけにはいかない。

立食パーティー以外で、こうしていただくのは初めてである。

周囲を見回すと、皆普通に立ち食いしていた。ここではそれが普通なのだろう。

記憶の中のシロウナギは追い出し、マナーも忘れたことにして、腹を括って食べた。

「あら、おいしい！」

身は驚くほどふっくら。泥臭さはいっさい感じない。

大豆から作ったというソースはこれまで食べたことがない味わいだが、香ばしくておいしかった。

半分ほど食べたところで、ハッとなる。ガブリエルがじっと私を見つめていた。

「あなたも、食べてみて」

「い、いいえ、私はいいです」

「いいから！」

ひとりだけパクパク食べてしまって恥ずかしいので、ガブリエルを巻き込んだ。

全部食べていいと言うと、ふた口で食べきる。

「ふたりとも、いい食べっぷりです」

「ありがとう。おいしかったわ。今度は買いに来るわね」

「楽しみにしています」

ふと気づいたら、周囲の人達の視線から恐怖が薄らいでいるように見える。

もしかしたら、ガブリエルがシロウナギの串焼きを食べる姿を見て、親近感を覚えたのかもしれない。思いがけず、シロウナギの存在がガブリエルを助けてくれたようだ。

村の案内は一時間ほどで終了した。思っていた以上に、領民の目が気になったらしい。

ガブリエルは謝罪する。

「すみません、なんだかいつもより見られている気がして、落ち着かなくって」

「あなたを見ているのではなくて、見慣れない私に興味があったのよ、きっと」

「たしかに、よそから来た人は、注目を浴びるという話を耳にしたことがあります」

普段から、村に長居せずに用事が済んだらそそくさと帰っているらしい。両親と一緒のときも、村でゆっくりした記憶はないという。

「しかし、露店でシロウナギの串焼きを食べている瞬間は、少しだけ楽しかったような気がします」

淡く微笑む彼を見ていたら、私もつられて笑ってしまう。

「私がシロウナギを見て、悲鳴をあげたのが面白かった？」

「そうではなくて、なんと言いますか……」

ガブリエルが困ってしまったので、からかってごめんなさいと謝罪する。続けて、素直な気持ちを伝えた。

「私も楽しかったわ。外で立ちながら料理を食べるのって、意外と面白いのね」

「あ、ええ、そうなんです」

今度はお腹が空いているときに、いろいろ食べ歩きをしよう。そんな約束を交わしつつ、再び馬に乗る。

そのまま帰るものだと思っていたが、行きとは違う方向へと進んでいった。

「ねえ、ガブリエル。どこに行くの？」

「あなたに見せたい場所があるんです」

いったい何を紹介してくれるというのか。霧と湖と野原、森が続く景色の中で、疑問に思う。

馬を走らせること十五分。ちょっとした森を抜けた先に、それはあった。

「これは――！」

どこまでも続く、ニオイスミレの花。

ニオイスミレの開花期は冬から春の初めまで。けれどもここでは、一年中咲いているらしい。

思わず、しゃがみ込んで香りを吸い込む。幸せな気持ちで満たされた。

「ニオイスミレがお好きだとおっしゃっていたので、喜ぶかなと」

「ありがとう！　とってもきれい！」

霧の効果か濃い香りを漂わせている。甘美で、品があって、みずみずしい香りだ。

「王都では、わざわざ温室栽培しているのよ」

「ニオイスミレを？」

「ええ。ニオイスミレの香水は貴族女性に人気だし、砂糖漬けはお茶会にはかかせないの」

近年、香水人気の影響で、菓子店でスミレの砂糖漬けが入手しにくくなった、という話を耳にした覚えがある。

「そうだわ！　ここのニオイスミレで砂糖漬けを作って、販売するのはどうかしら？」

「それを返済に充てると？」

「いいえ。ただ単純に、スプリヌの名産になればいいいと思ったの」

「あなたは――」

ガブリエルは顔を手で覆う。いったいどうしたというのか。

「返済についてはもちろんおぼえていたわ。でも、スプリヌにもともとある物で、お金を返そうって考えていなかったの」

「もしかして、トリュフやエスカルゴも？」

「ええ。スプリヌにすばらしい食材があるのを知ってもらうきっかけになったらいいなって、思っていたわ。もちろん、領地が発展するためにも資金は必要でしょう？」

ガブリエルは突然、私の傍にしゃがみ込んだ。そして、私の手をぎゅっと握る。

「領地について、ここまで考えてくれた女性は、あなたが初めてです。心から、嬉しく思います」

「え、ええ」

突然手を握って真剣な眼差しで言うものだから、驚いてしまった。またしても、胸が高鳴って落ち着かない気持ちになる。

「ここにあるニオイスミレは、自由に使ってください。売って得たものは、すべてあなたのものです」

「いいの？」

「ええ」

「ガブリエル、ありがとう！」

　手を握り返すと、ガブリエルはハッと何かに気づいたように肩を震わせる。すぐに手を放し、頭を深々と下げた。

「申し訳ありません。まだ婚約者という立場なのに、あなたに触れてしまって」

「手を繋ぐ程度ならば、かまわないのでは？」

「そうなのですか？」

「たぶん」

　婚約者になってから、してはいけないことなんて習わなかった。まあ多分、結婚するまでふたりきりになってはいけないのだろうけれど。

　ここは王都ではない。治外法権だと思うようにした。

「それにしても、ニオイスミレを食べるなんて、王都の女性は変わっていますね。あ、すみません。フランも好物でしたか？」

「ええ、好きよ。でも、お姉様は大嫌いって言っていたわ。なんでも、味は雑草だし、香水を飲んでいるみたいで不快だって」

「姉君はなんというか、正直な御方なのですね」

「でしょう?」

ちなみに、ニオイスミレは食用花として有名な花だが、食べられるのは花と葉のみ。根っこと種には神経毒が含まれている。うっかり口にすると、嘔吐などを繰り返すので、注意が必要だ。

「たしか、大昔は薬として、利用していたという話を聞いた覚えがあります」

「咳止めや、口内炎をよくする効果がある、だったかしら?」

「ええ、そんな感じだったかと」

ひとまず、試作品を作るために花を摘む。何か入れ物がないか聞こうとしたら、傘に巻きついていたプルルンがリボンから元の球体に戻って挙手した。

『プルルン、はこぶう』

「あら、ありがとう」

カゴに変化するのかと思いきや、プルルンはぱくんとニオイスミレを食べた。

「あ、そういう形で運んでくれるのね」

『まかせてー』

飲み込んだニオイスミレは、透明なプルルンの体内にあるのが見える。

くるくると回っているので、何をしているのかと質問してみた。

『においすみれ、きれいにしているう』

なんと、浄化してくれているらしい。

スライムの生息地なので、ニオイスミレの上を這った可能性も否定できないからだとか。

「プルルン、浄化してくれるなんて、とっても賢いわ！」

「単なるスライムの特性ですよ」

ガブリエルの言葉にプルルンは腹を立てたのか、殴りかかろうとする。なんというか、仲良くしてほしい。


城に帰ると、義母が全力疾走でやってくる。目が血走っていたので、若干怖かった。

「母上、どうかしたのですか？」

「フランセットさんがいなかったから、王都に帰ったのではないかと心配して、捜し回っていましたの！」

ガブリエルと共に、言葉を失う。私はまだ信頼ゼロである。

「昨晩、私に村を案内するように言ったのは、母上ではありませんか」

「そうでしたわね」

「使用人に、彼女がどこにいるか聞かなかったのですか？」

「わたくし、自分の目で見たものしか信用しませんので！」

「呆れて言葉もでてきません」

私はここにいる。無言で腕を広げて存在を示したら、あろうことか、義母は私に抱きついてきた。

「息子とお出かけしてくれるなど、なんて優しい娘なのでしょうか。わたくし、幸せですわ」

「え、ええ」

突然の抱擁に驚いたものの、悪い気持ちはしない。むしろ、なんだか嬉しかった。実の母ですら、私を抱きしめた記憶などないので、不思議な気分でもあるけれど。

「フランセットさん、村を見て、がっかりしなかった？」

「いいえ、楽しかったです」

「だったら、永住したくなりました？」

「耳元で叫ぶのは、止めてちょうだい」

「は・は・う・え!!!!」

「しようもないことを言うので、大声を出してしまうのです」

ひとまず、お茶でも飲もう。義母を誘い、ガブリエルとはここで別れる。

プルルンはガブリエルにくっついていた。もしかしたら、義母が苦手なのかもしれない。目が合うと、触手を伸ばしてぶんぶんと手を振っていた。

「フラン、母上の話は真面目に聞かないでください。まともに相手にしなくていいですからね」

「まあ酷い。親の顔が見てみたいですわ」

「でしたら、ご自分のお顔を、鏡でよ――く覗き込んでください」

「そこまで暇ではないのだけれど」

このままでは永久に言い合いをしていそうな雰囲気だったので、義母の肩を押して居間まで移動した。紅茶とお菓子を持ってきてくれたのは――たぶんココ。目が眠そうだったから。ほとんど手元を見ないで、お菓子をカットしている。

大きなプディングのようなお菓子は、〝ミヤス〟と呼ばれる、この辺りでよく作られるものらしい。初めて目の当たりにしたので、ついまじまじと観察してしまう。

「ミヤスはトウモロコシ粉で作るケーキ、みたいなものですわ」

さっそくいただいてみた。カスタードタルトや焼きプディングのような、生地に弾力がある、素朴な味わいのお菓子であった。初めて食べたのに、不思議と懐かしく思ってしまう。

「他にも、トウモロコシを使ったお菓子があるのですか？」

「いいえ、ミヤスくらいでしょうか？　わたくしもそこまで詳しくありませんの。お菓子だって毎日食べるほど好き、というわけではありませんから」

とは言ったものの、義母は甘党なのだろう。紅茶には角砂糖を三つも入れるし、ミヤスには生クリームを絞ってほしいと頼み込んでいた。その後、生クリームは紅茶にも落とされる。

「お菓子といえば、村にお菓子を売るお店はないのですね」

「お菓子は各家庭で作るものですから」

それぞれの家庭に自慢の味があるようで、あえて買うようなものではない、と。もしかしたらお菓子で商売できるかも、と思ったものの、現実は厳しい。

王都にお菓子を売りに行くしかないようだ。私が望んだら、ガブリエルがいつでも連れていってくれるという。王都まで馬車で片道三日もかかる。転移魔法だと一瞬なので、ありがたい話だ。

「村には、面白いものなどありましたか?」

「はい。シロウナギの串焼きをいただきまして」

「あなた、シロウナギを食べたの?」

「ええ。身はふっくらしていて、タレは香ばしくて、おいしかったですよ」

「そ、そうですの」

義母は口にしたことがなかったらしい。今度一緒に食べに行こうと誘ったが、引きつった笑顔を返されるばかりであった。

「ガブリエルがスライムを飼ったり、研究したりしているでしょう? ますます領民達に気味悪がられてしまって……」

昔から、領主一家と領民の仲はよくないという。

「でも、ここで働いている人達は、友好的ですよね?」

「給料がいいから、愛想よくしているだけでしょう。一部は、領民ではなく、よそから連れてきた移民ですの」

「移民、ですか」

「ええ。もちろん、国の許可を得て滞在している移民ですわ」

ガブリエルの父親――前領主が連れてきたらしい。

「逃げた主人も、困った人種でしたわ」

慈善が趣味と言っていいほど、人助けを繰り返していたのだとか。

「救いの手が領民に向かえばよかったのですが、いつもいつも、主人が気にするのは恵まれない人ばかりで」

領主一家は余所の人を助けるばかりで、領民への関心がないと一時期は不満が集まっていたようだ。

「あの、スライムを飼うことに関して、気味が悪いというのは？」

「スライムをテイムしているのなんて、世界中探しても息子くらいですわ」

「そうだったのですね」

てっきりスプリヌの人達は一部のスライムと契約し、共存しているものだと思い込んでいた。

「あなたも、気持ち悪いでしょう?」

「いいえ、私は好きです」

「あら、その辺は息子と気が合いますのね」

なんとも複雑そうな目で見られる。プルルンを拾ったときは驚いたが、あんがい可愛かったので、スライムへの苦手意識はきれいさっぱりなくなっている。

「まあ、何はともあれ、息子とスライムをよろしくお願いいたします」

「もちろん、そのつもりです」

いつか、彼を支えられる日がくるだろうか。その前に、父を見つけて結婚許可を貰うのが先決だが。

義母も同じことを考えていたようだ。

「フランセットさんのお父上はどちらへ行ったのでしょうか……。いっそのこと、どこかの養子になったらいかが？」

「私も、ちょっと考えていました」

ただ、騎士隊が調査して見つけられなかった人はいないだろう。

今はただ、待つしかなかった。

先ほど摘(つ)んできたスミレを、砂糖漬けにする。ココが手伝ってくれるようだ。

お揃いのエプロンを身に着け、台所に立つ。

「フランセット様……こちらの花を、召(め)し上がるのですか？」

「ええ。王都の貴婦人のなかで、流行(はや)っているのよ」

「甘(あま)い花……なのですか？」

「甘くはないわね。どちらかと言えば、見た目と香りを楽しむものかしら？」

「花の見た目と香りを……食べて楽しむ、ですか？」

ココは戸惑(とまど)いを覚えているのか、眉尻(まゆじり)を下げ、首を傾(かし)げていた。

「これまで気にしたことはなかったけれど、別に口にしなくても、花は見た目と香りを楽しめるわよね。不思議だわ」

なんだか笑ってしまう。ココも、おっとり微笑んでくれた。

「ココはニオイスミレ、好き？」

「物心ついたときからたくさんあるもので……。私にとっては、雑草と変わりない花……です」

「ふふ、そう」

お喋りばかりしている場合ではない。作業に取りかからなくては。

「食用花の砂糖漬けには、〝クリスタリゼ〟という伝統技法が使われているの」

クリスタリゼ——結晶化（けっしょうか）させるという意味である。難しそうに聞こえるものの、調理工程自体は実にシンプルだ。

「まず、ニオイスミレをきれいに洗って、乾燥（かんそう）させるの」

この作業はプルルンがしてくれたので、今回はしなくてもいい。

「お花の美しさを保ったまま、きれいに洗うのって大変なのよね」

「こちらの花はとても状態がいいのですが……どのようにして洗ったのですか？」

「魔法の力ね」

「そういうわけ……でしたか」

嘘（うそ）は言っていない。嘘は。良心がジクジク痛んだものの、スプリヌの人達はスライムにいい印象を抱いていないというので、黙（だま）っていたほうがいいのだろう。

「まず、刷毛を使ってニオイスミレに溶いた卵白を塗っていくの」

「卵白……ですか」

「ええ。なるべく当日に産んだ、新鮮な卵がいいわね」

裏表、丁寧に卵白を塗ったあとは、グラニュー糖を全体にまぶしていく。

「これにて、ニオイスミレの砂糖漬けの完成。簡単でしょう？」

「はい……！」

ちまちまと地味な作業を、ココと共に繰り返す。

一時間半ほどで、摘んできたニオイスミレの砂糖漬けが完成した。

「と、こんなものかしら」

ココが額に浮かんでいた汗を拭ってくれた。

「ねえ、ココ。ひとつ味見してみる？」

「よろしいのですか？」

「ええ、どうぞ」

ひとつ摘まんで、ココに食べさせてあげた。口に含んだ瞬間、ハッと驚いたような表情を浮かべる。

「いい香り……！」

「でしょう？」

けれども、次なる瞬間には、顔を顰める。

「いかが？　正直に言っていいわよ」

「砂糖まぶしの雑草をいただいている……気分です」

ココの率直な感想に、笑ってしまったのは言うまでもない。

「あの、見た目は……大変可愛らしいです。その、テーブルの上に置かれていたら……愛らしいと、思います」

「そうなのよね」

花瓶に活けられた花とは異なる可愛さがあるのだ。

「これを、スプリヌの名産にしようと思っているの」

「名産……ですか」

「ええ。缶に入れて、ニオイスミレの絵を描いたものを貼ったら可愛いと思わない？」

「可愛い……と思います」

「でしょう？」

どこかに絵が描ける人はいないだろうか。ココに聞いてみたら、彼女は控えめに挙手する。

「私、絵、描けます。その、上手くはないのですが」

「本当!?」

「はい。毎晩練習しているのですが……上達はいまいちで」

「もしかして、夜更かしは絵を練習するためなの？」

「はい」

ならば、ニオイスミレの砂糖漬け缶に使う絵は、ココに頼みたい。

「あの、何枚か描いてまいりますので……決定はそれからのほうが、よいかと」

「それもそうね。今からお願いできる？」

「はい」

ココは深々と頭を下げて、去って行く。その後ろ姿は、どこか嬉しそうだった。

パッケージ問題はどうにかなりそうだ。

次なる問題は、ニオイスミレの保存について。見た目が美しく、味も保証できるのはせいぜい二日間くらいだ。それを過ぎると花の色が褪せる上に、香りや味も落ちる。

ニオイスミレの砂糖漬けは、鮮度が命なのだ。この辺は、料理人やガブリエルに相談してみよう。

ひとまず、今日摘んだニオイスミレは上手くできた。これで、お菓子を作ってガブリエルや義母に食べてもらおう。

何にしようかと考えていたら、プルルンがやってくる。

『フラー、何をしているのー？』

「お菓子作りよ」

プルルンはひと息で跳躍し、調理台の上に乗る。

「これ、さっきプルルンが浄化してくれた、ニオイスミレで作った砂糖漬けなの」

『はな、たべるの？』

「食べるのよ」

スプリヌの人達はニオイスミレを口にするのに抵抗があるという。それならば、砂糖漬けは飾りに使ったらいい。間違っても、貴婦人が好んで食しているような、ビスケットに生クリームを絞り、ニオイスミレの砂糖漬けを載せたものなど出してはいけない。

『フラ、なに、つくるの？』

「ブルーベリーのジャムを挟んだケーキを作って、ニオイスミレの砂糖漬けを飾ろうかしら」

『プルルンも、てつだう！』

「ありがとう」

そんなわけで調理開始だ。

プルルンは伸ばした触手で泡立て器を握り、卵白を低速で混ぜてくれる。ゆっくり混ぜたほうが、生地のきめが細かくなって舌触りがよくなるのだ。

私はボウルに入れた砂糖と卵を泡立てていく。ふわふわに泡だった卵白に卵黄を加え、ここでもゆっくり混ぜる。これに小麦粉、溶かしバター、バニラビーンズを加えて、生地のきめを壊さないように慎重に撹拌。

この生地を、油を塗った型に流し込み、温めた窯で三十分ほど焼く。

これまでだったら、生地を焼いている時間は家事をしていた。精を出すあまり、焦がしてしまったことは一度や二度ではない。今は、台所にある椅子に座り、のんびり過ごせる。

プルルンを膝に載せ、お菓子が焼ける匂いをかぎつつ、本を読むという贅沢な時間を過ごす。

ケーキはいい感じに焼き上がった。

『フラー、プルルンも、なにかお手伝いするぅ』

「だったら、生クリームを泡立ててくれる？」

『くれる！』

粗熱が取れたあと、上下半分に切り分けてデコレーションする。先ほどプルルンが泡立ててくれた生クリームを、ケーキに塗っていく。生クリームの上には、ブルーベリーのジャムを重ねた。スプリヌ産のブルーベリーで、ちょっと前に味見をしてみた。少々酸味が強いものの、甘い生クリームとの相性は抜群だろう。

ケーキを二段にし、さらに生クリームを塗っていく。生クリームを絞り、その上にニオイスミレの砂糖漬けを飾った。

「できた!!」

ニオイスミレとブルーベリーのケーキの完成だ。想像していたよりも上手く作れたので、大満足である。

プルルンは伸ばした触手で、拍手をしてくれた。

ニオイスミレとブルーベリーのケーキは、夕食のデザートに出してもらうこととなった。ガブリエルと義母がどんな反応を示すのか、楽しみである。

ひとまず先に、ガブリエルに成果を報告しなければならないだろう。執務室で仕事をしているというので、少しの間だけお邪魔する。リコ、プルルンと共に、彼のもとへと向かった。

ニオイスミレの砂糖漬けはリコが運ぶ銀盆に置かれていたが、なぜかプルルンも一緒に載っていた。移動が面倒なのかもしれない。

ガブリエルの執務室は、私の私室からふた部屋進んだ先にある。

リコが扉を叩いたら、「どうぞ」とすぐに返事があった。

執務室は応接間も兼ねているようで、執務机の前に長椅子とテーブルが鎮座していた。ガブリエルは私のほうを見て、眼鏡のブリッジを指先で押し上げる。

「ガブリエル、ごめんなさい。お仕事の邪魔だったかしら？」

「いえ、そろそろ休もうと思っていたんです」

「私と話をしたら、休憩にならないでしょう」

「なります‼」

執務机をバン！　と叩き、勢いよく立ちながら訴える。目が血走っているように見えたのは気のせいだろうか。

メイドが紅茶を運んでくる。ここで、本来の目的を思い出した。

ガブリエルが長椅子に腰を下ろしたのと同時に、話しかける。

「さっき摘んだニオイスミレなんだけれど、早速砂糖漬けにしてみたの」

「仕事が早いですね」

リコがニオイスミレの砂糖漬けとプルルンをテーブルの上に置く。

ガブリエルがプルルンに手を伸ばしたが、素早く避けた。テーブルの上をぽんぽん跳ね、最終的に私の膝の上に落ち着く。

「プルルン、迷惑でしょう！」

「私は構わないけれど」

『ガブリエル、かまわない、だってえ』

「私が構います！」

ガブリエルは立ち上がり、再びプルルンへと手を伸ばす。だが、触れようとする寸前で、プルルンは避けてしまった。

人は急には止まれない。ガブリエルは私の太ももを、むぎゅっと握る。

「きゃあ！」

「あ、うわ、すみません!!」

ドレス越しとはいえ、がしっと鷲づかみされたので驚く。必要以上に大きな声をあげてしまった。

「な、なんと謝罪していいものか」

「わざとではないから、気にしないで」

「気にします」

プルルンはぽんぽん跳ね、部屋の外へと逃げていく。リコに捕獲を命じた。

落ち込むガブリエルに、隣に座るよう勧める。

「お隣はちょっと……」

「嫌なの？」

「嫌ではないのですが、近すぎるような気がしまして」

「あら、馬に乗っていたときはあんなに密着していたのに？」

「言われてみれば、そうですね」

納得してくれたのか、ガブリエルは私の隣に腰を下ろす。

「なんと言いますか、プルルンがご迷惑をおかけして、申し訳ありませんでした」

「迷惑だなんて、まったく思っていないわ。むしろ、助かっているの」

「あなたは以前も、そうおっしゃってくれましたね」

「ええ。プルルンは良い子だし、よく働いてくれるわ」

今日もケーキ作りを補助してくれた。私ひとりだったら、もっと時間がかかっていただろう。

「プルルンほど賢いスライムはいないと思うの」

ただ驚いたのは、スプリヌの人達はスライムを使役していない点について。

「お掃除も上手だし、料理も手伝ってくれる、それから体を洗うのだってメイドより器用にしてくれるし。髪はサラサラ、肌はツヤツヤになって、助かっているの」

「ちょ、ちょっと待ってください。体を洗うというのは、どういうことなのですか!?」

「お風呂で、体を洗ってくれるのよ。ガブリエルは、スライム達と一緒に入らないの？」

「入りませんし、体を洗う方法なんて、教えていません！」

「ま、まあ、そうだったのね」

ガブリエルは頭を抱え、「ぐぬぬ」と声をあげている。

「なんて羨まし……ではなくて!!　体の調子が悪くなるとか、肌が痒くなるとか、そういった症状は？」

「ないわ」

「いったい、どこで覚えてきたというのか。本当に、平気なのですね？」

「ええ」

ガブリエルに肌を触らせるのは抵抗があるが、髪くらいならばいいだろう。

「ねえ、触ってみて。サラサラなの」

「か、髪を!?」

「ええ」

断られたものの、いいからと言って早く触るように勧める。ガブリエルは遠慮がちに手を伸ばし、櫛で梳るように触れる。指先が優しく頬に触れた瞬間、どきん、と胸が大きく跳ねた。

「――っ！」

触れるのは髪だけだと思っていたので、心の準備ができていなかった。必要以上にドキドキしてしまう。

「えっと、サラサラでしょう？」

「はい。大変触り心地のいい、美しい髪です。ただ」

「ただ？」

「以前のフランの髪質を知らないので、比べようがないなと思いまして」

「あ！　そ、そうよね。ごめんなさい」

「いえ。これは役得――いいえ、なんでもありません」

いたたまれないような、恥ずかしいような。穴があったら隠れたい気持ちが押し寄せる。

羞恥心を誤魔化すために、話題を変えた。

「あ、そう！　ニオイスミレの砂糖漬けはいかが？」

「せっかくなので、いただきます」

ガブリエルはニオイスミレの砂糖漬けをひとつ摘まみ、口に含む。

「これは――すごい。ニオイスミレの匂いを、完全に閉じ込めているのですね」

「ええ。クリスタリゼという、古くから菓子職人の間に伝わる技法なの」

「クリスタリゼ、ですか。なるほど。たしかに、女性が好みそうです」

「お味は？」

「発言を控えさせていただきます」

眉間に皺を寄せつつ言うので、感想は敢えて聞かずともわかる。予想通りの反応だったので、笑ってしまった。

「私は紅茶に落として飲むのが好きなの」

お喋りをするあまり、すっかり冷え切った紅茶にニオイスミレの砂糖漬けを浮かべる。

「ほら、可愛いでしょう？」

「可愛いと思いながら飲むのを、楽しむというわけですね」

「そうなの」

ここで、ニオイスミレの砂糖漬けの保存について相談してみる。このままだと、大量に生産できたとしても、品質面が心配になるから。

「保存でしたら、心配はご無用です。我が領には、魔法をかけて保存期間を延ばすことを可能とする瓶や缶がありますから」

あっさりと、保存問題は解決した。

夕食は今日も三人で囲む。

メインは子羊の暖炉焼きと、マスのムニエル。どちらもスプリヌ産らしい。

とてもおいしくいただいた。

デザートはニオイスミレとブルーベリーのケーキ。まだ、私が作ったとは言っていない。

食卓に運ばれた瞬間、義母が瞳を輝かせる。

「可愛らしいケーキですこと！　お花が飾ってありますのね。初めて見るケーキですわ」

「私が作りました」

「フランセットさんが？」

「はい。お口に合うといいのですが」

食べるのがもったいないという義母に、食用花について説明する。

「ケーキの上に載っているのは、ニオイスミレなんです」

「ニオイスミレって、その辺に生えているあのニオイスミレ？」

「ええ」

途端に、義母は眉間に皺を寄せる。こういう表情はガブリエルそっくりだ。

「ニオイスミレは食用花で、食べても問題ありません。古くは、咳を止めたり、口内炎をよくしたりと、薬として服用されていたそうです」

「そうですのね。今日は少し咳き込むときがあったので、ちょうどいいかもしれません」

そう言って、義母はニオイスミレの砂糖漬けごとフォークで生地を掬い、ぱくりと頬張った。

「あら、おいしい！　それに、いい香りですわ」

どうやらケーキと一緒に食べることにより、ニオイスミレの青臭さは気にならなくなるようだ。ホッと胸をなで下ろす。

「母上、フランはこのニオイスミレの砂糖漬けを、スプリヌの新たな名産にしようと考えているようです」

「ニオイスミレが名産ですって？」

「ええ。王都では、ニオイスミレを使った製品が、貴婦人の間で流行っているようで」

「王都で……？　ふうん、そうでしたの」

「ニオイスミレの砂糖漬けを、王都で売る計画がありまして。母上はどう思いますか？」

義母のまとう空気が、少しだけピリッと震える。王都の話を聞いて、不快に感じたのかもしれない。

　祈(いの)るような気持ちで、義母の反応を待つ。

「よろしいのでは？　ケーキは美しいし、ニオイスミレなんてうんざりするほどありますから、利用価値があるのであれば、使ったほうが賢いでしょう」

「それでは、フランと話し合って計画を進めますね」

「ええ、どうぞご自由に」

　ガブリエルのほうに視線を移すと、向こうも同じようにこちらを見ていた。自然と笑顔になる。ガブリエルも、微笑んでいた。

　そんなわけで、ニオイスミレを使った計画が一歩前に踏(ふ)み出す。


　夕食後、ココの描いたニオイスミレを見せてもらったが、想像以上の出来だった。

「ココ、すばらしいわ！」

「あの、その、もったいない……お言葉です」

　彼女(かのじょ)の描くニオイスミレは、今まで見たどのニオイスミレの絵よりも美しかった。

　これがパッケージに載ったら、誰(だれ)もが手に取りたくなるだろう。

「これからは、夜に絵を描くのは禁止よ」

「え⁉」

「その代わり、昼間に絵を描きなさい。それが、あなたのお仕事よ。夜はきっちり眠ること」

「フランセット様……よろしいのですか⁉」

「ええ」

パッケージの絵の他に、もう一枚依頼する。それは、ニオイスミレが咲くスプリヌの風景。

「ありのままのニオイスミレの花畑を描いてくれるかしら?」

「青空ではなく、いつもの霧がかった、曇り空でいい……ということですか?」

「そう」

絵が完成したら、ソリンが働く王都の菓子店に貼ってもらいたい。景色を見て、ひとりでも多くの人達がスプリヌに興味を持ってくれるきっかけになれば儲けものである。

「それでは、ココ、お願いね」

「はい!」

あとは上手くいきますようにと、祈るばかりだ。

挿話◆スライム大公の恩返し

国の北東部に位置する湖水地方スプリヌ。言わずとしれた、領民よりもスライムが多い呪われた地だ。私はスプリヌの領主の長男として生を受け、ガブリエルと命名される。

物心ついたときから、両親は顔を合わせるたびに喧嘩ばかりしていた。領地を飛び出して慈善活動に勤しむ父と、領地に引き留めようとする母。

父はここにいたら視野が狭くなる。外に出かけて見聞を広げるべきだ、と主張する。

逆に母はここにいないと領民を裏切ることになる。領地に留まり、土地について学ぶべきだと意見した。

両親は私を味方に引き入れようとするものの、どちらの意見にも同意できなかった。

私が興味を抱いたのは、スライムだった。彼らは長い間領地の敵として在った。けれども、何かに利用できるのではないかと気づいたのは、スライムが畑に繋がる水路をせき止めたとき。

スプリヌの湖の水質はあまりよくない。浄化しないと、生活用水として使えないのだ。けれども、スライムを通して流れた水は、明らかにきれいになっていた。

もしかしたら、スライムは水を浄化する能力を持っているのではないか。可能性に気づいてからの行動は早かった。

地下にあった魔法書で魔物の使役――テイムについて学び、試してみた。魔物の中でも最弱といわれるスライムをテイムするなんて、極めて容易だと思っていた。

しかしながら、何度挑んでもスライムにそっぽを向かれる。

当時七歳の私に従うスライムなんぞ、一匹もいなかった。

そんな私が、最初に契約を交わしたスライムと出会ったのは八歳の夏。商人の馬車にひかれ、乾燥し、息も絶え絶えになっているスライムを発見したのだ。

このスライムならば、使役できるかもしれない。契約魔法を試したものの、スライムは拒絶した。

死にそうになっているくせに、従わないというのだ。腹立たしくなり、地面からスライムを剥ぎ取って家に持って帰る。

桶に張った水にスライムをぶちこみ、回復薬も振りかけた。すると、スライムはぷるぷるになって、元気いっぱいに動き回るようになる。

そこで再度使役するために魔法を発動させた。しかしながら、スライムは再度拒絶したのだ。

腹が立った私は、スライムと殴り合いになる。実力は互角だった。

最終的に勝ったのは、私だった。くたくたになったスライムにテイムの魔法をかけると、服従の意思を見せた。

スライムには、プルルンと名付けた。

プルルンには魔力や知識を与えた。すると、人間の言葉を解するようになり、言葉を喋るようにもなった。

そしてプルルンの口から、スライムには浄化能力があることを聞く。やはり私の読みは正しかったのだ。同時に、この能力は利用できると確信する。

スライムの力を借りたら、領地の作物はこれまで以上に多く栽培できるかもしれない。

これまでこの地は土壌が痩せているから、作物がうまく育たなかった。原因は水にあったのかもしれない。すぐに父親に相談を持ちかける。

けれども信じてもらえないどころか、取り合ってすらもらえなかった。こうなったら自分ひとりでやるしかない。

家を抜け出し、使役するスライムの数を増やして、農業用水として利用する湖を浄化していった。

すぐに効果がある、というわけではなかった。少しずつ、少しずつ、湖はきれいになっていった。

成果を両親に報告するも、湖の水質がよくなったのは、去年よりも雨量が多かったからだと言われてしまう。

頑張りは認めてもらえなかった。

別に、いい。誰かに認められたくて、やっていることではないから。

それからというもの、誰かに知られるわけもなく、スライムを利用して領地をよくしようと奔走した。将来、私が領する場所だ。よくしていって、損はない。

それに、まったくの孤独というわけではなかった。スライム達がいる。

だから大丈夫。いくらでも頑張れた。

そうこうしているうちに、数年が経つ。父親が失踪し、爵位を継いだ。仕事については一通り習っていたので、父がいなくともまったく問題なかった。

母は意気消沈しているようだが、すぐに元気になるだろう。変なところで、前向きだから。

しばらく無難にこなしていたものの、問題が発生する。

それは、大叔父だった。私がスライムの研究に没頭する変人だと愚弄し、挙げ句、爵位を寄越せと言ってきたのだ。

結婚もできないような男に、スプリヌを任せていられないとバカにされる。

先代に比べてスプリヌでの暮らしが快適になっているのに、気づいていないのだろう。説明しても、無駄だから指摘しないが。

皆、口を揃えて結婚、結婚、結婚と言う。

結婚がなんだ。そんなの、スライムを使役するよりは簡単だろう。

腹を立てつつ、花嫁を探すために王都の夜会へ参加した。結果、大失敗だった。

狭い中に押し詰められたような空間に酔い、田舎者のスライム大公がいるという心ない悪口が聞こえるような気がして死にそうになり、会場を逃げるように去る。

こんな場所に、私の花嫁になるにふさわしい女性なんぞいるわけがない。

帰ろう。

ふらふらと廊下(ろうか)を歩いていたら、しだいに具合が悪くなる。胃の中のものが急にせり上がってきて——そのまま吐(は)き出した。最悪だ。こんなところで吐くなんて。

掃除をするよう、誰かに声をかけなければいけないのに、目眩(めまい)がして立ち上がることすらできない。

廊下を歩く者達の、悪態が聞こえる。汚(きたな)い、何をしているのか、恥(は)ずかしい、きっと田舎者よ、と。

王都で嘔吐(おうと)……最悪だ。

もう、死んでいなくなりたい。絶望に支配される中、声がかかった。

「あの、大丈夫？」

駒鳥(ロビン)のさえずりのような、美しい声だった。

目の前に、精緻(せいち)な刺繍(ししゅう)がなされた絹ハンカチが差し出される。ありがたく受け取り、汚(よご)れた口元を拭って顔をあげた。

子鹿(フォーン)の毛皮色の髪を持つ、麗(うるわ)しい乙女(おとめ)が立っていた。藤色(ウィステリア)の瞳が、心配そうに私を覗き込む。

純白のドレスをまとっているということは、社交界デビューをした娘(むすめ)だろう。

私なんぞを介抱(かいほう)している場合ではない。そう思って出た言葉は、最悪としか言いようがなかった。

「私に構うな。あっちへ行け」

親切に声をかけ、ハンカチまで貸してくれたのに、なんて酷(ひど)い物言いをするのか。自分自身の発言なのに、腹立たしくなる。普通だったら、立ち去るだろう。

けれども彼女は違った。

「医務室まで、一緒に行きましょう。顔色がとっても悪いわ」

「いいと言って――」

「ねえ、そこのあなた。お願いがあるの。ここを掃除してくださる？」

通りかかった使用人に掃除を命じ、私の腕を引く。幸い、服に汚物は付いていなかった。

彼女は私を引きずるようにして医務室に連れて行く。それだけではなく、看護師に顔色が悪い。吐いたので、診てくれないかと頼みこんでくれた。

ハッと我に返ったときには、女性の姿はなくなっていた。

あとを追おうとしたものの、医者に休めと言われる。体は疲労しきっていたものの、休めるわけがない。心の中は、助けてくれた女性への罪悪感しかなかった。

三十分ほど休み、会場へ戻った。心優しい女性に、一言謝罪し、礼を言いたい。大勢の人達の中で、見つけられるか心配だった。けれども、彼女はすぐに見つかった。悪い意味で、注目の的となっていたのだ。

会場の雰囲気はおかしなものとなっていた。

王太子マエル殿下が庇うように女性を抱き、指差した女性に婚約破棄と国外追放を言い渡していた。

婚約破棄と国外追放された女性はたしか……、マエル殿下の婚約者であるアデル嬢だろう。

真面目で品行方正、王妃として完璧な女性だと噂されていた人物がなぜ、このような目に遭っているのか。

そして私を助けた女性は、アデル嬢の妹、フランセット嬢だった。マエル殿下から婚約破棄と国外追放された者の妹として、周囲から蔑んだ視線を一気に集めている。

なぜ、彼女までもそのような扱いを受けるのか。今すぐ駆け寄って、助けたい。

それなのに、足が一歩も動かなかった。

私なんぞが庇ったら、今以上に評判を悪くさせてしまうのではないのか？

それに人の目が恐ろしくて、二度とその中に飛び込もうとは思えなかったのだ。

とんでもない意気地なしである。

そうこうしているうちに、フランセット嬢は人込みに呑まれ、姿を消した。

恩を受けていながら、彼女を助けることができなかったのだ。

メルクール公爵の娘アデル嬢にいったい何があったのか。スライム達に調査させる。

結果、わかったのは〝アデル嬢は何もしていない〟ということだけ。

何かしていたのはマエル殿下のほうだった。

ヴィクトリアという庶民の愛人に傾倒し、アデル嬢を押しのけてその女性を本妻にしようとしていたようだ。

ヴィクトリアという女性についても調べる。彼女はファストゥ商会の商会長マクシム・マイヤールの娘。世界的に有名な商人であるが、黒い噂もいくつか耳にした覚えがある。

しかも、ヴィクトリアの母親である、マクシム・マイヤールの前妻は違法薬を売りさばいていた罪人だったという。そんな素性が怪しい娘を王家に引き入れるなんて、どうかしている。

私が国の重役であれば、マエル殿下を愛人と共に隔離させて、第二王子であるアクセル殿下を国王に据えるだろう。

アクセル殿下――ドラゴン大公の名を継承した、国内一の剣術の使い手であり、騎士隊を任された御方でもある。前回の夜会で、同じ魔物大公だからと、声をかけてきた。

見目麗しく、礼儀正しく、清らかな心を持ち、道義的にふさわしい言動ができる、なんとも完璧な男だ。私とは真逆で、劣等感をズキズキと刺激してくる。アクセル殿下は私にも敬意を払ってくれた。そして彼は、私ができなかったことを簡単にしてみせる。

アデル嬢が婚約破棄される場で、メルクール公爵の娘達を無下に扱うなと、兄であるマエル殿下に意見したのだ。

正直とてもかっこよかったし、女性だったら惚れてしまうだろう。

魔物大公である私も、王族が間違った行いをすればあのように意見することは許されている。けれども、足が竦んで、声も嗄れ果てていて、できなかったのだ。

フランセット嬢――記憶に強く残る心優しい女性は、深く傷ついているだろう。

メルクール公爵は財産だけでなく屋敷も没収され、下町で慎ましい暮らしをしているという。

プルルンが探し当てた家を、覗き込む。すると、庭に放し飼いにされていたアヒルに、猛烈に鳴かれてしまった。あまりの迫力に、逃げ帰る。番犬ならぬ、番鴨なのだろう。恐ろしい。

翌日――今度はアヒルに見つからないよう、生け垣の隙間からそっと覗き込んだ。

フランセット嬢はいた。美しいドレスで着飾り、幸せのすべてを手にしていたような娘だったのに、メイドが着ているような質素なエプロンドレスをまとって働いていた。

なんて気の毒な娘なのか。支援したいと思い、持てる限りの金を持ってやってきた。

けれども、彼女は受け取ってくれるだろうか。支援なんて気持ち悪い、屈辱的だと、言われるかもしれない。なかなか、大きな一歩が踏み出せなかった。

何度か行き来する中で、フランセット嬢が自分で作った菓子を菓子店に納品していることを知る。そうそう上手い具合に売れなかったようで、しょんぼりしながら帰宅していた。

ここで、そうだと思いつく。彼女が作る菓子を買い続けたら、支援になるのではないかと。

さっそく翌日から、菓子を購入する。甘い物を食べるのは、年に一度か二度。好んで口にすることはなかった。けれどもフランセット嬢がどんな菓子を作るのか気になり、食べてみる。

とてもおいしかった。どうしてかわからないが、フランセット嬢の手がける菓子だけは口に合う。

その日から、毎日菓子を食べるようになった。そんなわけで、フランセット嬢の納品した菓子を買い占める日々が続く。

アデル嬢の婚約破棄及び国外追放事件から二年が経った。領地の母や大叔父は相変わらずだし、結婚結婚とうるさい。変わらない日々は続いている。

そんな中で、プルルンがとんでもないことを言いだした。フランセット嬢を、妻として迎えたらいいと。彼女のような優しくて、品があり、美しく、聡明な女性が、意気地なしの私なんかとつり合うわけがない。

ありえないと返すと、プルルンは契約時に見せたような怒りをぶつけてくる。そして久しぶりに、私とプルルンは殴り合いの喧嘩となった。

結果、私は勝利したが、負けたプルルンは家出をしてしまう。どうせ、契約で繋がったままだ。どこにいるかは、すぐにわかる。

数日放置していたものの、なかなか帰らないので現在地を調べた。

なんと、プルルンはフランセット嬢の家にいたのだ。

なぜ？　どうして？

混乱しつつ、プルルンを迎えに行く。すると、フランセット嬢の家に無頼漢の男達が押し寄せているではないか。生け垣から様子を覗き込み、戦々恐々とする。

二年前、私は彼女を助けられなかった。二度と、あってはならないと思っていた。だから今回は、彼女を助けるために意を決し行動を起こす。

アクセル殿下のようにかっこよくはなかったものの、なんとか助けられたのだ。

フランセット嬢から感謝され、ホッと胸をなで下ろす。今回は間に合ってよかった。

ただ、引っかかる点があった。

無頼漢の男達を寄越したのは、ファストゥ商会の商会長マクシム・マイヤールだということ。

彼はマエル殿下の婚約者ヴィクトリアの父親だ。何か、裏で暗躍しているのではないか。

フランセット嬢の父親は、マクシム・マイヤールの二番目の妻と駆け落ちしたという。

嫌な予感がする。彼女をここにひとり置いておくのは、よくないだろう。

この先百年分の勇気をかき集め、私はフランセット嬢に妻にならないかと契約を持ちかけた。

心臓が破裂するかと思ったが、なんとか受け入れてもらえた。

これからは、直接彼女を守れる。安堵感に包まれた。

ちなみに、彼女は二年前の私を覚えていなかった。よかったと言うべきか。

もちろん「二年前に、嘔吐していたところを助けていただいた、惨めな男です」などと名乗るつもりはない。あまりにも、かっこ悪いから。

ただ、問題があった。フランセット嬢の父親が行方不明なのである。貴族の女性は、父親の許可なしに結婚できない。ひとまず婚約者という形で、湖水地方スプリヌで暮らしてもらう。

父親が見つかるまで、王都でひとり残すわけにはいかなかったから。そんなわけで、フランセット嬢との同居が始まる。

彼女は契約したスライムを怖がらないどころか、可愛がってくれる稀有な女性であった。さらに、スライムの研究について耳を傾け、すごいと褒めてくれた。

これまで、誰にも認められなかったのに……。

理解してもらった瞬間、涙が零れそうになったのは秘密だ。

フランセット嬢と過ごす毎日は、想像以上の幸せをもたらしてくれる。彼女との暮らしを守るためだったら、命すら捧げても惜しくはない。

誰もフランセット嬢を傷付けることなく、また苛ませるようなこともなく、穏やかな日々が続きますようにと祈るばかりだ。

第三章 ◆ 没落令嬢フランセットは、ドラゴン大公と再会する

年に一度、各地を領する魔物大公が王都に集まり、会議をするのだという。そのため、ガブリエルは三日ほど家を空けるらしい。

「毎年毎年、憂鬱になるんです。魔物大公の面々は、無駄に偉そうで」

「大変なのね」

毎年、騎士隊を交えて、国にはびこる魔物について話し合うのだとか。強力な魔物が目撃されたら、討伐に行くらしい。

「魔物大公って、どんな方がいらっしゃるの？」

「濃い面々ですよ」

私が会ったことがあるのは、ドラゴン大公であるアクセル殿下のみ。他の魔物大公は、滅多に社交場に現れないという。

「セイレーン大公は女性です。年齢は、三十歳くらいだったか。魔法研究局の局長で、才能溢れる人物らしいですよ。とてつもなく気が強くて、〝魔法研究局の金獅子〟なんて異名があるそうですが」

「金獅子……」

会ってみたいような、恐ろしいような。

ガブリエルのスライムに関する研究に興味を示しているようだが、情報提供は断固拒否しているようだ。

「研究目的で、スプリヌの地を荒らされたら困りますので」

「それもそうね」

ガブリエルの研究は人の暮らしに役立つものばかり。しかし、その技術が広まって、スライムを得るためにスプリヌの環境が破壊されるのは困る。

彼の意見には完全同意だ。

「ハルピュイア大公は異端審問機関の長で、睨まれた者は地の果てまで追いかけられるという噂です」

話すだけで相手を震え上がらせるほどの、貫禄ある人らしい。

「毎回、スライムを神とする宗教を信じているのではないかと、疑われています」

「酷い話ね」

「本当に」

トレント大公は、御年七十七歳のお爺さまだという。

「聖祭教会の枢機卿なのですが、笑顔で近づいてきて、寄付をせがんでくるのですよ」

「油断ならないわね」

「そうなんです」

フェンリル大公は魔物大公の中でも最年少、十二歳の少年だという。

「とんでもない美少年なんですよね。なんていうか、自分の顔の良さを知っているのでしょう。実に生意気な少年です」

「どれほどの美少年なのか、気になるわ」

「会わないほうがいいです。毒されます」

「どんな子なのよ」

最後に、オーガ大公はこれまで一度も出席していないらしい。どこの誰が継承しているというのも、伏せられているようだ。

「噂では、オーガの呪いを受けて、人前に出られない、と耳にしています。しかしながら、真実は明らかになっておりません」

「そうなの」

同じ魔物大公であるガブリエルでさえ知らないというのが、余計に興味を抱いてしまう。

話を聞いてみると、魔物大公の面々はたしかに濃い。

「ガブリエルは、誰かと仲がいいの？」

「この私に仲がいい人がいるわけないでしょう。会議が始まる前なんか、議題が届かない限り無言ですよ」

「ふうん」

唯一、アクセル殿下とは夜会で言葉を交わしたことがあるらしい。

「アクセル殿下は偉ぶった様子は欠片もなく、同じ魔物大公として敬意を示してくれるようなできた人です」

「ええ」

マエル殿下の婚約者である姉だけでなく、私にまで優しく声をかけてくれるような御方だった。

「実は、実家が凋落したさい、アクセル殿下の宮殿にくるように言われたの」

「な、なんですって!?」

突然叫ぶので、驚いてしまった。ガブリエルはガタガタと震えながら、問いかける。

「そ、そそそそれは、その、アクセル殿下が、あなたを娶ろうとしたゆえのお誘いだったのですか？」

「まさか！　行く当てがないだろうから、宮殿で働くように誘ってくださったのよ」

「直接、アクセル殿下がそうおっしゃったのですか？」

「いいえ。ガブリエルと婚約する前に、後見人になると提案してくださったのだけれど」

「後見人、ですか」

「ええ」

私を気の毒に感じ、援助しようと手を差し伸べてくれたのだ。

「なぜ、フランはアクセル殿下の援助を受け入れなかったのですか？」

「申し訳ないと思ったの。あとは、姉が婚約破棄と国外追放される様子を見て、王族との関わりを恐ろしく感じたから……なのかもしれないわ」

「そう、だったのですね」

　父が失踪したあとは、ひとり暮らしも限界を迎えていただろう。偶然にも、ガブリエルが私に助けの手を差し伸べてくれた。感謝してもしきれない。

「ガブリエル、私を助けてくれて、ありがとう」

「どうしたのですか、突然」

「二年前のことを思い出して、私なんかを助けてくれる人がいるんだって思ったら、なんだか嬉しくなって」

　ガブリエルは私の手を、そっと握る。これまで頑張ったと、暗に言ってくれているようで胸がいっぱいになった。

「あなたが王都で食べるお菓子を、作ってもいい？」

「もちろん。嬉しいです」

「よかった」

　食べやすいクッキーがいいかもしれない。明日出発するというので、さっそく取りかからなければ。

「あ、そうだわ。アクセル殿下にも、お菓子を渡していただける？」

「アクセル殿下にも、ですか？」

「ええ。ここへ来る前に、私を心配してわざわざ家を訪問してくださったの」

「アクセル殿下が、家に？」

感謝の気持ちと、ここで元気でやっているという近況を伝えたい。頼めるかと聞いたら、ガブリエルは急に表情を歪ませる。

「あ――ごめんなさい。あなたに頼むことでは、なかったわね」

「いいえ、大丈夫ですよ。運びますので、用意しておいてください」

「王宮に送ればいいだけの話だから」

「個人的に送ったら、検閲で引っかかります。一か月以上かかるという話も耳にした覚えがありますので、菓子がダメになる可能性もありますよ」

「だったら、お願いしようかしら」

「わかりました」

妙にとげとげしい返事だった。


話しぶりからアクセル殿下とはそこまで打ち解けた関係ではなかったのに、ガブリエルには悪いことを頼んでしまった。もしも、知人から同じように、アクセル殿下に贈り物を渡してほしいと頼まれたら、私も腹を立てるかもしれない。

引き受けてくれるというので、今回に限っては甘えることにした。

さっそく、クッキー作りを開始する。いつものクッキーではつまらない。スプリヌ地方特有の材料を使ったクッキーにしよう。

それは、トウモロコシ粉のクッキーである。まず、室温に戻したバターをクリーム状になるまでかき混ぜ、砂糖と塩を少しずつ加える。これに、小麦粉とトウモロコシ粉をふるい入れて、生地がまとまるまでこねていく。

生地がしっとりしてきたら棒状にして、濡れ布巾に包んで保冷庫の中で保存。

三十分後、棒状の生地をナイフで輪切りにしていく。油を塗った鉄板に並べ、十五分ほど焼いたら、スプリヌ地方風クッキーの完成である。粗熱が取れたら、ちょっとした加工をする。

クッキーの表面に、グラス・ロワイヤルと呼ばれるアイシングを施すのだ。作り方は簡単。粉砂糖に卵白を加えて、レモン汁を絞って混ぜるだけ。

アクセル殿下のクッキーには、表面にグラス・ロワイヤルを塗ったあと、ニオイスミレの砂糖漬けを飾る。ガブリエルの分は表面にグラス・ロワイヤルを塗ったあと、食紅で色を付けたグラス・ロワイヤルでプルルンの顔を描く。とても可愛く描けた。

最後のひとつは、ハートを描いてみた。それを、ガブリエルに渡す箱に詰める。

深い意味はない。そう思いつつ、蓋をした。

アクセル殿下の分には、箱に飾り付けたリボンに感謝の気持ちを書き綴ったカードを挟む。

気まずいが、直接持って行ったほうがいいだろう。

執務室へ向かったものの、誰かと水晶通信をしているようだった。クッキーはスライム達に託しておく。王都へ発つ準備があるというので、ガブリエルは夕食の席にもいなかった。

なんだか、避けられているように思えるのは気のせいだろうか。心配だったので義母に聞いたところ、毎年こんなもんだという。少しだけ、安心した。

翌日――義母と共にガブリエルを見送る。

プルルンは留守番するようで、触手(しょくしゅ)を伸ばしぶんぶんと手を振っていた。旅行鞄(かばん)を持ったガブリエルは、呆(あき)れた表情で私達を振り返る。

「たかが三日いないだけなのに、大げさな見送りですね」

「よいではありませんか」

気まずい気持ちは、今日も引きずっていた。ガブリエルも、機嫌(きげん)がいいようには見えない。

「フラン、クッキー、ありがとうございました。大事に食べますので」

「え、ええ」

「アクセル殿下にも渡しますので、ご安心を」

「お願い、します」

ぎこちない空気のまま、別れることとなった。ガブリエルの体は光に包まれ、消えていった。

ふーとため息をついていたら、義母にポンと肩(かた)を叩(たた)かれる。

「お茶にしましょう」

「はい」

昨日、アクセル殿下に作ったクッキーと同じものを、茶請(ちゃう)けとして出してみた。

「まあ！　とっても愛らしいクッキーですわ」

義母に好評で、落ち込んでいた気持ちが少しだけ明るくなる。

香り高い紅茶を飲んで、ざわついた心を落ち着かせよう。そう思って紅茶を含んだ瞬間、思いがけない質問を投げかけられた。

「あなた達、喧嘩していますの？」

「あ、えっと、いいえ。喧嘩はしておりません」

危うく噴き出しそうになったものの、なんとか飲み込めた。

胸を押さえつつ、ガブリエルと気まずくなった事情を話す。

「その、ある頼みごとを、してしまいまして」

「なんですの？」

「アクセル殿下に、クッキーを渡すようにとお願いしたのです」

「ああ、なるほど」

それだけで義母はピンときたという。

「フランセットさんは、息子にクッキーを作ると伝えた。すると、息子は大いに喜んだ。ここまで、合っていますか？」

「はい」

「そのあと、続けてフランセットさんは、アクセル殿下にも渡すようにお願いしたと。それを聞いた息子は、途端に不機嫌になった。間違いありませんか？」

「ええ」

義母は急に高笑いする。いったい何が面白かったというのか。

「ああ、おかしいったら」

「あの、何かおかしな点があったのでしょうか？」

「ええ。息子は、アクセル殿下に嫉妬したのですよ」

「嫉妬、ですか？」

義母は眦に涙を浮かべながら、ガブリエルが感じたであろう気持ちを解説してくれた。

「息子はフランセットさんが自分のためだけにクッキーを焼いてくれると、勘違いしたのです。けれども実際は違った。アクセル殿下にも渡すと聞いて、特別ではないと知り、悔しくなったのでしょう」

「えーっと、そういうことって、あるのでしょうか？」

「十分あると思います。ちなみに、フランセットさんとアクセル殿下の関係をお聞きしてもよろしい？」

「関係と呼べるようなものはないかと……」

私はアクセル殿下の兄であるマエル殿下の婚約者だった姉の妹。それだけで、ずいぶん気に掛けていただいた。これまでアクセル殿下がしてくれたことを、包み隠さず話す。

「なるほど、なるほど」

なんでもガブリエルはアクセル殿下に対して、劣等感のようなものを抱いているのではと、義母は推測しているらしい。

「以前、ガブリエルにアクセル殿下に対しての印象を聞いたときに、自分には持っていない人望や人格、強さがある人だと、嫉妬丸出しで語っていたのですよ」

そんな相手に、私がクッキーを焼いたと聞いて、面白くないと感じたのだという。

「あ、ですが、彼に渡したものと、アクセル殿下に渡したものは別なんです」

アクセル殿下には、スプリヌ地方を知ってもらおうとニオイスミレの砂糖漬けを飾ったクッキーを贈った。ガブリエルにはニオイスミレの砂糖漬けが苦手なようだったので、プルルンの顔を描いたクッキーを渡したのだ。

「その、プルルンのクッキーは彼だけに作ったものなので、とても、特別だと思います」

「あらあら。それを、息子に聞かせてさしあげたかったですわ」

もう遅い。ガブリエルは王都へ発ってしまった。

「息子は完全に、アクセル殿下をライバル視しているでしょう」

「そ、そんな！」

ガブリエルが気にするような関係ではないのに……。

「それにしても、アクセル殿下はどういうおつもりなのでしょうか？　女性の家に訪問するなんて、やりすぎですわ」

「よほど心配だったのでしょう」

「心配ねえ」

ひとまず、ガブリエルが帰ってきたら、クッキーについて説明しよう。

そう心に誓ったのだった。

今日は義母も朝から出かけてしまった。なんでも出て行った夫の愛人の家に行き、生活費を渡すというなんとも微妙なイベントだった。子どもがいるらしく、放っておけないらしい。ついて行こうかどうしようか、迷ったものの、今回は見送った。

残った私は、ニコやリコと一緒にニオイスミレの砂糖漬けを作る。

「ココが、フランセット様に感謝していました。毎日、夜更かしすることなく絵が描けるので、嬉しいって」

「そう。ココの絵はすばらしいから、たくさんの人達に見てもらいたいの」

先日、アレクサンドリーヌの絵を贈ってくれた。ニコがお金を出しても欲しいというほど、美しく優雅に描かれていた。

私室に飾って毎日愛でている。それを見た義母は、自分達の肖像画を手がけてほしいと言うほど、他の人達にも好評だった。

ニオイスミレの砂糖漬けは現在、五十個くらい完成させたか。

ココが作ってくれたパッケージの絵を印刷するよう、村の新聞社に発注している。

一週間後には完成する。ソリンの菓子店にも納品について話をつけていた。店に置いてくれるというので、ありがたい。ココの絵も飾ってくれるという。

　何もかも順調だった。

　もうひと頑張りしよう。そう思っていたところに、家令のコンスタンスがやってきて来客を告げる。

「旦那様の再従姉妹である、ディアーヌ様とリリアーヌ様がいらっしゃいました」

「え!?」

　ガブリエルの再従姉妹というのは、何度か話題に出ていた食わせ物の大叔父の孫娘だろう。なんでも、私に会いにきたらしい。いったい何の用事なのか。

「ディアーヌ様とリリアーヌ様……。わかったわ」

「客間にご案内しました」

「すぐ行く」

　ニコとリコが同じ方向に首を傾げている。私同様、なぜ彼女らがやってきたのかわからないらしい。

「お二方とも、めったにここへはいらっしゃらないのですよ」

「辺鄙な場所にあるからと、ぶつくさおっしゃっておりました」

「そう」

　ガブリエルが結婚すると耳にしてどんな女性かと気になり、やってきたのかもしれない。エプロンを取り、ニコとリコを引き連れ、少しだけ身なりを整える。

昼寝をしていたプルルンが、こちらへぽんぽん跳ねながら辿り着く。

『フラー、どこかに、でかけるのお？』

「いいえ、お客さんがきたの」

『そうなんだあ』

プルルンも会うというので、肩に乗せておく。化粧もしなおしたいところだが、あまり待たせるのもよくないだろう。口紅だけ塗り直して、客間を目指した。

「お待たせしました」

私が入ってくるのと同時に、双子のようにそっくりな姉妹が立ち上がる。ひとりは、雪白の髪を優雅にまとめあげた、十八、九歳くらいの美女。もうひとりは、雪白の髪を上品に巻き上げた、十五、六歳くらいの美少女。美貌の姉妹が、にっこりと微笑んでいた。

「はじめまして、私はガブリエルお兄さまの再従妹、ディアーヌですわ」

「私はその妹、リリアーヌです」

美女がディアーヌ、美少女がリリアーヌらしい。笑みを浮かべ、名乗る。

「私はガブリエルの婚約者、フランセットです」

「どうぞよろしくお願いいたします」

「仲良くしていただけると、嬉しいです」

「ええ」

ひとまず長椅子を勧め、腰かける。メイドが紅茶とニオイスミレの砂糖漬けクッキーを運んでくれた。姉妹は初めて見るであろうクッキーを前に、表情を引きつらせる。

「な、なんですか、この、雑草を貼り付けられたクッキーは！」

「なんて下品ですの⁉」

突然叫んだので、びっくりしてしまう。

だがよくよく考えると、その通りだと思った。スプリヌ地方でのニオイスミレは、どこにでも咲いている雑草扱いなのだ。

「ごめんなさい。王都ではニオイスミレの砂糖漬けが流行っていて、喜ぶかと思い、用意するよう命じたのだけれど」

「まあ！　私達を、都会の流行を知らない田舎者だと言いたいと？」

「失礼です！」

どうやらおもてなしは失敗してしまった。少し考えたらわかることなのに、判断力が鈍っていたようだ。

「本当に、他意はないの」

「ふうん」

「どうだか」

第一印象は最悪になってしまったようだ。どうしてこうなったのか……。

「ガブリエルお兄さまが結婚すると聞いて、どんな素晴らしい女性か気になって見に来たら、大した御方ではないようで」

「ええ、ええ。ガブリエルお兄さまの人を見る目も、落ちたものです」

ガブリエルは関係ない。これは私自身の落ち度だ。けれども、言い返したらますます不興を買ってしまうだろう。今はただ、黙って耐えるほかない。

「婚約すら結んでいないのに、大公家で大きな顔をされているようで」

「図々しいお話ですわね」

それに関しては、否定する言葉が見つからない。父さえ発見されたら、すぐに婚約するというのに。

国内にいない母の承認では、婚約も結婚も認められないのだ。姉妹は指摘を続ける。

「噂では、あなたのお姉様は、マエル殿下から婚約破棄と国外追放を言い渡されたとお聞きしたのだけれど」

「ご実家も、凋落したのですって？」

「それは――事実よ」

「下品な一族ですわねえ」

「そんな女性がスライム大公の妻になるなんて、ゾッとしますわ」

私のせいで、ガブリエルだけでなく、姉や実家についても悪く言われてしまった。こういうとき、どうやって対処すればいいものかわからなかった。

言葉を探していたら、急にプルルンが喋り始める。

『フラは、げひんじゃないよお。どっちかといえば、そっちがげひん』

「プ、プルルン⁉」

姉妹は今になって、プルルンの存在に気づいたようだ。ぎょっと顔を歪ませる。

「きゃあ!!　この人、肩にスライムを乗せていますわ!!」

「し、しかも、しゃ、喋った!!」

プルルンはテーブルに跳び乗り、触手を伸ばしてぶんぶん回す。

「きゃ～～～!!」

「気持ち悪い!!」

ふたり揃って立ち上がり、客間から逃げて行った。

廊下まで悲鳴が響き渡り——そして静かになる。

『あらしは、さったよう』

「そうね」

この対応は正解だったのか。わからない。

『フラー、だいじょうぶ?』

「え、ええ」

手が、肩が、震える。こんな気持ち、初めてだった。

『フラ?』

「——ふっ!!」

堪えきれなくなり、私はその感情を声に出して発散する。

「ふふふ、あはははは!!」

お澄ましまし顔をしていた姉妹が、プルルンに気づいた瞬間顔を盛大に引きつらせていた。

最後はドレスを膝の上までたくし上げて、逃げ去る。品の欠片もない逃走劇だろう。

『フラ、たのしかった?』

「ええ、楽しいって、性格が悪いわね」

『だいじょうぶー。さっきのしまいのほうが、せいかくわるい』

「お互いさま、ということにしておきましょう」

眦に浮かんでいた涙をハンカチで拭い、長椅子の背もたれに全体重を預ける。「は――」

とあまりにも長いため息が零れた。

「やってしまったわ」

ガブリエルの再従姉妹に、全力で喧嘩を売ってしまった。ただでさえ、大叔父との仲はよろしくないと聞いていたのに……。

義母の帰宅後、先ほど巻き起こった嵐について報告する。

「あら、ディアーヌとリリアーヌが来ておりましたの? 珍しいですわね」

「ええ」

一連のできごとを、包み隠すことなく話した。聞き終えた義母は、こめかみを揉みながらため息をつく。

「困った娘達ですこと。きっと、ガブリエルが留守なのを見計らって、フランセットさんをいびりに来たのでしょう」

「はあ……。しかし、悪いことをしたなと思いまして」

「気にしないことです。あの娘達の、いい薬になったでしょう」

「だといいのですが」

なんでも、ふたりとも結婚が決まっていないらしい。どちらかをガブリエルの花嫁にという話も浮上していたのだとか。

「ずっと、あのふたりは偉そうに、ガブリエルと結婚してあげる、なんて言っていましたの。おそらく、本気だったのでしょうね」

年齢的にもつり合っているし、同じ一族同士であれば持参金もそこまで準備しなくていい。姉妹にとって、ガブリエルは優良物件だったようだ。

「そんな状況だったので、急にあなたとの結婚が決まり、面白くなかったのでしょう」

ちなみに、ガブリエルと義母は再従姉妹との結婚について、大叔父が大きな顔をすることは安易に推測できるため、まったく考えていなかったらしい。

「ガブリエルは昔から、あの姉妹にチクチクと嫌みを言われていたので、結婚話はずっとはね除けていたようですが」

貴族に連なる家系に生まれた者の結婚は、持参金にかかっている。私のように、持参金のない女に結婚話があるのは、奇跡のようなものなのだろう。

「もしも、彼女らが再訪したときは、フランセットさんは応対しなくてもよろしいので。わたくしが、返り討ちにして差し上げますわ」

「た、頼りにしております」

義母、強し……！

カッコよく見えたのは言うまでもない。


翌日――ディアーヌ、リリアーヌ姉妹から贈り物が届いたという。報告するニコの表情は冴えない。

「いったい、何が届いたの？」

「そ、それが…………箱いっぱいのミミズが届いたんです」

「あら、そう」

どうせ嫌がらせだろうと思っていたら、大正解だった。大自然が広がる地域とはいえ、箱いっぱいのミミズを収集するのは大変だろう。

たぶん、使用人に命じて集めさせたのだろうけれど。

「ミミズはアレクサンドリーヌの餌にできるわ。大好物なの」

「あ！　そ、そうですよね！」

「食べさせすぎたら太っちゃうから、ニコの知り合いのアヒルにもおすそ分けしてあげて」

「わかりました!!」

ニコが去ったあと、深く長いため息が出た。お礼状を認めなければいけないだろう。どういうふうに書けばいいものか。ひとまず、ミミズは飼っているアヒルが喜んだ、と報告しておく。

しかしながら、ミミズ以外の贈り物が届く可能性があった。ヘビやクモ、カエル、ナメクジ……バリエーションが増えても困る。

どう返せばいいものか。ここでふと、義母の言葉が甦る。

――あの娘達には、やられたらやり返すくらいの精神でいませんと。

義母の言葉をヒントに、ピンと思いつく。今度何か贈ってきたときは、同じものを贈り返させていただく、と書いておいた。

これで、嫌がらせの贈り物は届かなくなるだろう。ニコがやってきて、報告してくれる。

ミミズはアレクサンドリーヌが大喜びで食べたようだ。スプリヌ地方のミミズは太く、食べ応えがあるらしい。休憩時間に知り合いが飼っているアヒルにもおすそ分けしたところ、大好評だったようだ。ミミズ問題はなんとかなったので、ホッと胸をなで下ろす。

今回の件は、目を瞑ろう。

あの姉妹がむしゃくしゃしているのは、たぶん結婚できないから。私が本当に憎くて、しているのではないのだろう。結婚は貴族の家に生まれたならば避けて通れない。残酷な制度だ。

人生、結婚だけがすべてではない、という時代がやってくるのは、まだまだ先なのだろう。

あれからディアーヌ、リリアーヌ姉妹から手紙の返信や、新たな贈り物は届かなかった。このまま何事もなければいいと思っているところに、ガブリエルが帰宅する。

リコから報告を聞いたとき、胸が大きく跳ねた。まだ、怒っているだろうか。

気まずい気持ちを引きずったまま、ガブリエルの執務室に向かった。

まずは、アクセル殿下へ贈り物を渡してくれた件のお礼を言って、謝ろう。

なんて考えつつ、執務室の扉を叩いた。すると、すぐに扉が開かれる。

「フラン!!」

扉を開いたのはガブリエルだった。笑顔で迎えてくれたので、張り詰めていた気持ちはほろりと解けていく。

「クッキー、ありがとうございました。プルルンの顔が描かれていて、とても驚きました。嬉しかったです」

「あ、えっと、そう。よかった」

私がぎこちない反応をしたからか、ガブリエルはハッとなり、気まずそうな表情を浮かべる。

「あの、すみません。まずは、帰宅の報告をしなければならなかったのに」

「いいえ。その、おかえりなさい」

「ただいま、帰りました」

どうしてだろうか。ただいまとおかえりの言葉を交わしただけなのに、酷く恥ずかしい気持ちになるのは。ガブリエルも同じように、照れているように見えた。

立ち話もなんだからと、部屋に招き入れてくれた。コンスタンスが淹れてくれた紅茶を飲み、心を落ち着かせる。

「フラン、すみませんでした」

「なんの謝罪？」

「出発前に、子どもみたいに拗ねてしまった件です」

「それは、私も悪かったわ。個人的な贈り物をあなたに頼むなんて、してはいけないことよ」

「あの贈り物は、私が運ぶのが最適だったでしょう。アクセル殿下は大変喜ばれていました。話の種にもなりましたし」

「話の種？」

「ええ。フランが作ったニオイスミレの砂糖漬けがあしらわれたクッキーを、アクセル殿下は魔物大公の会議の茶請けとして出すよう命じたようで」

「なっ⁉」

　個人でこっそり楽しんでくれるかと思いきや、私の焼いたクッキーはとんでもない晴れ舞台に立っていたようだ。

「皆、おいしいと絶賛しておりまして、思いがけず、ニオイスミレの砂糖漬けを宣伝する場となりました」

　なんでも、セイレーン大公であるマグリット様が、ニオイスミレの砂糖漬けのクッキーを注文したいとおっしゃっていたという。

「急ぎではないので、引き受けていただけますか？」

「え、ええ。もちろん！」

自分が作ったお菓子が認められる場がくるなんて、嬉しくて胸がいっぱいになる。

「会議のあと、私もクッキーをいただこうと思ったのですが、蓋を開いて驚きました。プルルンの顔を描いたクッキーでしたので」

「あれは、あなたのためだけに作った、特別なクッキーなの」

「そうだと思い……。とても、嬉しかったです」

喜んでくれてよかった。気持ちは通じていたのだ。

「それはそうと、速達で母から手紙が届いていたのですが――」

なんでも、スプリヌ地方から王都まで半日で届けることを可能とする宅配業者がいるらしい。

「ワイバーン便って、知りませんか？」

「いいえ、初めて聞いたわ」

なんでも、テイムさせたワイバーンに騎乗し、遠く離れた場所でも素早く届けるのだという。

「ただ、届け物の扱いはイマイチなので、まだ貴族層には浸透していないようですね」

「ふうん」

そのワイバーン便を使って、義母はディアーヌ、リリアーヌがやってきた話をガブリエルに報告していたそうだ。

「再従姉妹が大変な失礼を働いたようで、申し訳ありませんでした」

「いいえ、大丈夫」

「抗議文を送りますので」

「しなくてもいいわ」

「しかし、彼女達は、フランを愚弄しました。絶対に許せません」

私のせいで、分家との仲が悪くなるのは困る。この件は私に任せてくれないかと、ガブリエルに頭を下げた。

「女の問題は、外野が絡むとややこしくなるの。お願いだから、手を出さないでちょうだい」

「私は外野ですか……」

「女の敵は、同じ女なのよ」

「そういうものですか」

「そういうものなの」

「わかりました。しかしながら、これ以上フランの名誉を傷つける行為を働いた場合は、彼女らを修道院に送りますので」

「そうならないように、慎重に戦うわ」

どういうふうに決着を付ければいいのか、正直わからない。

けれども、同じ地方に住む女性同士、仲良くしたいと思っている。

難しいかもしれないけれど……。

「あと、こちらをフランに」

テーブルの上に、紙の束が置かれる。いったい何かと覗き込むと、〝メルクール公爵に関する調査結果〟と書かれていた。

「探偵とスライムを使い、調査したものです。騎士隊からの報告も、あります。どうぞ、確認してください」

「あ、ありがとう」

アクセル殿下から、報告書を預かっていたらしい。それ以外にも、ガブリエルが個人的に父について調べていたようだ。

震える手で調査報告書を手に取り、表紙を捲る。

父は依然として行方不明らしい。けれども、各地で足取りを残しているようだ。

問題は、連れ去ったマクシム・マイヤールの妻について。親しい友人に、「殺されるかもしれない」と話していたらしい。命の危機を感じて、王都から逃走していたとしたら――？

父は人助けをしていたことになる。ただそれも、確証はない。

本人達から事情を聞くしかないようだ。

「核心に迫る情報は得られなかったのですが」

「いいえ、ありがとう」

騎士隊や探偵、スライム達は引き続き調査をしているようだ。今後は範囲を広げるというので、さらなる情報が届くかもしれないという。

「お父上、早く見つかるといいですね」

「ええ」

自由奔放の父だが、犯罪に手を染めるほどの悪人ではない。

そう信じたいので、一刻も早く見つかってほしい。

どうか、無事で。今は祈るばかりだ。

下町では凶暴アヒルとして名を馳せていたアレクサンドリーヌだったが、スプリヌ地方へやってきてからずいぶん穏やかになった。

ニコがよく世話をしてくれるのもあるけれど、おそらく彼女は私を守っていたのだろう。

ずっと、気を張っていたのかもしれない。それを思うと、愛おしくなる。

散歩から戻ってきたアレクサンドリーヌを抱きしめると、優しい声でクワクワと鳴いていた。

改めて、ありがとうと感謝する。

そんなアレクサンドリーヌだったが、ガブリエルへの敵対心は相変わらずだった。

今日も出会い頭に跳び蹴りをかましていた。本当に止めてほしいが、相性の問題なのだろう。

なるべくガブリエルとアレクサンドリーヌを会わせないようにと、ニコにお願いしておいた。

セイレーン大公マグリット様から注文があったクッキーは、翌日焼いて送った。

ワイバーン便ですぐに届けてほしいと希望していたので、依頼をしたのだが……。

途中で割れないよう、これでもかと箱に緩衝材を詰めた。

はたして大丈夫だったのか。

と、気にしている間にマグリット様から手紙が届く。送ったその日に受け取り、おいしく完食してくれたそうだ。

代金と共に、さらなる注文があった。前回は三箱注文していたが、次は十箱欲しいと言う。

ニコとリコ、それからメイド達の手を借りて、クッキー作りに勤しむ。

ニオイスミレの砂糖漬けクッキーは商品にしたらどうかと、ガブリエルが意見してくれた。

さっそく、パッケージの絵をココに依頼する。

クッキーが完成するのと同時に、ココは仕上げてくれた。アレクサンドリーヌの横顔とニオイスミレが描かれている。優雅な雰囲気で、誰もが手に取りたくなるようなパッケージができあがった。

クッキーは丁寧に梱包し、ワイバーン便に託した。

忙しく過ごすうちに雨期は過ぎ、スプリヌ地方には初夏が訪れていた。普段よりも湿気が少なく、雨期に比べて過ごしやすくなったような気がする。

バタバタする日々は続いていたものの、ある日ガブリエルに、森にキノコを採りに行かないかと誘われた。

クッキーや砂糖漬けの納品日が迫っていたものの、時には息抜きも必要だと言われる。それもそうだと思い、誘いに応じた。

ガブリエルと共に馬に乗って、キノコの森を目指す。

「キノコ狩(が)りは、毎年行っているの？」

「毎年行っていたのは、子どもの頃(ころ)の話ですね」

「だったら、久しぶりのキノコ狩りなの？」

「ええ、そうなんです」

私があまりにも働くので、心配になって連れ出してくれたようだ。

「私も、けっこう根を詰めて作業するタイプなのですが、フランは私を遥(はる)かにしのいでたので、驚(おどろ)きました」

「ごめんなさい。たくさん注文が入るものだから、嬉々(きき)として作っていたわ」

「いくら楽しくても、体は休息が必要なんです。まあ、こうして連れ出した場合、心身が休まるかどうかわからないのですが」

耳元でため息が聞こえ、胸がどきんと高鳴る。

この乗馬の距離(きょり)感には、まだ慣れない。けれども、嫌なドキドキ感ではなかった。

「ガブリエルも忙しいのに、こうして気遣(きづか)ってくれて、とても嬉しいわ」

「あなたは、頑張(がんば)り過ぎる性分(しょうぶん)みたいですからね。王都にいたときもずっと――」

「ずっと？」

「い、いいえ。なんでもありません」

王都での私の頑張りとはいったいなんなのか？　疑問に思ったものの、言葉が途切(とぎ)れたので言い間違ったのだろう。

そうこう話をしているうちに、キノコがたくさん採れるという〝苔の森〟に辿り着いた。

苔の森とは、その言葉のとおり地面や木々にびっしりと苔生した場所である。

森の入り口に管理小屋があり、管理人に馬を預ける。

「森の中にはスライムがいるので、警戒を怠らないように」

鞍に吊していたカゴを手に取る。プルルンが入っていて、目が合うと私の肩へと跳び乗った。

『フラー、いっしょにいこう』

「もちろん」

ガブリエルは負担になるというが、プルルンは拳大の大きさで重さはほとんどない。大丈夫だと返すと、ガブリエルはため息をついていた。

「肩に違和感を覚えたら、いつでも言ってくださいね」

「わかったわ」

苔の森は普通の森とは大きく異なる。苔が生した地面はふわふわで、毛足の長い絨毯とはまったく違う不思議な踏み心地だ。

森の中には、色とりどりのキノコが生えていた。

これまで見たことがない、童話的な光景が広がっている。妖精か何かが、木の陰からひょっこり顔を覗かせそうな雰囲気の森だ。

「赤、黄色、緑！　色とりどりのキノコが生えているわ！」

「フラン、はしゃぐのはけっこうなのですが、足を滑らせないように注意してくださいね」

「ええ。自信はないけれど、頑張るわ」

先日、ぬかるみに足を取られて転びそうになったばかりである。大丈夫とは言えなかった。

私の発言を聞いて不安に思ったからか、ガブリエルは手を差し伸べてくれる。

「危ないので、私の腕に掴まりながら進んでください」

「そ、そのほうが、いいかもしれないわね」

そんなわけで、ガブリエルに身を寄せながら歩くこととなった。夜会以外で、こうしてエスコートされるのは酷く恥ずかしい。だが、照れている場合ではないだろう。しっかり前を向いて歩かなければならない。

私の口数が少なかったからか、ガブリエルはいつもより積極的に話してくれる。彼はキノコ博士かと思うくらい、キノコに詳しかった。

「これはコショウ茸です。ただ焼くだけで、コショウを振って食べるような味がします」

「へえ、スープに入れたらおいしそう」

「ここでは、肉料理の付け合わせに使います」

他にも、甘酸っぱい果物のような味わいの柑橘キノコ、口の中でパチパチ弾ける不思議な食感の破裂キノコ、お肉のようにジューシーなステーキ茸などなど、スプリヌ地方にはたくさんの食用キノコが自生しているようだ。

進むにつれて、森は薄暗くなっていく。ガブリエルが魔物避けの魔法を展開させているため、スライムとは一匹も出くわさなかった。

「ねえ、ガブリエル。こんなに森の奥へ進んで、大丈夫なの？」

「ええ。フランに、見せたいものがあるんです」

「何かしら？」

「見てからのお楽しみです」

そこから歩くこと十分。遠くに、淡く光る何かを発見した。

「あれは――？」

「光り茸です」

薄暗い森の中で光るキノコ。それはまるで、満天の星のような美しさである。

「きれいだわ」

「ええ」

ガブリエルが幼少期に、森の中で迷子になったさいに発見したのだという。

その後、スライムに場所を探させて、今日、久しぶりにやってきたらしい。

「ここにきてからずっと、フランに見せようと思っていたんです」

「そうだったのね。本当に、美しいわ」

しばし、うっとりと見つめてしまう。

「フラン、この光り茸、実は食用なのです」

「え、食べられるの？」

「ええ。コリコリとした食感で味わい深く、非常においしいのですが。食べてしまうと――」

「どうなるの？」

プルルンが私の肩(かた)から下り、何を思ったのか光り茸をぱくんと食べた。すると、プルルンの体が淡く輝(かがや)き始める。

「まあ！　プルルンが光ったわ」

「そうなんです。この光り茸は口にしてもなお、光(ひか)り輝くのですよ」

プルルンがぽんぽん跳ねると、流れ星のように光が尾(お)を引いていた。

心が洗われるような景色を前に、これこそ休息なのだろうと思った。

「ガブリエル、ありがとう」

「いいえ」

今日のところはしっかり休んで、また明日から頑張ろうと思った。

王都ではそろそろ、社交期が終わる季節か。街屋敷(タウン・ハウス)を拠点(きょてん)としていた貴族達は、それぞれの領地にある堂々たる住まい(カントリー・ハウス)に引き上げる。
領地へ持ち帰るお土産(みやげ)として、ニオイスミレの砂糖漬(さとうづ)けやクッキーの発注が大量に入っていた。セイレーン大公マグリット様がニオイスミレの砂糖漬けを王妃殿下(おうひでんか)におすそ分けしたのをきっかけに、話題となったようだ。

後日、王妃殿下直々に注文が入るようになり、ちょっとした騒ぎとなる。王都で唯一販売するソリンが勤める菓子店には、連日大行列ができているようだ。

申し訳なく思っているものの、店側は嬉しい悲鳴だと言ってくれている。なるべく、たくさんの人達に行き渡るよう用意したい。

ニオイスミレの砂糖漬け作りは、すでに私や三つ子の侍女、メイド達では手が回らない。そのため、村の女性を従業員として雇い、使っていなかったパン焼き工房を利用し、大量生産を開始していた。

ニオイスミレの浄化は、ガブリエルが魔石で動く洗浄機を作ってくれた。プルルンの負担も減ったわけである。

思いがけず事業が大きくなり、ガブリエルの勧めで商標登録を行った。

ココがよくパッケージにアレクサンドリーヌと湖を描いていたことから、〝湖水地方のアヒル堂〟と名付ける。

商品はニオイスミレの砂糖漬けとクッキーのふた品のみだったが、飴やケーキ、プリンやゼリーと、品数もどんどん増えつつある。

わざわざスプリヌまでやってきて、買い求める客までいるくらいだった。

明らかに、出入りする人の数は増加していた。

それに関して、問題が生じる。主に頭を抱えているのは、ガブリエルだった。

「村には宿もない、レストランもない、土産を売る店もない!!」

……そうなのだ。スプリヌは観光地としてまったく機能しておらず、せっかく人が集まっても、村に直接的な利益は生じない。

現在、宿泊は古城の空いている部屋を貸し、食事も臨時で雇った料理人が作っている。

大公家の本拠地でもあるので、なるべく観光客を入れたくない、というのがガブリエルの本音らしい。

「いったいどうすればいいものか」

宿やレストランを作るといっても、これから計画を立てて建設を開始するまでまた時間がかかるだろう。それらの施設は今すぐ必要なのだ。

「はあ……魔法でポンポン建てられたらいいのですが」

「それは無理――いいえ、可能だわ！」

「フラン、それはどういうことですか？」

ふと、思い出したのだ。以前、村を見学にいったとき、空き家がいくつかあったことを。

屋敷と言っても過言ではない大きな家もあった。一か月に一度手入れをしていたというので、さほど修繕費用をかけることなく使えるだろう。

「空き家を宿やレストランに利用すればいいの」

ガブリエルはカッと目を見開き「それだ!!」と叫んだ。

領民が減って村に空き家がいくつもある問題が、ここで生かされるとは。

すぐにガブリエルは空き家の清掃を命じ、宿の経営を任せられそうな人材を選ぶようだ。

忙しい期間が過ぎ去り、ここ最近はのんびり過ごしつつある。これまで私が悪戦苦闘し、夜遅くまでしていた経理関係の仕事は、コンスタンスが涼しい顔をしながら片付けてくれるようになった。ありがたい話である。

〝湖水地方のアヒル堂〟の工房は古城から村の空き家に移転した。作業の様子を見学できるよう、工房の外壁に大きなガラス窓を作って填め込んでいる。これが観光客に好評で、連日人だかりができているらしい。

短期間で、スプリヌの地は大きく変わった。果たして、これでよかったのか。

不安になり、義母に相談を持ちかける。

「人がいなくなった土地は、朽ちるだけ。このままでは、スプリヌはその運命を辿っていたでしょう。変化はよいことではないかと、わたくしは思います」

「ですが、のんびりとしたスプリヌを愛する人達が、心を痛めていないか心配で」

「のんびりとしたスプリヌを愛する人間なんて、皆無です!!　ここはスライムが大量発生する呪われたような土地。誰も、人が寄りつかないと言われて早五百年。そんな土地に人が集まってくるなんて、奇跡ですわ!!」

「そ、そうでしょうか?」

「そうなのです!!」

義母は私の隣に座り、両手を握る。

「領地を盛り立ててくれたフランセットさんには、感謝しております。本当にありがとう」

「い、いえ……」

「これからあなたを妬んで、いろいろ言う人もでてくるでしょうけれど、気にしたら負けです」

「はい、そうですね」

義母と話をしたおかげで、少しだけ気持ちが楽になった。

プルルンが庭にたくさん花が咲いていると教えてくれたので、一緒に庭を散策する。秋薔薇が美しく咲き誇り、大変な目の保養だった。

薔薇は姉の好きな花で、毎日部屋に飾っていたことを思い出す。

そういえば、姉に近況を報告していない。以前までは、月に一度は手紙を交わしていたのに。バタバタとする日々の中で、姉への手紙は後回しになっていたのだ。

ガブリエルと婚約という名のご縁を結んだ件について、一度直接話したいと手紙にあった。父が行方不明になったことについても、詳しい話を聞きたいと。帝国に行ったら二度とここへ帰れなくなるような気がして、ためらう気持ちが大きいのが本音だった。

庭師が薔薇を分けてくれるというので、どれがいいのか選んでいたら、ニコがアレクサンドリーヌと共にバタバタ駆けてきた。

「フランセット様――！　急いでお戻りくださいませ――！」

「え？」

あの慌てようはいったい何が起こったというのか。リコやココに比べて、ニコはそそっかしい。たぶん、なんでもないような話を聞いて、大事だと勘違いしたのだろう。

「フランセット様、大変です!! 大事件です〜〜!」

「ニコ、どうかしたの？ 落ち着いて話してちょうだい」

「は、はい。そ、その、ドドド、ド、ドラゴン大公、アクセル殿下が、フランセット様を訪ねて、やってきたようです!!」

サ――――ッと血の気が引いていく。ニコの報告は、とんでもなく大事だった。

アレクサンドリーヌは庭師に預け、ニコとともに客間を目指して急ぐ。なんでもアクセル殿下は客間に通しているらしい。

直接訪問するなんて何事なのか。もしかして、父が見つかったとか？

特に、私に会いにきた以外の話はなかったようだ。

「現在、大奥様が応対しております」

「ガブリエルは？」

「大奥様に突き飛ばされ、眼鏡が割れてしまったそうで……」

「いったいふたりの間に何があったの？」

「さ、さあ？ 旦那様は替えの眼鏡を取りに行くため、自室に引き返されました」

息を切らしながら、客間に辿り着く。息を整えてから入ったほうがいいだろう。

胸に手を当てて、息を吸って吐いて――。

「あ、フランセット様、服に葉っぱがついています」

「え、どこ？」

『プルルンが、とってあげるう』

背中と肩と、腰の三カ所に葉がくっついていた。いつのまに付いたのか。

プルルンはぽんぽんと床を跳ねて、大きく跳び上がる。そして、ニコの手のひらに着地していた。

「ありがとう、プルルン」

『いいえー』

プルルンは取った葉を、扇のように持っていた。

ここでハッと気づく。家族以外の男性と会うさいは、扇が必要になるのだ。話したり微笑んだりするときは口元を隠さなければならないから。

『フラー、どうかしたの？』

「はっ！」

そういえばと思い出す。以前、プルルンがリボンに擬態していたことを。プルルンに扇に変化してもらえばいいのだ。さっそく頼み込む。

「プルルン、お願いがあるの。少しの間、扇に変化できる？」

『できるよお』

プルルンはニコの手のひらの上でうねうね動き、形を変えていく。ものの数秒で扇に変化した。完成したのは極彩色の扇だったわけである。孔雀の羽根を使った扇で、ギラギラと輝いていた。少々……どころではなく、かなり派手だ。

お願いした手前、別のものに変えてくれとは言えない。

「プルルン、ありがとう」

覚悟を決めて、極彩色の扇を握る。色合いだけでなく、羽根のふわふわ感も再現されていた。

息も整ったので、中へと入る。扉を叩くと、中にいたコンスタンスが開けてくれた。

まず、満面の笑みを浮かべる義母と目が合った。あれは、作った微笑みではなく、心からの笑顔だろう。アクセル殿下の訪問が嬉しくてたまらない、といった感じか。

「ああ、アクセル殿下、フランセットさんがいらしたようです」

たかが私がやってきただけなのに、アクセル殿下は立ち上がって振り返る。

「フランセット嬢、突然押しかけて申し訳なかった」

「いえ」

ひとまず、落ち着こう。アクセル殿下が腰かけたあと、私も義母の隣に座る。

なんでも、ワイバーンの討伐任務があったようだ。その帰りに、ここに立ち寄ったと。

父関連の訪問ではなかったようだ。

よかった……と言っていいのか。

「フランセットさん、アクセル殿下、ワイバーンをおひとりで十頭も倒したのですって」

「十頭も、おひとりで⁉」

髪の乱れもなく、涼しい顔で座っている。とても、ワイバーンの討伐帰りには見えなかった。

「あの、お怪我とかは？」

「ないな」

無傷で、ワイバーンを十頭も倒したと。信じがたい気持ちになる。ワイバーンは魔物の中でも凶暴で、体も大きく討伐しにくい。毎年、ワイバーンに襲われて命を落とす人も報告される。魔物との戦闘に慣れている傭兵や冒険者、騎士でさえ、苦戦するような強力な魔物である。

そんなワイバーンが、十頭も出現したという報告がアクセル殿下のもとまで届いたという。

ワイバーンが出現したのは、国の北方にある山の麓。近くに街があり、騎士隊も駐屯していた。傭兵をも雇い、倒そうとしていたようだが歯が立たなかったと。

このままでは市民に被害が出てしまうということで、アクセル殿下が直々に足を運んだというわけだったらしい。

スプリヌ地方からワイバーンが出現した土地は、馬車で一か月ほど移動した先である。いったいどうやって行き来していたのか。疑問に思ったところに、義母が移動について解説してくれた。

「移動はドラゴンに乗って、颯爽と空を駆けたのですって」

「ドラゴンに？　さすが、ドラゴン大公です」

「ワイバーンが出現した北方の現場からここまで、五時間ほどで来られたとか」

テイムしたワイバーンよりも、ドラゴンはさらに速く空を飛ぶことができるようだ。

「ドラゴンに跨がるアクセル殿下、とってもすてきなんでしょうねえ」

歴代のドラゴン大公の全員が、ドラゴンをテイムしているわけではないらしい。

アクセル殿下は幼少時、狩猟に出かけたさいに子どものドラゴンを発見。そのままテイムしたという。私がやってくるまで、義母はアクセル殿下から根掘り葉掘り話を聞いていたのだろう。アクセル殿下よりも義母のほうが、口数が多いくらいだ。

会話が途切れたタイミングで、気になっていた疑問をぶつけてみる。

「あの、ここへは何か用事があったのでしょうか？」

「部下からしばし休むように言われたので、ここにやってきただけだ」

なぜ……？　と思ったものの、そういえば王都での別れ際に遊びに行くとか言っていたような気がした。まさか、有言実行するとは。

「フランセットさんに会いにきたのですよね！」

「まあ、そうだな」

アクセル殿下を交えて、いったい何をすればいいものか。

プルルンの扇を広げ、苦笑する口元を隠す。どうしたものかとため息をついたのと同時に、客間の扉が開かれた。ガブリエルがやってきてくれたようだ。

ガブリエルは右目に片眼鏡を装着していた。そういえば、先ほどニコが義母ともみ合いで眼鏡を壊したと話していたような……。

私が質問するより早く、アクセル殿下が疑問を投げかける。

「スライム大公、いつもと眼鏡が違うようだが？」

「先ほど、壊してしまったのですよ」

ガブリエルは恨みがましいような視線を義母に向けていた。一方で、義母は顔半分を扇で隠し、明後日の方向を向いている。なんというか、強い。

「左目は矯正しなくてもいいのか？」

「ええ。もともと、悪いのは右目だけなんです」

なんでも幼少期にスライムに襲われ、右目に攻撃を受けてしまったらしい。スライムの液体が目に入り、視界がぼやけるようになってしまったのだとか。

「ではなぜ、片眼鏡ではなく、普通の眼鏡をかけていたのだ？」

「それはですね――！」

いつもの眼鏡のブリッジを押し上げる動作を取ったのだが、片眼鏡なので鼻で固定されている。それに彼自身も気づいたのか、若干恥ずかしそうにしていた。

「普段かけていた眼鏡は、スライムレンズを使ったもので、外で姿を隠すスライムをいち早く発見できる機能が付いているのです」

「なんだ、その発明は。そなたは天才か」

真顔で、アクセル殿下がガブリエルを褒める。思いがけない言葉だったからか、ガブリエルも目を丸くしていた。

「スライムレンズというのは、いかにして思いついた？」

「道ばたで干からびたスライムを発見し、拾ったんです」

干からびたスライムは厚いガラス状になっていて、透明度はかなり高い。透かしてみたところ、突然淡く光ったらしい。

「まだ生きているのかと思って驚きましたが、スライムは確実に死んでいました。ならばなぜ光るのか。それは、仲間に死骸を食べさせ、魔力を取り込ませるために光っているのだと、テイムしているスライムから教わったんです」

スライムは互いに食い合い、命を継続する本能があるらしい。死んだあとも、同じスライムに残存魔力を与えるため、自らの存在を主張するのだという。

光る方向を調べたところ、姿を隠したスライムを見つけた。

「これを利用したら、スライムを発見できる探査眼鏡を開発できると気づいたわけです」

スライム同士が呼び合う波長を遮断し、眼鏡をした者が一方的に感知できるよう調整。こうして完成したのが、ガブリエルがいつもかけている眼鏡だったという。

「なるほど。その眼鏡は、他の魔物に応用できないのだろうか？」

「それに関しては、私も考えたことがあるんです」

魔法を使える者同士、何やら盛り上がり始めた。その辺の知識がからっきしである私と義母は置き去りである。あとは若いふたりで……。

義母はそう宣言し、私を引き連れて客間から撤退した。居間にお茶を用意してもらう。香り高い紅茶を飲んだあと、義母は「ふう」とため息をついた。

「緊張しましたわ。まさか、アクセル殿下がいらっしゃるなんて」

「ええ、本当に」

「フランセットさん、あなたに会いにきたとおっしゃっていたけれど、まさか、アクセル殿下とただならぬ関係ではありませんよね？」

「なんですか、ただならぬ関係とは」

「恋を秘めるような相手だったのかと、聞いているのです」

「恋!?　アクセル殿下と？」

ないないない。そんなの絶対にありえない。アクセル殿下に恋心を抱くなんて恐れ多い。そう言い切ると、義母は驚いたような表情を浮かべた。

「わたくしなんてアクセル殿下にお会いした瞬間、秒で恋したというのに、あなたは恋に落ちなかったのですか？」

「落ちません」

たしかに、アクセル殿下は美丈夫という言葉を擬人化させたような存在で、人格も立派。誰もが恋するような存在だろう。

「私はアクセル殿下を、最初から雲の上にいらっしゃるような御方だと思っていました。隣に並ぶのは、姉のような完璧な女性だとも」

「あら、フランセットさん。あなたも完璧な淑女ではなくって？」

「私が、ですか？」

「ええ。礼儀正(れいぎただ)しいし、誰にでも敬意を払(はら)っているし、誇り高い意識を常に持っているし」

「あの、過大評価なのでは？」

「まあ！　わたくしの人を見る目を、疑っていますの？」

「いいえ、そういうわけではないのですが」

まさか、ここまで義母から評価されていたなんて、思いもしなかった。

ありがたいというか、恥ずかしいというか。実の親でさえ、私をここまで褒めなかったというのに。

「わたくしは親馬鹿なので、息子(むすこ)を高く評価しておりました。けれどもアクセル殿下と並ぶと、スプリヌ地方の朝霧(あさぎり)みたいに、息子の姿が霞(かす)んで見えてしまいまして……。ショックでした」

「そ、そんなことないです。ガブリエルも、アクセル殿下に負けず劣(おと)らず、立派な御方ですよ」

「フランセットさん……。アクセル殿下を隣にしても、息子をそこまで褒めてくれる女性(ひと)は、世界中どこをさがしても、あなたぐらいしか見つかりません」

「大げさな」

義母は深く長いため息をついたあと、本音を口にする。

「正直、アクセル殿下にフランセットさんを取られるのではないかと、危惧(きぐ)していましたの」

「ありえないです」

「仮に、ですが、アクセル殿下があなたを望んでも、応じないと？」

「ええ」

義母はこれまでにないくらい、まんまるの瞳で私を見る。口もぽっかり空いていた。扇で口元を隠すのを忘れるくらい、驚いているのだろう。

「王族の、しかも明らかに立派なアクセル殿下の手を取らずに、息子を選ぶ女性なんて、フランセットさんしかいないでしょう」

「言い切りましたね」

「もちろんです。こういうのを聞くのもなんですが、なぜ、息子なのですか？」

「それは――」

最初は利害の一致で結んだ関係が気楽だった、というのもある。

同情され、婚約を約束しただけの関係ならば、私の心は冷え切ったままだったかもしれない。

けれども、ガブリエルは私を対等な相手として見てくれた。それが、どれだけ嬉しかったことか。

父はずっと私に、貴族女性らしくあれと言い続けていた。貴族女性らしくというのは、夫となる男性を立てて、家を守るような存在である。

自らが前にでて、働くなんてありえない。メルクール公爵家が凋落してからはさすがに言わなくなったものの、お菓子を作って売りに行くことをよく思っていないのは明らかだった。

父は愛人に貢がせたお金を生活費として渡してきたが、私は一度も受け取った覚えはない。

見ず知らずの女性に養ってもらうよりは、自分の身は自分で立てたかったのだ。

そんな暮らしが続いていたからか、婚約しても私はガブリエルを頼らなかった。

「ガブリエルは、ずっと、私のやりたいことを応援してくれるんです。それだけではなくて、こうしたほうがいいって、助言もしてくれて。いつもいつでも、優しく私を見守る瞳が、好――」

ここでハッと気づく。私はガブリエルのことが好きなのだと。

危うく、ガブリエルの前でなく、義母の前で告白してしまうところだった。

顔が熱い。額にも汗が浮かんでいるだろう。ハンカチで拭っていると、義母が突然立ち上がる。瞳を、キラキラと輝かせていた。

「フランセットさん……ガブリエルのことが、好き、ですの？」

「え？」

「心から、愛していますのね!!」

「え……まあ、そう、ですね」

義母は私のほうへと駆け寄り、勢いよく隣に腰かける。そして、私の膝にあった手をがっしりと握った。

「息子を愛してくださり、心から感謝します」

「は、はあ」

「そうではないかと、思っていましたの」

「ど、どういう時に、そう思われたのでしょうか？」

「息子が庭のぬかるみに嵌まって抜け出せず、そのまま転倒したとき、血相を変えて駆け寄った瞬間でしょうか」

「ありましたね……そういうことが」

スライム大公家の庭には、底なし沼のようなぬかるみが数点ある。これまで見て見ぬふりをしていたようだが、ガブリエルは私のために埋め立てることを決意したようだ。

ただ、作業中、不幸な事故が起きた。草むらで覆われていたぬかるみに、ガブリエルが足を取られて転んでしまったのである。

「その様子を見たわたくしは、あまりの鈍くささに大笑いしてしまったのですが、フランセットさんは心から心配していて。愛だと確信したわけです」

「まさかのタイミングでしたね」

「ええ」

義母はスッと遠い目をしながら語り始める。

「貴族同士の結婚は、政略的な意味合いが強いです。そこに愛はありません」

けれども共に暮らすうちに、相手に対して期待だけが高まっていくのだという。

「期待を寄せても、応えてくれなかった場合ガッカリするものです。見返りもなく頼りにするというのは、勝手な話なのかもしれませんが」

ある日、義母は気づいたのだという。期待をしてそれに応えてもらえるというのは、相手への信頼と愛がないと不可能であると。

「フランセットさんとガブリエルならば、互いに期待し、それに応えられるような関係が築けると思うのです」

「ええ……。そうあればいいなと、思っています」

義母は瞳を潤ませ、零れる瞬間に私を抱きしめる。

耳元で「息子を選んでくれて、ありがとう」と言ってくれた。

その言葉がなんだか嬉しくて、私も涙がこみ上げてくる。震える声で「こちらこそ、ありがとうございます」と感謝の気持ちを伝えたのだった。


ガブリエルとアクセル殿下は、すっかり打ち解けたようだった。食事の席だというのに、仕事の話で盛り上がっている。

途中、義母の胡乱な表情に気づいたアクセル殿下が、話題を別のものに変えた。

「明日、カエル釣りをしようと思っている。一緒に行かないか？」

爽やかに誘ってくれたが、応じる貴婦人がいるものなのか。アクセル殿下に恋したという義母でさえ、眉間に皺を寄せている。

調理済みのカエルはおいしいが、生きているカエルはヌメヌメしていて気持ち悪い。

スプリヌ地方でも、カエルは貴重な食料だという。夏が旬で、脂が乗っているのだとか。

私よりも先に、義母が言葉を返す。

「わたくしは――せっかくですが、今のシーズンは晴れ間が覗くことがあり、日焼けが恐ろしいので、辞退させていただきますわ」

義母は角が立たない言い訳を口にし、カエル釣りの誘いを見事に断っていた。

「フランはどうしますか？」

ガブリエルは瞳を少年のようにキラキラ輝かせながら、私を誘ってくれる。断れるような雰囲気ではない。肩に乗っていたプルルンが、助け船を出してくれる。

『フラも、ひやけ、やだ？』

「私は……平気よ」

『ほんとうに？』

「本当。プルルン、心配してくれて、ありがとう」

きっと、この空気の中で私が断れないのではと気づき、言ってくれたのだろう。プルルンはなんていいこなのか。よしよしと撫でると、嬉しそうにぷるぷると軽く跳びはねていた。

「私も同行するわ」

「大丈夫ですか？　その、カエルなのですが。無理して同行する必要はないですよ」

「大丈夫。王都では、たまに食べていたわ。好物だったの」

「だったらよかったです」

ガブリエルが満面の笑みを浮かべているのを見て、断らなくてよかったと思う。

というか、あの子どもっぽい笑顔は反則だろう。いつもはすんとすましているのに、無邪気に微笑むなんて。

頬が熱くなっている気がして、指先で冷やす。途中から、プルルンが触手を伸ばし、頬にそっと触れた。ひんやりしていて、気持ちよかった。

和やかな空気のまま、デザートにさしかかる。

コンスタンスが運んできたのは、私が昼間に焼いたニオイスミレの砂糖漬けを飾ったケーキだった。

ケーキを切り分け、アクセル殿下の前に置いたあと、コンスタンスの動きがピクリと止まる。

「失礼」と言って、急ぎ足で廊下へ向かった。

何か忘れたのだろうか。首を傾げていたら、廊下より声が聞こえる。

「こちらに、ドラゴン大公アクセル殿下のドラゴンが着地したという話を聞きましたの」

「そこにいるのではなくって？」

それは、聞き覚えのある声。

ガブリエルや義母も、ピンときているようだった。

「使用人のくせに、私達を止める権利なんてなくってよ!!」

「おどきなさい!!」

珍しくコンスタンスの「困ります！」という大きな声が聞こえた。

それと同時に、扉が開かれる。

突如として現れたのは、ガブリエルの再従姉妹、ディアーヌとリリアーヌだった。

彼女らは場違いとも言えるような鮮やかな赤と青のドレス姿で現れる。胸には大粒の宝石が燦々と輝いていた。夜会にでも行くのかと聞きたくなるほどの派手な装いだった。

夜会が開催される大広間の照明は暗いので、このような装いでも浮かない。けれども明るい食堂では、彼女らの装いはけばけばしく映ってしまう。

アクセル殿下がスライム大公家にやってきたと聞いて、いてもたってもいられなくなったのだろう。アクセル殿下のもとへまっすぐ突き進み、ドレスのスカートを軽く摘まんで跪礼した。

ガブリエルと義母は眉間に皺を寄せ、怒りの形相でいる。アクセル殿下がいる手前、姉妹を怒れないのだろう。義母の扇を掴む手は、ブルブルと震えていた。

食事の場に突入してくるなど、無礼でしかない。けれどもアクセル殿下はディアーヌとリリアーヌのために立ち上がり、ガブリエルに紹介を求めた。

「彼女らは、遠縁の娘達です」

「遠縁ではありません。再従姉妹ですわ！」

「ガブリエルお兄様、きちんと紹介してくださいませ！」

「大きいほうがディアーヌ、小さいほうがリリアーヌです」

ガブリエルは負けじと、情報量が少ない紹介を続けた。ディアーヌとリリアーヌは悪魔の形相で、抗議しているように見えた。けれどもガブリエルは、気づかないふりを決めている。

アクセル殿下は失礼でしかない姉妹を前にしても尚、紳士の態度を崩さなかった。本当に、立派な御方だ。その対応を、悪くないものと捉えたのだろう。調子に乗った姉妹は、アクセル殿下の隣の席に腰を下ろしたのである。

「ディアーヌ、リリアーヌ、あなた方を招いた覚えはないのですが」

「あら、ガブリエルお兄様、よいではありませんか」

「あとは、デザートを残すばかりでしょう？　まあ!!」

アクセル殿下の前に置かれた、ニオイスミレの砂糖漬けケーキを見たリリアーヌが眉(まゆ)をひそめる。それにディアーヌも気づいたのだろう。わざとらしく、追及(ついきゅう)する。

「リリアーヌ、どうかなさいましたの？」

「ディアーヌお姉様、ごらんになって！　雑草が飾られたケーキが、アクセル殿下の前にありますの！」

「まあ、なんてことですの！　間違(まちが)って、使用人用のデザートが運ばれてきましたのね！」

ニオイスミレの砂糖漬けを見て、私が焼いたケーキだと確信しているのだろう。こちらを勝ち誇ったような表情で見つめている。

「アクセル殿下、我(わ)が家(や)ではこのような粗相(そそう)はいたしませんの」

「ここの家の人達は、少々気が利(き)きませんので」

私だけでなく、ガブリエルや義母までも批判の対象とした。それはあまりにも酷(ひど)い。一言物申そうとしたが、隣に座る義母から扇で制される。何も言うな、ということなのか？

次の瞬間には意味を理解する。

「ニオイスミレの砂糖漬けは、ここでは雑草なのか？」

アクセル殿下が真顔で質問を投げかける。

「ええ、そうですの！」

「どこにでも生えている、とるにたらない雑草ですわ！」

なってしまう。

「そうなのか。私は好きなのだが」

ディアーヌとリリアーヌの表情がピシッと凍り付いた。アクセル殿下が好きだというニオイスミレの砂糖漬けを、雑草などと言ってしまったのだ。しまった、という顔のまま、動かなくなってしまう。

ガブリエルは呆れた様子で彼女らに物申す。

「ディアーヌ、リリアーヌ、ニオイスミレを雑草と批判しましたが、今、王都ではニオイスミレで作った香水や菓子が王侯貴族の間で流行っているのですよ。勉強不足なのでは？」

ぐうの音も出ないような状態まで、姉妹は追い詰められる。そんな彼女らに助け船を出したのは、意外や意外、義母だった。

「ガブリエル、誰にだって、間違いはありますわ。そのような怖い顔で責めたら、ディアーヌとリリアーヌが可哀想でしょう」

「しかし母上、あの遠縁の娘達は、アクセル殿下が好むニオイスミレを雑草と申したのです」

「きっと、言い間違ったのでしょう」

ディアーヌとリリアーヌは、義母の言葉にこくこくと頷く。

「私も気にしていない。これ以上、責めないように」

アクセル殿下の寛大な言葉で、姉妹は救われた。だが、これで終わるわけがなかった。

「そうだ。アクセル殿下は明日、ガブリエルやフランセットさんと一緒に、釣りに行くようです。ディアーヌとリリアーヌも、同行されたらいかが？」

義母の提案に、ディアーヌとリリアーヌは笑みを浮かべながら頷く。

果たして、大丈夫なのか。

義母は釣りとしか言わなかったが、釣るのはカエルだ。怖がらなければいいが……。

私は気が利かないので、教えてあげない。

ガブリエルも義母の意図に気づいたからか、顔を背けて笑っている。

どうやらスライム大公家の者達は総じて、少々気が利かないようだ。

これ以上、アクセル殿下に失礼を働いてもらったら困る。ガブリエルは本人達を前にはっきり苦言を呈し、家に帰るように命じた。

ディアーヌとリリアーヌはここに泊まりたいと主張したものの、ガブリエルは許さなかった。

ただ、明日の約束を取り付けただけでも大きな収穫だったのだろう。強く食い下がらずに帰っていった。ガブリエルは深く長いため息をつき、嵐が去ったと言ったのだった。

アレクサンドリーヌですらまだ眠る早朝――ひとり台所に立つ。行楽用のバスケットを取り出し、油紙を敷き詰めた。
これから作るのは、バゲットサンド。カエル釣りのお昼にいただくお弁当だ。
ガブリエルと一緒に、食べられたらいいなと思っている。以前、食事をふるまうと言っていたのに、実行できていなかったから。

他の人達のお弁当は、スライム大公家の料理人（シェフ）が用意しているだろう。

バゲットは昨日焼いておいた。調理台に打ち付けると、コンコンと硬（かた）い音を鳴らす。いい感じの硬さだ。そんなバゲットをブレッドナイフで四等分に切り、具を挟（はさ）むために切り込（こ）みを入れた。

まずは王道のチーズとハム、スライスしたトマトにレタス、バジルを飾ったものを作る。オリーブオイルをほんのちょっと垂らしたら完成だ。次はバゲットと同じく昨晩作ったローストビーフを挟んだもの。マスタードを利かせるだけの、シンプルな作りにしておいた。野菜を入れたほうがいいと思いつつも、肉だけ味わいたいときもあるだろうから。三品目は、パン粉を振（ふ）って揚（あ）げたマスとタルタルソースを挟んだもの。マスはスプリヌ地方の湖で養殖（ようしょく）されたものらしい。臭（くさ）みがまったくなくて、おいしいのだ。最後に作ったのは、ベリージャムと生クリームを挟んだもの。甘（あま）いサンドイッチがあってもいいだろう。

バスケットに完成したサンドイッチを詰めて、空いている隙間（すきま）には一口大のトマトやベリーを添（そ）える。なかなか上手（うま）くできたのではないか。自画自賛する。果たして、ガブリエルは喜んでくれるのか。反応が楽しみだ。

朝日が顔を覗かせるような時間帯に、リコがやってくる。

「おはよう、リコ」

「フランセット様、おはようございます」

三姉妹の中でもっとも真面目でクールなリコが、身なりを整えてくれる。すでに姿がないアレクサンドリーヌは、ニコと水浴びに行っているらしい。プルルンも一緒について行ったとのこと。

「本日は朝食のあと、もう一度お着替えしましょう」

「あら、どうして？」

「分家のお嬢様方に、格の違いを見せるよう、大奥様からのご命令です」

「格の違いって……」

なんでも、ディアーヌとリリアーヌは朝一番にやってきて、朝食を一緒に食べたいと主張しているらしい。ガブリエルは追い返すように言ったようだが、義母に泣きついた結果、受け入れてもらったようだ。

「困った人達ね」

「本当に、そう思います」

リコはズバリと返してくるので、笑ってしまう。

こういうとき、ニコやココであれば、少し困った表情を浮かべて微笑むだけだ。リコの感情を包み隠さないところは面白い。

「大奥様も、カエル釣りに同行するようです」

「あら。昨晩は辞退を申し出ていたようだけれど」

「ディアーヌお嬢様とリリアーヌお嬢様の、お目付役を買って出たようです」

「そう。大事なお仕事があるのね」

ディアーヌとリリアーヌはあわよくば、アクセル殿下とお近づきになろうという下心が見え隠れしていた。家格から考えると、ふたりがアクセル殿下と結婚するなんてありえない。

歴史ある公爵家出身である姉さえも、王太子マエル殿下とはつり合わないのでは、と言われていたくらいだ。

多くの場合、王族は他の王族と縁を結ぶ。王族の結婚は他国との繋がりを強化する、政治的な意味合いが強いのだ。

なぜ、マエル殿下は姉と婚約したのか。その理由は、よその国にマエル殿下とつり合う姫君がいなかったことにゆえんする。

もちろん、十から十五ほど年が離れた姫君もいた。けれども、無理矢理縁を繋がなくともよい国だったため、年齢的に差がない姉が大抜擢されたというわけだった。

マエル殿下は平民であり、商人の娘であるヴィクトリアを妻にするため、周囲を説得しているという。枢密院のお爺さま方が、頷くとは思えないのだが……。

ディアーヌとリリアーヌはマエル殿下とヴィクトリアの噂話を耳にしたので、自分達にもアクセル殿下の妻になれる可能性があると思っているのかもしれない。

リコが選んでくれた一着は、初夏の森のようなクロームグリーンのモーニングドレスだった。

薄く化粧を施し、サイドで三つ編みにする。紐でしばった上から、ベルベットのリボンを結んでくれた。

仕上げに、三つ編みに朝摘みしたニオイスミレの花が差し込まれた。ふんわりと、いい香りが鼻先をかすめる。

「フランセット様、いかがでしょうか？」

「髪を生花で飾るなんて、贅沢ね。それにしても、いい香りだわ」

「朝露を含んだニオイスミレは、匂いが濃くなるんです」

「なるほど、そういうわけなのね」

そろそろ朝食の時間だろう。食堂を目指して廊下を歩いていたら、遠くから悲鳴が聞こえた。

「な、なんですの、このアヒルは!!」

「恐ろしいですわ!!」

全力疾走するディアーヌとリリアーヌが、私の脇を通り過ぎる。それから数秒あとに、アレクサンドリーヌとそれに続くニコが走っていく。

ニコは私に気づき、会釈していった。

「ねえニコ、アレクサンドリーヌはどうして彼女たちを追いかけているの？」

「そ、それが、おふたりがアレクサンドリーヌ様をひと目見て、おいしそう、丸焼きにして食べたい、とおっしゃったものですから」

「そう。だったら、追いかけられているのは自業自得ね」

ニコは眉尻を下げて、微かな笑みを浮かべたのだった。

朝食の席には、アレクサンドリーヌに追いかけられて若干くたびれている印象があるディアーヌとリリアーヌ姉妹が末席に腰かけている。

私はいつも通り、義母の隣だ。ディアーヌとリリアーヌに睨まれてしまったが、知らんぷりを決め込んだ。

まだ身内でもないのに図々しい、親の顔が見てみたいと囁いている。だが、義母に「口を慎みなさい！」と一喝されると、黙り込む。

不満そうに頬を膨らませていたが、アクセル殿下やガブリエルが到着すると、華やかな微笑みを浮かべた。なんていうか、強い。社交界では、これくらい切り替えが早くないとやっていけないのかもしれない。私には、彼女達のようなしたたかさが欠けていたのだろう。

朝食には、焼きたてのパンが並ぶ。今日はパイ生地にチョコレートチップをたっぷり練り込んだ〝パン・オ・ショコラ〟がある。嬉しくてついつい口にしそうになったが、飛び出す寸前で口を閉ざした。落ち着いてから、給仕係に話しかける。

「今日は、〝ショコラティーン〟があるのね」

「ええ、おいしく焼けておりますよ」

王都で〝パン・オ・ショコラ〟と呼ばれているパンは、スプリヌ地方では〝ショコラティーン〟という名で親しまれている。

なんでも、スプリヌ地方でショコラティーンを食べたパン職人が、王都で作ったものがパン・オ・ショコラらしい。地元民は別の名で呼ばれるショコラティーンが気の毒だと嘆き、パン・オ・

ショコラと口にすると悲しそうな表情を浮かべるのである。

「ショコラティーンをいただこうかしら」

「かしこまりました」

白磁の皿に、四角く整えられたショコラティーンが置かれた。チョコレートとバターの豊かな匂いがふんわり漂う。

おいしそうな朝食を前にしても、ディアーヌとリリアーヌはアクセル殿下に夢中だった。義母が咳払いし、注意を促す。

「そういえば、ガブリエルお兄様、なぜ、城の中でアヒルを飼っているのですか？」

「とても獰猛なアヒルで、驚きました」

追い出してくれという懇願に対し、ガブリエルは冷静な言葉を返す。

「あれは私達の家族です。あなた方にいろいろと言われる筋合いはありません」

「家禽が家族ですって⁉」

「ガブリエルお兄様、変わっていますわ」

「そうなのか？」

アクセル殿下が、小首を傾げながら問いかける。ディアーヌとリリアーヌの表情が、一瞬で引きつった。

「実を言えば、私も幼いころ、ガチョウを飼育していた。家族だと思って、可愛がっていた。スライム大公も同じように、家禽を家族だと考えていると知り、親近感を覚えた」

「アクセル殿下、光栄です」
ちなみにそのガチョウは、ある日、マエル殿下の銃（じゅう）の練習をするために殺されてしまったらしい。何も言わずに夕食に出し、食べたあとで可愛がっていたガチョウだと白状したようだ。なんとも酷い話である。

「悲しかったし、怒りも覚えた。しかしながら、愛情込めて育てたガチョウは信じがたいほど美味で……。すまない、朝から血なまぐさい話をしてしまった」

「いいえ。これからも自信を持って、アヒルのアレクサンドリーヌは家族だと、皆（みな）の者に伝えたいと思っています」

アクセル殿下の家禽愛のおかげで、アレクサンドリーヌは責められずに済んだようだ。ホッと胸をなで下ろす。

食後は、再び身なりを整える。ニコとリコ、ココの三人がかりで、準備に当たってくれた。
ココが数着のドレスを寝台（しんだい）に並べてくれる。どれがいいかと聞かれ、葵色（モーヴェイン）のドレスを選んだ。
似合うかどうか当ててみたら、ココが頬を赤く染めながら感想を語ってくれた。

「ああ、こちらのドレス、フランセット様の藤色（ウィステリア）の瞳と相性抜群（あいしょうばつぐん）です。とても、お似合いになるでしょう」

「ありがとう。だったら、これにするわ」

朝の化粧を落としてから、ドレスをまとう。再びリコが化粧を施してくれた。今度は少し濃い目に。太陽が照るかもしれないと、日焼け止めをしっかり塗（ぬ）ってくれた。

髪はニコが編み込みのフルアップを、丁寧に結う。

「こちらのバレッタですが、旦那様からの贈り物だそうで」

「あら、すてき」

ニコが木箱に収められた、スミレの花があしらわれた銀細工のバレッタを見せてくれた。

「日々、頑張っているご褒美にと、おっしゃっておりました」

「そうなの」

指先でそっと摘まむ。透し細工がなされたバレッタは、とても美しい。ほう、と熱いため息がこぼれる。ガブリエルは私の働きを認め、こうして労ってくれた。これ以上、嬉しいことはないだろう。胸がじんわりと温かくなる。

「ニコ、これを、髪に付けてもらえる？」

「はい!!」

合わせ鏡にして、バレッタで飾った髪を見せてくれた。

「まあ、世界一お似合いです！」

「ニコ、ありがとう」

リコやココも、口々に似合っていると賞賛してくれた。あとで、ガブリエルにお礼を言わなければ。

「ねえ、プルルン、見て――あら？」

ふと、周囲を見回して疑問が浮かんできた。

「フランセット様、いかがなさいましたか？」

「いえ、プルルンがいないなと思って」

「プルルン様は、お仕事があるようで、旦那様のもとで作業をしているようです」

「そうだったの」

カエル釣りにも同行しないらしい。

私がプルルンと一緒にいたので、仕事が溜まってしまったのかもしれない。

悪いことをした。

出発前に、ガブリエルにお礼を言いに行こう。プルルンの様子も気になるし。

先に、部屋を訪問して構わないか、というカードをリコに届けてもらう。すぐに、問題ないという返事が届いた。

出発時間も迫っているので、手短に済ませなければならないだろう。

ガブリエルは執務室で執務に就いていたようだ。

「ごめんなさい、忙しいときに」

「いいえ、かまいません」

プルルンは執務机で、スタンプを握って何やらぺたん、ぺたんと押していた。

「プルルン、忙しそうね」

「心配には及びません。毎日命じている仕事を、サボっていただけですから」

「私がプルルンを独り占めしていたから」

「いいえ、プルルンがあなたの傍にいたのは、自分の意思です。そのため、自業自得なんです」

プルルンは気まずそうに、こくこく頷いていた。

「どうやらプルルンは、あなたの傍にいるのが楽しくて仕方がないようです」

「そうなの？」

プルルンは力強く、こっくりと頷いた。

「自由気ままに遊ぶのは問題ないのですが、やらなければならない仕事を放棄してまで遊ぶのは、褒められたものではありません」

「それもそうね」

上目遣いでこちらを見つめるプルルンを、そっと撫でる。

「頑張ってね、プルルン」

『うん、がんばるぅー』

プルルンの近くで、ガブリエルが険しい表情のまま、眼鏡のブリッジを上げていた。逆光で、眼鏡が光る。すぐに、プルルンから手を放した。

「あ、眼鏡、直ったのね」

「ええ、眼鏡の縁が折れていたのですが、銀糸魔法を使ったら修繕可能なんです」

銀糸魔法――魔法で銀を柔らかくし、自在に操る魔法らしい。銀と聞いて、ハッとなる。

「あ、そう。ガブリエル、バレッタ、ありがとう。どうかしら？」

背中を向けて、どうか確認してもらう。

「すてきです。あなたの子鹿の毛皮色(フォーン)の髪(かみ)に、よく似合うと確信していました」

「子鹿の毛皮色だなんて、初めて言われたわ。ありきたりな茶色だと思っていたの」

「そうですか？　フランの髪はやわらかくて、艶(つや)やかで、美しくて。生後間もない子鹿のような髪ですよ」

　ふいに、以前ガブリエルが私の髪に触れた日の記憶(きおく)が甦(よみがえ)ってくる。再び照れてしまったのは、言うまでもない。

「まさか、バレッタを贈ってくれるなんて。本当に、ありがとう」

「喜んでいただけて、嬉しいです」

「私も、あなたに何か贈りたいのだけれど」

「いいえ、とんでもない！」

「でも、ガブリエル、あなただって頑張っているじゃない」

「フランが傍にいてくれることが、最大のご褒美なのですよ」

「そんな……！」

　私が彼(かれ)に対してできるものは、何があるのか。と、考えていると、今朝方完成させた弁当について思い出した。

「そう！　今日、朝からお弁当を作ったのよ」

「フランが、ですか？」

「ええ。お昼になったら、一緒に食べましょう」

「嬉しいです。楽しみにしていま――」

にこにこ微笑んでいたのに、急に真顔になる。何か気になることでもあったのか。

「あの、どうかしたの?」

「そのお弁当とやらは、もしかして、アクセル殿下にも作ったのですか?」

「アクセル殿下、どうして……?」

言いかけた瞬間、ハッとなる。ガブリエルにクッキーを贈ったあと、アクセル殿下の分もある、という愚行を思い出した。

「今日は、ガブリエルの分だけ。というか、以前、食事をふるまうと約束したでしょう?」

「ああ、そういえば、そのような約束を交わしていましたね」

「ええ。だから、あなたのためだけに作ったの」

「よかった」

笑顔が戻ってきたので、ホッと胸をなで下ろす。

そういえば、以前義母が話していた。ガブリエルはアクセル殿下に嫉妬しているのだと。

以前のようなすれ違いがあっては困る。ここできちんと、アクセル殿下に対する気持ちを、彼に説明しておかなければならないだろう。

「あの、アクセル殿下についてだけれど」

「殿下が、どうかなさいました?」

「私はずっと、兄のように慕っていて、アクセル殿下も、私を出来の悪い妹のように思っているから、いろいろ心配してくださっているの」

「そう、だったのですね」

「ええ。雲の上のような存在であるアクセル殿下を、兄のように思っているだなんて、図々しい話なのかもしれないけれど」

ガブリエルは眼鏡をずらし、目元を手で覆っていた。

「だ、大丈夫？　目眩でも、しているの？」

「よかった……！」

「え？」

「その言葉を、はっきりフランから聞けて、本当によかったです」

「そ、そう」

アクセル殿下に対し恋心はないと主張した覚えはあったものの、本当は好意を抱いているのではないか、と思っていたらしい。

図々しいのを承知の上で、本当の気持ちを伝えたのは大正解だったようだ。

「もしかして、ずっと気にしていたの？」

「気にしていました。実は、ふたりは両想いで、密会し、愛を深め合っているところまで想像していました」

「ありえないわ」

気づいたときにはガブリエルのもとへ駆け寄り、彼の背中をぎゅっと抱きしめていた。

自分から起こした行動なのに、心臓が信じがたいくらいドキドキと高鳴っている。きっとガブリエルにも伝わっているだろう。

けれども今は、恥ずかしがっている場合ではない。気持ちを素直に伝えた。

「私には、あなただけだから」

思わせぶりな行動で、誤解させてしまった。二度と、彼を悲しませるような行為を取らないことを誓う。至近距離でガブリエルの匂いを吸い込んだ上に、微動だにしない様子に気づいてハッとなる。すぐに、ガブリエルから離れた。

彼の耳が真っ赤になっていた。本当に、申し訳ない。

「あ――ご、ごめんなさい」

我に返ったら抱きついていた、なんて言えない。まだ婚約すら交わしていないのに、はしたない行為だっただろう。

「いいえ、お気になさらず。私達はいずれ、夫婦となる身。この程度のふれあい、なんてことありません」

そう言って、振り返ったガブリエルの顔は真っ赤だった。私も、同じくらい赤面しているだろう。顔が、燃えるように熱いから。

彼に、好きだと言いたかった。けれども私はまだ、一人前ではない。

ガブリエルから借りたお金を返し終えて、父が結婚を認めてくれたら、気持ちを伝えたい。今はそれができないから、体が勝手に動いてしまったのだろう。

未熟者だ。本当に恥ずかしい。

「あの、フラン。こういうのは、滅多にしないことなので、照れてしまうと思うんです」

「え、まあ、そうよね」

「毎日したら、恥ずかしくなくなるのでは？」

「え？」

「抱擁を、習慣にするんです」

「そ、そう、なのかしら？」

「そうだと思います」

私が恥をかかないように、提案してくれているのか。

たしかに、毎日当たり前のように抱擁していたら、恥ずかしく思わなくなるかもしれない。

「わかったわ。やってみましょう」

「よろしくお願いします」

そろそろ出発の時間だ。カエルが釣れる湖へは、男女別に馬車に乗りこむ。ここでいったん、ガブリエルと別れなければ。プルルンに一言声をかけ、執務室をあとにする。

ディアーヌとリリアーヌ、義母と馬車に乗りこんだ。男性陣の馬車は、先陣を切っている。

もう一台、ニコ、リコ、ココなどの使用人が乗った馬車があとに続く。

ガタゴトと揺られる中で、私は気づいた。

一日一回抱擁するなんて、おかしくない!?

まだ、婚約ですら交わしていないのに……。先ほどはガブリエルを抱きしめてしまった手前、混乱していたのだろう。

彼もまた、混乱していてあのような提案をしたのだろうか。

わからない。

おかしいと思ったら、ガブリエルのほうから断ってくるだろう。

そうだ。そうに違いない。

必死になって、言い聞かせる。

私のほうから抱きしめてしまった手前、毎日抱擁するのはおかしくないか、などと言えるわけがなかった。うだうだと考え事をしている間に、カエルが釣れる湖へと辿り着く。

窓を覗き込んだディアーヌとリリアーヌは、「ヒィッ、あ、あれはなんですの!!」と悲鳴を上げていた。カエルが好んで棲んでいる湖は、全体的に濁っている上に周囲は霧が深い。

おののく姉妹に、義母が物申す。

「いいですか、あなた達。殿方は遊びに夢中になると、周囲が見えなくなるものです。この辺りには、凶暴なスライムがいるという話です。自分の身は、自分で守ってくださいね」

「せっかく国内最強と謳われたアクセル殿下がいらっしゃるのに、守ってくれないなんて」

「強い女性なんて、男性は嫌がるという話なのに」

「つべこべ言わずに、護身用の武器を持っておくのです！」

私も座席の下に押し込んでいた、護身用の傘を手に取る。義母の武器は外側に縛り付けていたようだ。ちょうどリコが、取り外して差し出していた。

「お、お義母様、それは……？」

義母は槍(やり)のような、細長い武器を手にしている。

「これは、連接棍(フレイル)ですわ！」

「フ、フレイル⁉」

それは柄(つか)の先端(せんたん)に棍棒(こんぼう)がぶら下がった、打撃(だげき)に特化した武器らしい。脱穀(だっこく)を行う農具からヒントを得て、完成したようだ。

このフレイルで、スライムを猛烈(もうれつ)に殴打(おうだ)するという。

「女性は傘でスライムと戦うのが一般的(いっぱんてき)ですが、少々心細いなと思いまして。フレイルならば、十分戦えますので」

「な、なるほど」

フレイルを手に持つ義母は、勇ましかった。さすがスプリヌの地で生まれ、育った女である。

ディアーヌとリリアーヌは、傘を手に馬車から下りてきた。

「なんですの、この不気味な湖は」

「こんなところで、何が釣れるというの？」

「それは、釣れてからのお楽しみですわ！」

義母の言葉に、笑いそうになってしまう。まだ、カエル釣りをすると説明しないようだ。

使用人達が地面に魔物避(まものよ)けの聖水をまき、日よけの大型日傘(パラソル)を立てていた。敷物(しきもの)を広げ、寛(くつろ)

げるような場所を作ってくれる。

ガブリエルとアクセル殿下は、湖のほとりに魔物避けの魔法陣を展開させているようだった。

椅子を設置し、釣り竿に餌を付けているようだ。

ディアーヌとリリアーヌが、嬉々としてアクセル殿下に話しかける。

「アクセル殿下、何を餌にしているのですか？」

「教えてくださいませ」

アクセル殿下は無言で、地面を掘って得たミミズを差し出していた。それを見た姉妹は、悲鳴をあげる。

「きゃあ!!」

「な、なんですの!?」

すぐさま、ディアーヌとリリアーヌを義母が叱咤する。

「なんですか！　アクセル殿下に対して、その態度は！」

「だって、変な虫がいたから」

「動きが、気持ち悪くて」

気持ち悪いと言うミミズを、私に贈ってきたのはどこの誰だったのか……。

ディアーヌとリリアーヌの悲鳴と共に、カエル釣り大会はスタートした。

なんでもカエルは、目の前にある動く小さなものを食べ物だと思い込む習性があるらしい。

そのため湖へ放った釣り竿を握った手首を細かく動かし、カエルを引きつけながら釣るようだ。

ガブリエルは幼少期に、よくカエル釣りに来ていたらしい。アクセル殿下は毎年、狩猟シーズンになると、ぼんやりカエル釣りをしていると話していた。

景色は霧で霞み、湿気がとんでもない。

レースやリボンたっぷりのドレスで参上したディアーヌとリリアーヌは、鳥の翼みたいにパタパタと扇をあおいでいる。私や義母は、スプリヌ地方産の涼しい素材で作られたドレスをまとっているので、まあ、少々暑いと感じる程度だ。

相変わらず、姉妹はアクセル殿下に話しかけ続けている。正直、迷惑だろう。

義母が邪魔だと怒っても、聞く耳なんて持たなかった。

「そろそろ、制裁が下される頃でしょう」

「ええ」

少々気が利かない義母と私は、いまだカエル釣りにきたと姉妹に説明していない。

そのような状況の中、固唾を呑んでアクセル殿下の釣りを見守る。

ついに、アクセル殿下が操る竿の先端が強くしなった。

ディアーヌとリリアーヌは手を叩き、応援する。

そして――カエルが地上へ姿を現す。

アクセル殿下の拳より一回り以上も大きな、立派なカエルであった。

カエルを目にしたディアーヌとリリアーヌは、悲鳴をあげる。

「きゃ――――――!!」

「なんですの――――!!」

手に握っていた扇や傘を投げ出し、回れ右をして、必死の形相で駆けてくる。

「やだやだやだやだ!!」

「気持ち悪い、最悪!!」

文句を言いたいのか、怒りの形相でこちらに向かって走ってきた。義母に飛びかからないよう、一歩前に出る。

取っ組み合いの喧嘩になったらどうしようか。

一応、社交界デビューする前に護身術は一通り習った。だが、股間を狙った打撃や、目潰しは女性相手に行うものではないだろう。

どうすればいいのか。考えている間に、まさかの展開となる。

ディアーヌとリリアーヌは同時に地面のぬかるみに足を取られ、転んでしまった。

「へぶっ!!」

「どわっ!!」

地面は雨と霧でひたひただった。起き上がった彼女らのドレスは、一瞬にして泥だらけとなった。

「ひ……酷い、わ!!」

「あ……悪夢、よ!!」

こちらを見ながら責めるように言う。まるで私がすべて悪いと訴えているようなものだった。

「ぜんぶぜんぶ、フランセット、あなたが諸悪の根源ですわ!!」
「父親と同じように、アクセル殿下に色目を使って、私達を陥れようとしていたのでしょう!?」

義母が立ち上がり、怒りの形相で物申そうとする。私はそれを制した。

朝から叫び続けたせいで、義母の声は嗄れていたのだ。これ以上、喉に負担をかけさせるわけにはいかない。

意を汲んでくれたのか、義母は立ち上がる。事情を説明するため、アクセル殿下のもとへと向かったようだ。

このままであれば、アクセル殿下がやってきて彼女らに手を差し伸べるだろう。それを阻止する目的でもあるのかもしれない。

ディアーヌとリリアーヌは、顔まで泥だらけだった。美しく結い上げていた髪も崩れ、見るも無惨な状態である。

どうにもならない鬱憤を、目の前にいた私で晴らそうとしているのだろう。

ふたりの非難するような視線を前にする中で、ふと思い出す。姉が婚約破棄されたとき、これまで傍にいた人達がいっせいに離れていったのを。

皆、責めるような視線を向けていたのだ。

悲しかった。辛かった。

あのとき、ひとりでもいいから、手を差し伸べて欲しかったのだが、難しい話だったのだろう。皆、長いものに巻かれて生きるほうが、楽だと知っているのだ。

ディアーヌとリリアーヌの怒りと共に発せられた主張は的外れで、見当違いだ。

ただ、同じ熱量で指摘するのはよくないだろう。

まずは、多めに持ち歩いていたハンカチを、それぞれ差し出す。奪い取るように、手から消えていった。

一枚では足りないだろう。姉妹を放置し、ガブリエルのほうへ頼み事をしにいく。

「あの、ガブリエル、ちょっといい？」

「なんでしょうか？」

「あなたの再従姉妹が、転んで泥だらけになってしまったの。スライムの力を借りて、きれいにしてあげたいのだけれど」

「放っておいていいのでは？　自業自得ですよ」

「いじわるを言わないで。お願い」

ガブリエルは釣り竿を置き、立ち上がってディアーヌとリリアーヌの様子を見る。は――、と深く長いため息をついた。

「フラン、お人好しが過ぎます。あなたがあの姉妹に助けの手を差し伸べても、感謝のひとつもしないと思いますよ」

「別に、それでいいわ」

「は？」

「感謝されたくて、するわけではないから」

「では、なぜ助けてほしいと訴えるのですか？」

「同じような目に、私も遭ったことがあるから」

姉が婚約破棄と国外追放をされた場で、私までも罪人のような扱いを受けた。

「当時を思い出すと、泥を被ったような気分だったと、泣きたくなるわ。彼女達は実際に、泥だらけになっている。あの時の私よりも、辛い思いをしているはず。だからお願い。ディアーヌとリリアーヌを、助けてあげて」

「フラン……」

ちらりと、ディアーヌとリリアーヌを見る。気合いを入れてめかしこんだ姿が、一瞬にして泥だらけになってしまった。初めこそ強気でいたものの、今は泣きそうな表情を浮かべている。

正直な気持ち、「ほら見たことか」という気持ちはある。けれども、目の前で泥だらけになった姉妹を、見て見ぬふりなどできなかった。

「わかりました。あなたの優しい心に免じて、彼女達を助けて差し上げましょう」

「ガブリエル、ありがとう！」

義母と言葉を交わしていたアクセル殿下も、姉妹を気にしているようだった。ガブリエルが助ける旨を説明すると、ホッとした表情を見せる。

やってきたガブリエルに対し、ディアーヌとリリアーヌは噛みつくような発言を投げかけた。

「ガブリエルお兄様、私達を、笑いにきましたの!?」

「ざまあみろって、思っているのでしょう？」

「一瞬そう思ってしまいましたが……いいえ、なんでもありません。フランがあなた方のドレスをきれいにするように懇願してきたので、仕方がなくやってきただけです」

「きれいに、なりますの？」

「ほ、本当に？」

「ええ。私の使役(しえき)するスライムならば、それを可能とします」

ガブリエルが召喚(しょうかん)の呪文(じゅもん)を唱えると、赤、青、緑と三色のスライムが姿を現す。

『わー、どろだらけ』

『どうして、どうして？』

『みごとに、よごれている』

「お喋(しゃべ)りはいいので、彼女達をきれいにしてください」

『りょうかい』

『はーい』

『わかった』

まず、その場でポンポン跳(は)ね上がったのは、青いスライム。口から、水を発射させる。

「き、きゃあ！」

「な、なんですの⁉」

「動かないでください。泥を落としているんです」

瞬(またた)く間(ま)に、顔やドレスの泥は落ちていった。続いて、緑のスライムが口から爽(さわ)やかな風を吹(ふ)

きかける。森林の中にいるような、いい香りがした。消臭しているらしい。泥は独特の臭いを放っていたので、大事な工程だろう。

最後に、赤いスライムが熱風を吹きかける。ここでも、ディアーヌとリリアーヌは熱いだの苦しいだの、苦情を入れていた。ガブリエルは無視して、スライムに続けるよう命令する。

最後に、ディアーヌとリリアーヌの侍女が髪型を直してくれた。

あっという間に、泥を被った姿はきれいになった。

完全復活したディアーヌとリリアーヌが、ずんずんと大股でこちらへやってくる。ガブリエルが前に出ようとしたので、手で制した。

女の敵は同じ女なのだ。そこに他の者が介入したら、面倒な事態になる。

この諍いは、私と彼女らで解決するしかないのだ。

「私達に助けの手を差し伸べて、さぞかし気分がいいでしょう？」

「お礼を言って差し上げましょうか？」

予想のど真ん中の反応である。

どんな目に遭っても、彼女らが神妙な態度で謝るとは思えなかったのだ。

「礼は結構よ」

「なっ、どうしてですの？」

「わけがわかりませんわ」

「私への感謝の気持ちはいらないから。その代わり、困っている人がいたら、助けてあげて」

親切の輪は、なるべく広げたほうがいい。感謝の気持ちを述べてしまったら、その場で終わってしまうから。彼女達が誰かに手を差し伸べたあと、同じように他の人へ親切にするよう伝えてほしかった。私はそう願う。

「あなた、変な人ですわ」

「本当に」

「否定はしないわ」

だって、実家が凋落したあとも、社交界に復帰したくないという感情だけで、母や姉について行かずに下町暮らしを始めたのだ。変わっていないとできないだろう。

ディアーヌは私をキッと睨み、低い声で宣言する。

「あなたのこと、好きになれそうにありません」

その言葉にリリアーヌも私もだ、と同意を示した。そんな彼女らの決意表明を、私は否定しない。

「それでいいわ。人間、一度嫌ったら、どうがんばっても好きになることは不可能だもの。嫌いな人に時間を費やすよりも、好きな人達に時間を使ったほうが賢いわ」

つまり、私達がこうして関わるのは、まったくもって時間の無駄なのである。

「空を飛ぶ鳥が、水の中の魚と仲良くなれるわけがないもの。息がしやすい場所で、お互いのびのび暮らしましょう」

言葉が見つからなかったのか、ディアーヌとリリアーヌは無言で踵を返す。そのまま、立ち去った。

以降、彼女らは大型日傘の下で大人しくしていた。アクセル殿下にしつこくつきまとう行為も止めたようだ。

と、このような騒ぎを経て、カエル釣りは再開される。

「フランもやってみませんか？　釣り上げたカエルは近づかないよう、スライム達にキャッチさせるので」

「そうね。挑戦してみようかしら」

ガブリエルが餌を付けてくれる。釣り竿の投げ方を教わり、同じように湖へ釣り糸を放った。

手首の力を利かせ、カエルを誘導する。

すると、食いついた。釣り竿の先端が、大きくしなる。

「フラン、今です！　竿を引っぱって！」

「え、ええ！」

力いっぱい釣り竿を引いたが、カエルは強く抵抗しているようだ。

釣り竿の先端が、折れそうなくらいしなっている。

「フラン、手伝いましょう」

「あ、ありがとう」

ガブリエルは私を後ろから抱きしめるような体勢で、釣り竿を掴んだ。

乗馬のときのように体がぴったりと密着しているわけではないのに、なんだか恥ずかしい。

耳元で、ガブリエルの声が聞こえるからだろうか。

と、ドキドキしている場合ではなかった。カエル釣りに集中しなくては。

ふたりがかりで引っ張っても、カエルはなかなか陸へあがってこない。

「ガブリエル、これ、スライムを釣っているわけではないわよね？」

「魔物避けの魔法を湖全体に展開しているので、スライムが釣れるのはありえないでしょう」

「そ、そう」

足を踏ん張り、釣り竿を力の限り引っ張る。こうなったら、カエルとの体力勝負なのだろう。

奮闘すること五分、ついに――。

カエルは水しぶきを上げながら、大きく跳躍した。私の頭よりも大きな、巨大カエルだった。

「今です!!」

ガブリエルの命令と共に、水色のスライムが跳躍する。もう一匹の緑色のスライムは触手を伸ばし、水色のスライムと連結しているようだった。水色のスライムはパクリとカエルを飲み込む。そして、緑色のスライムが水色のスライムを引き寄せた。

無事、地上へ着地する。

「やった！　やったわ！」

「ええ、なんとか釣れましたね！」

私達は抱き合い、カエルが釣れたことを喜ぶ。そこに、いつの間にか接近していた義母がぼそりと呟いた。

「まあ、仲がよろしいこと。スライム大公家は、今後も安泰ですわね」

その言葉を聞いて、我に返る。ガブリエルも同じだった。

跳びはねて喜んでいた私達は、そっと離れた。

「そろそろ、昼食の時間にしましょう」

義母の提案に、私とガブリエルはこくりと同時に頷いたのだった。

ニコとリコ、ココがガブリエルとふたりで使う大型日傘と敷物を広げてくれていた。

魔石保冷庫で冷やした紅茶も用意されている。朝作ったバゲットサンドを、ガブリエルと共にいただく。

彼はまず、王道のチーズとトマトのバゲットサンドからいただくようだ。

お上品に食べるのだろうと思っていたら、がぶりと豪快にかぶりついている。サンドイッチはこの食べ方が大正解なのだ。

ガブリエルはバゲットサンドを口にし、もぐもぐと食べると、しだいに笑みを浮かべる。

「とってもおいしいです。バジルが利いているのが、いいですね」

「よかった」

気持ちがいいくらい、ばくばくと食べてくれた。どれもおいしいと言ってくれたので、ホッと胸をなで下ろす。

ガブリエルと楽しく食べる一方で、アクセル殿下がいるほうはほぼ無言だった。気まずい空気が流れている。

一応、ディアーヌとリリアーヌは反省しているのだなと、気づかされるような光景であった。

ふいに、アクセル殿下が話しかけてくる。

「貴殿らは、すこぶる仲がいいのだな」

指摘されたガブリエルは、嬉しかったのか微笑みつつ頷いていた。結婚前なのだから、否定しなければならない場面だろうが。

ガブリエルが幸せそうだったので、まあいいかと思ってしまった。

昼食後、結果発表となる。

釣ったカエルを、湖のほとりにずらりと並べた。義母が一匹一匹数えていく。

「――アクセル殿下が十五匹、ガブリエルが十二匹、最後にフランセットさんが一匹、と」

アクセル殿下が優勝だが、大きさでは負けていると主張する。

「フランセット嬢が優勝でいいのでは？」

「そうですね」

アクセル殿下を差し置いて優勝するなんて……。

そもそも、いつカエル釣り大会になっていたのか。

皆の拍手を受けながら、どうしてこうなったのだと思ってしまった。

なんでも、アクセル殿下はカエルが大好物らしい。そんな話を聞いたからか、スライム大公家の料理人は気合いを入れて調理したようだ。

晩には、豪華なカエル料理のフルコースがふるまわれる。

突き出しはカエル肉の一口パイ。生クリームソースで煮込まれたカエル肉は、驚くほどやわらかかった。ソースも濃厚で美味である。

続いて前菜は、カエルを煮込んだスープを固めたジュレにトリュフを添えたもの。

上品な味わいの中に、スプリヌ産のトリュフが豊かに香る。

「今のシーズンに、このような薫り高いトリュフが味わえるとは……！」

アクセル殿下は秋が旬であるトリュフが使われていることを、驚いているようだった。ガブリエルは嬉しそうに、保存魔法の技術と、トリュフが豊富に採れる環境について語っていた。

ちなみに、ディアーヌとリリアーヌの姉妹は大人しいままだった。義母は安堵の表情で、カエル料理を食べている。

スープはカエルと野菜を丁寧に煮込んだもので、旨みがぎゅっと濃縮されている。

メインの魚料理は、肉料理がない代わりにふた品用意したようだ。

一品目は、カエルのソテー。ナイフとフォークでは肉を完全に骨から剥がせないので、手づかみで食べるのがスプリヌ地方風だという。食卓には、柑橘のスライスが浮かんだフィンガーボウルが用意されていた。

ガブリエルは各々好きに食べるようにと説明したのちに、手づかみでカエルのソテーを頰張る。アクセル殿下は驚いているようだったが、ガブリエルに続いて手づかみで食べ始めた。

「手づかみのほうが、肉を残さずに食べられるのだな」

「そうなんです。こういう食べ方は、ここでしかできないでしょうけれど」

ディアーヌとリリアーヌはアクセル殿下の前で、手づかみで食べるのが恥ずかしいのだろう。もじもじしていた。一方で、義母はカエルをしっかり掴み、上品に食べている。

なるほど、あのようにしたらよいのか。義母の食べ方を真似て、カエルを手づかみで食べた。

「あ、おいしい！」

ソテーされたカエル肉はパリパリに焼けており、バターと香草が口の中で華やかに香る。ナイフとフォークではほんのちょっとしか食べられないカエル肉も、こうしてかぶりついたら存分に味わえるというわけだ。

ふた品目は、もも肉の天火焼き。バジルのソースが添えられている。これがまたおいしい。カエル肉にかぶりつくと、肉汁がじゅわっと溢れるのだ。

そんなわけで、カエル料理を堪能させてもらった。旬のカエルは、とてつもなくおいしかった。満足している様子を見せるアクセル殿下に、義母が言葉をかける。

「アクセル殿下、よろしかったら来年も、カエル釣りにいらしてくださいませ」

「ああ、かならず訪れよう」

それを聞いた義母は、満面の笑みを浮かべていた。

一方で、ガブリエルは「またそんなことを言って」と胡乱な目で義母を見つめている。

食後、話があると言って、ガブリエルと共にアクセル殿下に呼び出された。

「突然訪問し、何日も滞在し、迷惑をかけたな」

「いいえ、とんでもない。非常に楽しい日々でした」

「そう申してくれると、嬉しいものだ」

アクセル殿下は部下や秘書に休日を取るようにと強く言われたものの、どうしたものかと悩んだらしい。領地でカエル釣りでもしようかと考えたようだが、領民に囲まれた中でする状況が脳裏に浮かび、休むどころではないと思い直したようだ。

「領地へ行くことも重要だとわかっているが、あれは仕事の一環だな」

どこかゆっくり休めるところはないのか、と考えていたら、私が滞在するスプリヌ地方について思い出したようだ。

「このように穏やかで、楽しい日々は初めてだったように思える」

「アクセル殿下、そのようにおっしゃっていただき、光栄です」

「先ほども話したが、迷惑でなければ再訪をしよう」

「ぜひ。いつでも大歓迎です。お待ちしております」

明日の朝、王都へ帰るらしい。早朝なので、見送りは不要だと言う。

話はこれで終わりと思いきや、そうではないようだ。

「本題へと移ろう」

アクセル殿下は何を話しにきたというのか。ガブリエルと顔を見合わせ、同時に首を傾げる。

「フランセット嬢の父親が見つからず、いまだ婚約状態にないようだが、私が彼女の後見人となって、婚約及び結婚を認めることができる。どうだろうか？」

「それは――」

「ありがたいお話ですが、アクセル殿下の負担になるのでは？」

「ならん。気にするな」

「でしたら、お願いしたく思っています」

私の言葉に、ガブリエルが待ったをかける。

「お父上の許しがないのに、結婚するというのは――」

「ガブリエル、よく考えて。愛人をはべらした挙げ句、行方不明になるような父よ。それよりも、品行方正なアクセル殿下に認められて、結婚するほうがはるかに幸せだと思うの。ずっと、このまま婚約も何も結んでいない状態で、ここに滞在を続けるのは心が苦しいと感じていたの」

「そう、だったのですね」

ならばと、ガブリエルも理解を示してくれた。

共にアクセル殿下へ頭を下げ、婚約及び結婚許可証の発行を願う。

「わかった。一か月ほどかかるが、完成しだい書類を送ろう」

「ありがとうございます」

私とガブリエルの婚約及び結婚問題は、どうにかなりそうだった。

アクセル殿下に、心から感謝する。

アクセル殿下のおかげで、父が見つからなくとも結婚できそうだ。

ガブリエルの部屋で、私達は喜びを分かち合う。

「本当によかった」

「ええ……と、手放しに言ってはいけない気もしますが」

ガブリエルは行方不明の父の許可なく、結婚することをいまだに気にしているようだ。

「アクセル殿下が後見人となって、結婚を許してくださるのよ。お父様が許可するよりも、ずっとすごいことだと思うわ」

「そう、ですかね」

「そうに決まっているわ」

なんというか、ガブリエルは律儀(りちぎ)な男性(ひと)だと思う。私だけでなく家族についても慮(おもんぱか)ってくれるなんて、嬉しく思った。

「ガブリエル、ありがとう」

「なんのお礼ですか？」

「私を妻に娶(めと)ってくれることに関してのお礼よ」

没落し、まともに持参金を払えない娘との結婚なんて普通は考えない。

貴族同士の結婚は、政略的な意味合いが強くなる。

私と結婚してもなんの利益もないのに、ガブリエルは妻にと望んでくれた。これ以上、嬉しいことなどないだろう。

「でしたら、私のほうが礼を言わなければならないです」

ガブリエルは私の手をそっと握り、まっすぐに見つめてくる。

「私との結婚を決意してくださり、ありがとうございました」

喜びがこみ上げ、言葉にならず、頷くだけとなってしまった。そんな私に、ガブリエルは優しく微笑みかけてくれる。

「フラン、抱きしめてもいいですか？」

「ええ」

ガブリエルは大切なものを胸に抱くように、私を抱きしめる。これまでにないくらい、胸が高鳴っていた。

「あの、ガブリエル」

「なんですか？」

「その、回数を重ねたら、抱擁は慣れるというお話だったけれど――」

「けれど？」

「ぜんぜん慣れないの」

ドキドキして、ソワソワして、落ち着かない気持ちになる。けれども嫌な気持ちではなくて、むしろ心地よい。

ガブリエルと触れ合うたびに、そう感じていた。

「安心してください。フラン、私もですので」

「ガブリエルも？」

「ええ」

一度離れ、ガブリエルの顔を覗き込む。耳や頬が、ほんのり赤くなっていた。

私だけではないとわかり、ホッと胸をなで下ろす。

「フラン、もう一度――」

ガブリエルは腕を伸ばしたが、ドタバタと騒々しい足音が聞こえてきた。

その足音はガブリエルの部屋の前で止まり、今度は扉が猛烈に叩かれる。

「ガブリエルお兄様！　先ほどのアクセル殿下の呼び出しはなんでしたの⁉」

「わたくし達を、娶りたいという話ではなくって？」

ガブリエルと顔を見合わせ、苦笑する。抱擁の練習どころではなくなってしまった。

「あのふたりは、あれだけのやらかしをしておいて、アクセル殿下の妻に選ばれるのではと期待するなんて、大した自信の持ち主ですね」

ガブリエルの言葉に、深々と頷いてしまった。

翌日――アクセル殿下は、地平線に太陽が顔を出すような時間帯に帰った。見送りはいいと言うので、私はこっそり庭にでて、ひとりで飛び立つ様子を見上げる。

流れ星のように、光の尾を引いてドラゴンが空を飛んでいった。

まさか、アクセル殿下が後見人になって、婚約と結婚を許可する手続きをしてくれるとは。人生、何が起こるものかわからない。

行方不明になった父を待つという、健気な気持ちはいっさいなかった。可能であるならば、すぐにでも結婚したいくらいである。

一刻も早く、スライム大公家の一員になりたいという、強い願望があった。

以前、ディアーヌとリリアーヌにスライム大公家の人間でないのに、大きな顔をしていると言われた件が心に刺さって、傷痕のようにいつまでも残っているのだろう。

ふう、とため息を零す。

庭にはゼラニウムが美しく咲き誇っていた。過去に言われた言葉を思い出して、ささくれていた心が少しだけ癒やされる。

そろそろニコが部屋にやってくる時間だろう。戻らなければならない。

振り返った瞬間、背後に人の姿があったので驚いてしまった。

モーニングコートをまとう、七十代後半くらいの紳士。髭をたくわえ、貫禄たっぷりな様子で私を見つめる。

「あなたは――?」

「いやはや、このようなところで会うとはな」

シルクハットを僅かに上げ、自らを名乗る。

「クレマン・ド・グリエット。スライム大公ガブリエルの大叔父だ」

「ああ、あなたが……」

ふと、ガブリエルの言葉が甦る。

――離れた場所に大叔父や叔母など、親戚が数名住んでいます。接触はほとんどありませんが、顔を合わせた際は、非常に不快な時間を過ごしています。

ディアーヌとリリアーヌの祖父であるガブリエルの大叔父は、親戚の中でも要注意人物のひとりだと言っていたような。

なぜ、このような時間帯に、スライム大公家を訪問したのか？

問いかける前に、語り始める。

「一度アクセル殿下に面会して、孫のどちらかを娶ってくれないか、頼みにきたのだ。ただ、一歩遅かったようだな。しかしまあ、孫娘達はアクセル殿下に印象を残しただろう」

後日、申し入れがくるはずだと、自信満々な様子だった。ディアーヌとリリアーヌの態度やアクセル殿下の反応を見ていないので、そのように言えるのだろう。

「ふたりは引く手あまたで、結婚相手を誰にしようか迷っていたところだった。まさか、アクセル殿下がわざわざやってくるなど、考えてもいなかった。僥倖だ」

初対面の、よく知りもしない相手にべらべらよく喋る。意図が掴めず、返答に困った。ガブリエルがいるのならば、このように話し込む理由もわかるのだが……。

「ひとつ、頼みがあるのだが、叶えてもらえないだろうか？」

「内容によります」

「そうだろう、そうだろう。何、難しい話ではない」

　提案された頼みは、とんでもないものだった。

「どうか、身を引いてもらえないだろうか？」

「身を、引く？」

「ああ、そうだ。ディアーヌとリリアーヌのどちらかをアクセル殿下と結婚させて、残ったほうをガブリエルと結婚させたい」

「それは――」

「何、無償でとは言わん」

　懐から取り出されたのは、二十万ゲルトの小切手だった。それを私に差し出す。なんでも父がマクシム・マイヤールの妻と駆け落ちし、賠償金を請求されたという情報を、探偵を使って調べさせたらしい。

「どうして、探偵を使ってまで調べたのですか？」

「あの神経質で慎重なガブリエルが、没落した家の女と結婚するなんて、おかしいと思ったからだ」

　小切手を乱暴に差し出し、一方的に宣言する。

「これで、婚約の約束は解消されるだろう」

「……や、です」

「なんと申した？」

「嫌だ、と言いました」

「なぜ？　もしや、スライム大公家の財に、興味があるのか？」

「いいえ。そういったものには、まったく興味はありません」

私が大事に思っているのは、ガブリエル――それから義母に、プルルンをはじめとする使役スライムや、スライム大公家に関わる人達との絆だ。

お金と引き換えに得られるものではないだろう。

「私は、ガブリエルを心から愛しています。たとえ、彼が無一文になろうと、縁を切るつもりはいっさいありません」

「それは困った。ならば、別の手を打たせてもらう」

「別の手？」

ぞわっと、背筋に悪寒が走った。それと同時に、背後から羽交い締めにされてしまう。

口元を布で覆われた。

何か薬を染み込ませていたのか。吸い込んだ瞬間、意識が混濁する。

足下がふらつく。そう思ったのと同時に、意識を失った。

ズキン！　という、強い頭痛で目を覚ます。これまで感じた覚えのない痛みだ。起き上がろうとしたら再び痛みに襲われ、体に力が入らない。

瞼すら開けられないくらいだ。周囲に漂う強い麝香の匂いに、鼻が麻痺しそうだ。スライム大公家に、この香水を使っている者はいなかったはずだが……。

ふいに、人の気配を感じる。

「おや、目が覚めたのかい？」

酒焼けしたような、女性の声。聞き覚えはもちろんない。麝香の香水をまとっているのは、彼女だろう。スライム大公家のメイドや侍女ではないだろう。瞼を開くと、部屋が暗くて確認できなかった。魔石灯で顔を照らされ、眩しくなって目を閉じる。

「顔色は悪いし、元気はないねえ。薬を盛りすぎたのかもしれない」

「……薬？」

「ああ、そうだ。あんたを大人しくさせるために、グリエットの旦那が部下に盛らせたようだ」

「グリエットの旦那？」

「クレマン・ド・グリエットだよ」

クレマン・ド・グリエット――ガブリエルの大叔父の名前だ。

ここで、ぼんやりしていた意識が鮮明になる。

私は早朝、アクセル殿下を見送るときに、ガブリエルの大叔父に会った。

そして、庭に潜んでいた男に羽交い締めにされ、無理矢理薬を嗅がされたのだ。

目のチカチカが治まったので、瞼を開く。

私を見下ろすのは、四十代くらいの化粧が濃い細身の女性だった。胸元が大きく開いた、派手なドレスをまとっている。

「ここは、どこ？」

「トンペットの花街の娼館、人気店の〝エトワール〟だよ」

「花街⁉　なぜ、そんなところに⁉」

トンペットといえばスプリヌ地方を抜けた遥か先にある、商人達の宿町である。治安はあまりよくないと、以前誰かから聞いた記憶があった。

起き上がろうとしたが、頭がズキンと痛んだ。うめき声をあげ、ごわごわした布団に沈む。

「薬が抜けきるまで、商売は無理だねえ」

「商売⁉」

魔石灯を持つ中年女性は、にんまりと笑いながら言った。

「あんたは、グリエットの旦那に売られたんだよ」

「なっ――――⁉」

「何をしたのか知らないけれど、腹を括ることだね」

私が娼館に売られた⁉

いったいどうして？　と疑問に思ったものの、すぐにガブリエルの大叔父の言葉を思い出す。

ディアーヌとリリアーヌのどちらかをアクセル殿下に嫁がせ、残ったほうをガブリエルの妻にさせると。

その計画を実行するためには、私が邪魔(じゃま)だったようだ。

勝手すぎる行動に、怒りがこみ上げる。

けれども、怒(おこ)っている場合ではなかった。

「私、無理矢理連れてこられたの！　騎士(きし)隊に連絡(れんらく)していただける？」

「騎士サマを呼べって？　面倒ごとはごめんだよ」

「でも私、売りに出されるような覚えはなくて——」

「知らないよ。うちはグリエットの旦那からあんたを買ったんだ。こちら側が損になるような行為(こうい)を、するわけないだろうが」

大きな衝撃(しょうげき)を受ける。まさか娼館に売られてしまうなんて……。

「今日は薬が抜けきっていないようだから、客の相手は免除(めんじょ)してやるよ。明日からキリキリ働くんだ」

食事を取るように言われる。寝台(しんだい)の傍(そば)にある円卓(えんたく)に、魔石灯とミルク粥(がゆ)が置かれた。

「ここから逃(に)げようと、考えないことだね。用心棒を雇(やと)っている。地の果てまで追いかけるから、心しておくように」

そんな言葉を残し、中年女性は部屋からいなくなる。

コツコツという足音が消えてなくなると、特大のため息がでてきた。

「いったい、どうすればいいの……？」

誰も答えるはずのない問いかけだったが、まさかの方向から返事があった。

『フラ、へいき⁉』

「ん？」

『ここ、ここ！』

手首に巻かれたリボンから、プルルンの声がする。魔石灯を手に取り、照らしてみた。

すると、リボンが形を変え、プルルンの姿になった。

「プルルン！」

『うん！』

布団の上でポンポン跳ねるプルルンを、抱きしめた。

「う、嘘でしょう⁉」

『ほんとう！』

不安で締めつけられるようだった心が、和らいでいく。

「プルルン、どうしてここに？」

『フラが、にわにでたとき、いっしょに、ついていっていたの』

なんでも私を驚かそうと、庭の木陰に隠れていたらしい。けれども、私が連れ去られそうになる場面を目撃し、慌ててリボンに変化して巻きついていたようだ。

「あ、そうだ！　プルルンがここにいるなら、ガブリエルは私達の居場所がわかるわよね？」

以前、ガブリエルが話していたのだ。プルルンとは契約で結ばれていて、どこにいても居場所がわかると。もしかしたら、今日中に助けてくれるかもしれない。

だが、プルルンは申し訳なさそうな顔で俯く。

「プルルン、どうしたの？」

『ガブリエルとのけいやく、きのう、はき、した』

「え、どうして⁉」

『けんか、したの』

昨晩の出来事を、プルルンは語り始めた。

事の発端は、夜中に訪問してきたガブリエルの大叔父だったという。

私と会ったときは早朝にやってきたような口ぶりだったが、実際には昨日のうちにスライム大公家に辿り着いていたようだ。

『じじい、ガブリエルに、いじわるいった！』

「大叔父ね」

『くそじじい！』

「悪化したわ」

なんでもガブリエルの大叔父は、彼にも私との婚約を止めて孫娘と結婚するように言ったのだとか。最初は拒否していたようだが、だんだんと勢いがしぼんでいったという。

『くそじじい、フラが、ガブリエルとけっこんしないほうが、しあわせっていった！』

スプリヌ地方のような田舎の領地に嫁がせるのは気の毒だとか、王都育ちの者はきっと、いつかここを捨てるだろうとか、財産目当ての結婚だとか、好き勝手言ってくれたようだ。

驚くべきことに、ガブリエルの紅茶に意識が曖昧になる薬が盛られていたらしい。それで、だんだんと反抗しなくなっていったようだ。プルルンが気づいたときには遅かった。すでに、薬の効果が効いて、私との婚約予定を解消するとまで言いだした。

ただそれは、薬だけのせいではないとプルルンは言う。

『ガブリエル、フラとのけっこん、ふあん、だった。フラにふさわしくない、ずっとずっと、かんがえていた』

「どうして？」

『ガブリエルは、じぶんに、じしんがないから』

「彼は立派な男性だわ。どうしてそんなこと思うの？」

『かぞくが、ガブリエルのがんばりを、みとめなかったから』

「そんな……！」

『フラはやさしいから、ガブリエルを、ほめたとおもっている』

きっと、アクセル殿下のお言葉も、社交辞令か何かだと感じているのだろう。もっと、過剰なくらいに、ガブリエルの頑張りを称えておけばよかった。

私が感じていた以上に、彼は後ろ向きだったようだ。

『そのあと、プルルンとガブリエルは、けんかした』

殴る、蹴るの壮絶な喧嘩だったらしい。

『いつもは、プルルン、まけてあげるの。でも、きのうのけんかは、まけてあげられなかった』

私と結婚しないのならば、プルルンはガブリエルとの契約を破棄する。そう宣言し、喧嘩は始まった。

ガブリエルは負け、プルルンが勝利を収める。

そして、ふたりの友情とも言える契約は破棄された。

ここにいるプルルンは、テイムされていない状態。すなわち、ただの魔物である。

それでも、人を襲わずに変わらない状態を保っていた。

屋敷の敷地内には、スライム避けの結界があったはずである。なぜ、プルルンは弾かれずにいたのか。ここでハッとなる。

昔、何かの本で読んだことがあるのだが、長い間テイムを維持し、契約者から多くの魔力を得た善良な魔物は〝精霊化〟すると。

もしかしたらプルルンは、精霊になっているのかもしれない。この辺は、精霊に詳しい者でないと、判別は付かないだろうが。

『プルルン、しってる。ガブリエル、ずっとずっと、フラ、すきだった』

「ずっと?」

『にねんまえ、くらい』

「そんなに前から⁉」

なんでも、私達はプルルンを拾った以前に出会っていたらしい。そういえば以前にも、どこかで会ったことがあると言っていた気がする。いつどこで出会ったのかは、私が思い出さなければならないのだろう。

今のところ、まったく心当たりはないのだが……。

『ガブリエルは、ぜったい、フラとけっこんするのお』

プルルンはポロポロと涙を零し始める。いじらしい様子に、胸がきゅんと切なくなった。

「それは、もちろん」

プルルンと手を取り合い、深く頷く。ガブリエルと結婚するという未来は、私の中で唯一揺るがないことであった。

『だからフラ、プルルンといっしょに、ガブリエルのいえに、かえろう』

「ええ。みんな心配しているから、早く帰りましょう」

プルルンは眦から涙を流す。つられて、私も泣いてしまった。この場にプルルンがいてよかった。独りだったら、絶望していただろう。

「プルルン、付いてきてくれて、ありがとう」

『いいえ』

まずは、ここからどう脱出するか考えなければならないだろう。

窓を覗き込む。ここは建物の二階のようだ。外はすでに真っ暗。魔石街灯に照らされた街は、多くの人達が行き来していた。

娼館の周囲には、武装した強面の男達がうろついている。彼らが用心棒なのだろう。

窓は蝋で固められ、開けられないようになっていた。扉も鍵が掛けられていて廊下には出られない。服も、朝着ていたモーニングドレスではなく、生地が薄い膝丈の肌着だった。

下着から何から、私が身に着けたものではない。全部、ここで服を奪われ、着替えさせられたようだ。これも、逃亡防止の策なのだろう。

「服は勝手に脱がされたのね」

『ぬがしたの、ここの、おんなのひとだったよう』

プルルンは必死になって、結び目が解けないようにしていたらしい。かなり長い時間引っ張られていたようだが、最終的にはプルルンの粘り勝ちだったようだ。

「このままの恰好では、脱出できないわね」

『プルルンが、ドレスになるー』

そうだ。プルルンはさまざまなものに擬態できる。脱出するための作戦を相談してみた。

「プルルン、ドレスではなくて、男性が着ているような服に変化できる？」

『もちろん、できるよお』

ドレスでは身動きが取りにくい。それに、貴族の娘が逃げたとひと目でわかるだろう。

男装姿であれば、発見される可能性も低くなる。

『どんな、ふくがいいの？』

「庭師のおじさん達が着ているような作業服、わかる？」

『わかるう』

「それを、お願い」

『りょうかいっ！』

プルルンは跳び上がり、私の肩に張り付いた。そして、一瞬にして服に擬態する。

これで服装はどうにかなった。問題はここからどうやって逃げるか、だろう。

選択肢はふたつ。窓から下りるか、どうにかして扉の鍵を開けて廊下から外に出るか。

まず、窓を覗き込む。逃走防止だろうか。木や生け垣はいっさいない。先端が尖った鉄格子が、地面から突き出ていた。その周囲を、用心棒の男達が行き来している。

花街なだけあって周囲は煌々としていた。夜の街は常に明るいのだろう。皆が寝静まってから逃げるなんてことは、通用しない可能性が高い。

「どうしよう。どっちが安全……なんてことはない、か」

『うん、どっちもキケン』

見つかったら最後。どんな扱いを受けるかわからない。慎重に、どちらかを選ぶ必要があるだろう。

扉に身を寄せ、聞き耳を立てる。廊下は人通りが多いようで、話し声や足音が忙しない。

耳を澄ませたら会話が聞こえてくる。従業員同士のお喋りのようだ。ということは、この階はここで働く者達の居住区なのだろう。見ず知らずの人間と出会ったら、引き留められるに違いない。

誰にも見つからずにここを通って、外に出るのは不可能ということである。

続いて窓を覗き込む。どうやら、用心棒の男達は娼館の周囲をくるくる回っているようだ。

人数は、五名ほどか。隙を見て地上に、というのは無理そうだ。

そもそも、地上から窓までの高さはかなりある。落ちたら大怪我確実だろう。

かといって、第三の選択——ここで働くというのは絶対に嫌だ。

「プルルン、鍵って、開けられる？」

『うん、できるよお』

やはり、プルルンは解錠も可能としているようだ。有能過ぎる。誰かに見つかった場合、勝手に忍び込んだ少年として、外に追い出してくれないか。

いや、そんなにうまくいくはずがないだろう。捕まってすぐに私だとバレて、体罰を与えられるに違いない。

残るは、窓からの脱出だ。窓は蝋で固められている。これを、溶かすところから始めなければならない。部屋に置かれている魔石灯は、大きな塊ではない。たくさんの欠片が詰め込まれている状態だった。暖炉には火鋏が刺さっていたので、それを引き抜く。魔石灯の蓋を開け、火鋏を使って赤く燃える魔石の欠片を取り出した。これを、窓枠に近づけて蝋を溶かす。じわ、じわと蝋が溶けていった。魔石の火力が強いからか、あっという間に蝋は溶けていった。

プルルンは鍵に擬態し、解錠してくれる。続いて、窓を開けるために窓枠に手をかけた。

「ん、んんん！」

蝋は溶けたはずなのに、なかなか窓は開かない。単純に私の力がないからだろう。

袖から、プルルンの触手が伸びる。窓枠に添えられ、力が加えられた。

ガタッと大きな音を立てて、窓が開かれる。すぐに閉じ、口に手を当てて姿勢を低くした。

誰かに気づかれたのではないかと、ヒヤヒヤしてしまう。

誰も様子を見に来ないので、大丈夫だろう。窓からの脱出方法を考えなければ。シーツやカーテンを繋げて、縄代わりにできないだろうか。以前読んだ、ロマンス小説で、監禁されていた主人公が使った手段だ。

ひとまずシーツを引き剥がしたものの、驚くほど薄い。私の体重を支えきれるほどの強度があるようには見えなかった。カーテンも、信じがたいほど薄い布だった。この辺も逃亡を予測して、用意しているのだろうか。わからない。

「他に何か安全な方法はないの——?」

考えろ、考えろ、考えろ！

今、私が使えるのは、魔石の欠片がたくさん詰まった魔石灯と、薄いシーツやカーテンだけ。鉄の火鋏は何かに利用できるかもしれない。

仲間はプルルンのみ。

「プルルン——そうだ、プルルンよ！」

『んー?』

安全で、誰にも見つからない、いい方法があった。さっそく、プルルンに頼み込む。

「ねえ、プルルン、私を呑みこんで、ここから脱出することは可能?」

以前、プルルンが自分よりも巨大なものを呑み込み、運んでもらったことがあったのだ。あれと同じように、私を呑み込んで移動できるか聞いてみる。

『できるよお。でも……』

「でも？」

『フラ、こわくないの？』

「怖い？」

『だって、プルルン、ガブリエルとけいやくしてない、ただのスライムなんだよお』

「怖くないわ。だってプルルンは、私を助けにきてくれた、勇敢なスライムですもの」

『フラ……』

プルルンは服の変化を解いて、私の前に跳ね上がりながら言った。

『フラがいいのならば、そのさくせんで、いこう』

「ええ、やりましょう、プルルン」

作戦を実行する前に、ちょっと待ってもらう。

このままの姿では、外に出られない。シーツやカーテンを巻き付け、ちょっとしたドレスのような形にした。かなり不格好ではあるものの、肌着姿で歩き回るよりはいいだろう。

火鋏は武器として携帯しておく。魔石灯は、灯りとして借りよう。

もしも助かったら、すべて返すつもりだ。

『フラ、だいじょうぶ？』

「大丈夫。たぶん」

『やっぱり、こわい?』

「正直に言うと、ちょっと、怖いかも」

『プルルンを、しんじて』

「ええ、信じるわ。お願い」

プルルンはスーッと空気を吸い込む。すると、大きく膨れ上がった。

口をパカッと開き、私をごくんと呑み込んだ。

プルルンの体内は澄んだ湖のようで、空気もおいしく、かなり快適だ。外の景色がはっきり見える。

プルルンは窓から出て壁の模様に擬態する。そのまま壁を伝い、這いながら下りていくようだ。かなり賢い。こうすれば、見張りの用心棒に見つからないで脱出できるだろう。

プルルン頑張れ! と心の中で応援する。

ほんの数十秒で、地上に降りることに成功した。ホッとしたのもつかの間である。私がいた窓の扉が広げられ、酒焼けした女性の叫びが響き渡った。

「この部屋の女が逃げた! まだ近くにいるはずだ! 捜してくれ!」

どうやら、部屋にいるか定期的に確認するつもりだったらしい。危ないところだった。少しでもためらっていたら、逃走準備している不審としか言えない状態を目撃されていただろう。

プルルンは石畳に擬態し、じっと息をひそめている。

娼館の周囲には用心棒の男達だけでなく、下働きの女性や男性も出てきて捜索が始まった。

どうにかしてここから遠ざかりたいが、下手な行動は取らないほうがいいだろう。

用心棒のひとりが、ピタリと足を止める。

「んー？」

「おい、新入り、どうした？」

「いや、微量な魔物反応があったのでな」

「魔物反応だあ？　ふーん、お前、いい品を持っているじゃねえか」

「叙勲を受けたときに、いただいてね」

「ははは！　花街の用心棒が受勲だあ？　お前、おもしれーな！」

どこかで、聞いた覚えのある声がした。いいや、まさか、こんなところにいるわけがない。

それよりもプルルンの気配を察知されているようだ。どうにかして、逃げなければならないだろう。

「何をやって、叙勲を受けたんだ？」

「いや、待て。それよりも、魔物が近くにいるらしい。警戒したほうがいいだろう」

「はあ？」

すらりと、鞘から剣を抜く音が聞こえた。

「ね、ねえ、プルルン、逃げたほうがいいかも」

『うん、わかってる。でも――』

「でも？」

「見つけた!!」

プルルンが擬態する石畳のすぐ隣に、剣が突き刺さった。プルルンは驚き、擬態を解いてしまう。

「スライムだ!!」

「おい、放っておけ。スライムなんぞ、下水道にいつも詰まっているだろうが」

「それでも危険だ！　魔物だぞ！」

「スライムなんぞ倒しても、銅貨一枚にすらならんぞ！　今は女将さんの命令を聞いて、部屋から逃げた女を捜すんだ！」

相棒の制止も聞かずに、男はプルルンを倒すために剣を振るい続ける。

『わっ、ひっ、わ――――!!』

プルルンの眼前に、剣が迫る。

『や――！　プルルン、わるいスライム、じゃないのに――――!!』

咄嗟に奥歯を噛みしめ、瞼を閉じた。

しかしながら、衝撃は襲ってこない。代わりに、プルルンを襲っていた男の悲鳴が聞こえた。

どうやら突然現れた第三者に、殴られたらしい。

「そのスライムは、私の親友です!!　手出しは許しません!!」

ハキハキとした通る声――ガブリエルだ！

『ガ、ガブリエル～～!!』

「プルルン、よく無事で」

『う、うん』

「あなたが残していた魔力痕があったので、ここまでたどり着くことができました」

『うん、うん』

どうやらプルルンはガブリエルが追跡できるようにしていたらしい。本当に、なんて賢いスライムなのか。

「プルルン、フランがいるのは、ここの娼館ですか？」

『ううん、プルルンの口の中』

「は？」

『フラ、ぱくんって、のみこんだ』

呆気にとられるガブリエルの前に、私は吐き出される。

「フランセット!!」

石畳の道に頽れる私を、ガブリエルが支えてくれた。すぐに、上着を被せてくれる。ガタガタと、震えてしまう。助かったとわかっていても、恐怖に支配されていた。

そんな私に気づいたのか、ガブリエルは優しく抱きしめてくれた。

恐怖心はだんだんと薄くなり、冷え切っていた体もじんわりと温かくなる。

「ああ、フラン、怪我は、ありませんか？」

「ええ、ないわ。プルルンと、それからガブリエル、あなたのおかげで、助かった」

「早く、家で休みましょう。転移魔法を使いますが、よろしいですか？」

「ちょっと待って」

「なんです？」

目の前に倒れる男を見る。やはり——父だった。

「ガブリエル、そこで気を失っているのは、私の父なの」

「は？」

父はガブリエルからの攻撃を受け、失神しているようだった。

「あのならず者のような恰好の者が、メルクール公爵……？」

いつも小綺麗にしていた父だったが、無精髭を生やし、髪はぼさぼさ。服もボロボロで、薄汚れている。まるで別人のような姿だった。

私と同じ茶色の髪、それから特徴的な声、言葉遣いから本人と判断した。間違いはないだろう。

「剣でプルルンに襲いかかっていたので、拳で殴り飛ばしてしまいました」

「あら、剣を持っている相手に、勇気があるわね。無謀とも言えるけれど」

「我を忘れているような状態だったんです！」

ガブリエルは父に駆け寄り、回復魔法をかけるという。

「そこまでしなくても大丈夫よ。頬でも叩いたら、目を覚ますわ」

「胸が痛みますので」

ガブリエルはリザレクション——回復魔法の中でも上位の魔法を展開させる。殴られてできた頬の腫れは、一気に引いていった。

「うっ……！」

「メルクール公爵!!」

怪我を負わせてしまった償いからか、ガブリエルは熱心に介抱していた。回復魔法までは理解できるものの、膝枕までする必要はあるのか。

正解がわからないまま、時間だけが過ぎていく。

「私は……スライムと戦って……負けてしまったのか？」

ガブリエルに殴られ、失神したという父の記憶は吹き飛んでいるようだった。そのままにしておけばよかったのに、ガブリエルは訂正する。

「いいえ、私が殴りました」

「き、君が私を殴ったのか!?　いや、殴った相手がなぜ、私を膝枕している!?」

「申し訳ありません。メルクール公爵とは知らず、親友のスライムを守るために、殴りかかってしまいました」

「テイムしているスライムだったのか？」

「いいえ、テイムしていません」

「ならば、ただの魔物も同然か。いや、まあ、なんというか、ふむ。親友に斬りかかろうとした私も悪いな。謝罪しよう。申し訳なかった」

「いえ」

父はガブリエルに膝枕されたまま、謝罪の言葉を口にする。ガブリエルも父に、殴ったことを謝(あやま)っていた。

「この件は、どちらも悪かったということにして、きれいさっぱり水に流そう」

「寛大(かんだい)なお心に、感謝します」

父が差し出した手を、ガブリエルは握(にぎ)った。なんだ、この和解の現場は。

「君の名は？」

「ガブリエル・グリエット・ド・スライムと申します」

「スライムってことは、スライム大公なのか？」

「ええ、まあ」

「そうか。スライム大公にとって、この世のすべてのスライムが、友達なのだな」

「いえ、そういうわけではないのですが」

ここで父はやっと起き上がる。今になって、私の存在に気づいたようだ。

「フランセットではないか!!　なぜ、このようなところにいる!?」

「それはこちらの台詞(せりふ)よ。お父様、勝手に失踪(しっそう)して。私がどれだけ迷惑(めいわく)を被ったのか、わかっているの？」

「それは、すまなかった。クロディーヌに命の危機が迫っていて、詳しく説明しないまま、王都を離れてしまった」

クロディーヌというのは、マクシム・マイヤールの失踪した妻の名らしい。ずいぶんと、親密なご様子である。

「と、詳しい話はあとだな」

遠くから、「いたぞ!!」という声が聞こえた。

「すまない。今は仕事中なんだ。あとで、話をしよう」

「お父様、何をおっしゃっているの？」

「今、娼館から逃げた、茶色の髪に紫の瞳を持つ娘を捜しているのだ」

「それ、私よ」

「なんだと⁉」

あっという間に、娼館の用心棒達に囲まれた。父に対して「よく見つけた！」と賞賛の声がかかっている。父はなんて場所で働いていたのか。頭が痛くなった。

「おい、さっさとそいつを捕まえて、店にぶちこもうぜ」

「捕まえた奴には、女将さんから金一封があるって話だ」

「酒でも飲もうぜ」

「い、いや、違う。彼女は——私の娘だ!!」

「は？　何言ってんだあ」

「娘だと？」

「冗談キツイな」

「いや、本当だ。申し訳ないが、娘は店に引き渡せない」

きっぱり断ってくれたので、ホッと胸をなで下ろす。だが、想定外の事態となった。

「だったら、お前を倒して連れて行くまでだ！」

「覚悟しろ！」

用心棒の男達が襲いかかってくる。父は果敢に剣を抜いたものの、十名以上いる用心棒を相手にどう戦うというのか。

「加勢します」

「スライム大公、すまない。助かる」

ガブリエルはプルルンに頼み込む。私を守るように、と。

『もちろん、そのつもり』

そう言ってプルルンは私の前に立ち、触手を伸ばしてファイティングポーズを取っていた。

ガブリエルは五色のスライム達を召喚し、用心棒の男達を倒すよう命じる。

青いスライムは水鉄砲を発射し、黄色のスライムは眩く発光。赤いスライムは火を噴き、黒いスライムは墨を吐く。緑色のスライムは蔦を操って用心棒の男達を拘束していた。

プルルンは仲間達を『がんばれえー』と緩い様子で応援している。

ガブリエル自身は、魔法で応戦していた。週に一度の頻度で剣術を習っていた父は、用心棒の男達を次々と倒していく。てっきり、剣術を習いに行くと言って、愛人の家に遊びに行っているものだと思い込んでいた。どうやら真面目に剣術を習っていたようだ。あっという間に、ふたりで全員倒してしまった。父とガブリエルは、熱い握手を交わしている。

ここで、騎士達が駆けつけた。ガブリエルがここに来る前に、通報していたらしい。

ひとまず、危機は去った。安心してもいいようだ。

騎士が駆けつけ、騒ぎはあっという間に収拾する。

父がクロディーヌと呼ぶマイヤール夫人が、慌てた様子で駆けてきた。戦ってボロボロになった父を心配していたようだ。けれども、すぐに騎士に保護されていた。夫であるマクシム・マイヤールが捜索願いを出していたからだろう。それに待ったをかけたのは父だった。しかしながら、父も捜索願いが出されていたので、一緒に保護されてしまう。

そんなわけで、父やマイヤール夫人と一緒に騎士隊の詰め所へと向かった。

父は騎士の前で、事情を話すこととなる。

騎士隊の詰め所では、私の恰好を気の毒に思ったのか、女性騎士が備品の制服と下着を貸してくれた。心から感謝する。

身なりが整ったところで、父の事情聴取が始まるようだった。

私やガブリエルも、当事者として同席を許された。父は遠い目で、詳しい話を語り始める。

今回の事件の最大の悪事は、マクシム・マイヤール自身の違法薬物の取り引きであった。地下と山奥、二カ所で栽培し、余所の国にいる顧客に向けて販売していたらしい。

マイヤール夫人は夫の悪行を把握しており、離縁しようと決意。けれども、情報を握る妻との離縁をマクシム・マイヤールは拒否したという。

マイヤール夫人は一度単独で夜逃げしようと画策したものの、失敗。発見され、連れ戻されてしまったのだとか。

その後、マイヤール夫人は何度も何者かに命を狙われていたらしい。犯人は定かではなかったが、マクシム・マイヤールが暗殺を仕掛けているという確信があったようだ。

このままでは殺されてしまう。

そんなふうに危惧したマイヤール夫人が頼ったのは、結婚前に関係があった父だった。

なんと、かつてのマイヤール夫人は父の愛人のひとりだったらしい。

マイヤール夫人は父のお気に入りだったようで、少々泣きつかれた程度で正義感が燃えてしまったようだ。すでに、財も仕事も奪われているような状況である。父にはなくすものがなかったのだろう。

娘である私にも事情を説明せずに、マイヤール夫人の手を取って王都から逃げた。

そして王都から遠く離れた地でふたり、静かな営みを送っていたらしい。

マイヤール夫人は娼館で春を売り、父は用心棒として働いていたようだ。

下町にはふたりの借家があり、貧しいながらも幸せに暮らしていたという。

「――というわけで、フランセット、本当にすまなかった」

「お父様、私はマクシム・マイヤールに二十万ゲルトを要求されたうえに、無頼漢に襲われたんだけれど。それに関して、どう思っているのかしら？」

「悪かったと思っている」

父は深々と頭を下げ、私に右回りのつむじを披露していた。実の娘に情けなく謝罪する父親なんて、見たくなかったというのが本音だ。心の中のモヤモヤは、真実を知って尚渦巻いている。そんな私の肩に、ガブリエルが優しく触れてくれた。モヤモヤが少しだけ薄くなったような気がする。

父は重要参考人として、騎士隊に残らなければならないようだ。騎士達がいなくなったあと、震える声で物申してくる。

「フランセット、私を満足いくまで殴ってくれ」

「暴力で解決するつもりなの？」

「いや……そうだな。その通りだ」

私に叩かれて、罪の意識から逃れようとしているらしい。そういうふうに楽をするなんて、絶対に許さない。

「私は今回の件を水に流す気はないから。お母様には報告するし、お姉様にだって密告するわ」

「うっ!!」

「新聞社の取材がきたら、包み隠さずお父様の愚行を話すつもりだし、サロンにお呼ばれしたら、涙ながらに語るから」

「ううう っ!!」

私が叩こうが殴ろうが、父がした行いが帳消しになるわけではない。暴力で解決しようと思うこと自体、間違っているのだ。

「これから先、お父様の誠意を、見せていただくつもりよ」

「そう、だな。フランセット、お前の言う通りだ。長い時間をかけて、お前や家族に対して、償わせていただこう」

騎士がやってきて、面会時間の終了が告げられる。ガブリエルと共に、とぼとぼと騎士舎の外に出た。外套のポケットから、プルルンがひょっこり顔を覗かせる。

『おはなし、おわった？』

「ええ、終わったわ」

『だったら、かえろうよお』

「そうね」

ガブリエルは私の両手を握り、頭を下げる。

帰りは転移魔法で一瞬らしい。ガブリエルが「帰る前にいいですか」と申し出る。

「何かしら？」

「大叔父が、取り返しのつかないような行為を働きました」

「ああ――そうだったわね」

父の懺悔を聞いて事件が解決したように思っていたが、そうではなかった。

私はガブリエルの大叔父に捕まり、娼館へと売り飛ばされていたのだ。

「どうしてあなたの大叔父が犯人で、かつ娼館に売り飛ばしたってわかったの？」

「庭で草を食んでいたスライムが、大叔父やフランの会話を聞いていたのです。プルルンよりも言葉遣いが拙かったので、正確には伝わらなかったのですが、大叔父があなたを攫い、プルルンがあとを追いかけたという話だけは把握できました」

それから大叔父を捕まえ、拘束したらしい。どうせ話を聞いても事情を話さないだろうからと騎士隊に突き出し、ここまでやってきたのだという。

「トンペットに辿り着いた瞬間、フランは娼館に身柄を引き渡されたのだろうと、予想がつきました。早い段階で見つかって、本当によかった」

「ええ、ガブリエル、ありがとう。あなたが来てくれて、本当によかっ――」

涙がポロリと零れた。平気なフリをしていたけれど、ずっと怖かったのだろう。

ガブリエルが私をぎゅっと、抱きしめてくれる。

もう大丈夫だと耳元で囁かれると、胸の中にあった不安の塊はきれいに消えてなくなった。

ガブリエルの転移魔法で、スプリムの地へと下り立つ。湿気を多く含んだ空気を感じると、帰ってきたのだと実感する。

スライム大公家に戻ると、ニコがアレクサンドリーヌと共に駆けてきた。

「フランセット様――!!」

涙を滝のように流し、無事に帰ってきてよかったと喜んでくれた。

アレクサンドリーヌもガアガア鳴いて、興奮しているようだった。遅れて、リコやココもやってくる。リコは深々と頭を下げて、謝罪した。

「本来ならば、私共が常に侍り続けないといけないのに、このような事件を招いてしまいました。本当に、申し訳ありません」

「事件が起きたのは、勤務時間外の早朝ですもの。私の勝手な行動が原因で、あなた達は悪くないわ」

「しかし――」

「あなた達が一緒にいても、誘拐は実行されていたはずよ。むしろ、危険な目に遭わせなくてよかったわ」

リコの瞳も潤んでいた。安心させるように肩をポンポンと叩く。ココはニコやリコにつられる形で、涙を流していた。

「フランセット様、これからは、私もお傍にいる時間を多く取るようにします」

「あら、ココが絵を描いてくれなければ、私達の事業は成り立たないのに」

「え、ですが、このような事件は、二度と、あってはならぬと思うのです」

「だったら、私の傍で絵を描いてちょうだい」

「わ、わかりました」

三つ子はまだ不安そうにしていたので、ひとりひとり抱きしめる。耳元で、心配をかけてごめんなさい、と謝った。ますます泣かせてしまったので、失敗だった。

家令のコンスタンスが駆けつけ、三姉妹とアレクサンドリーヌを連れて下がっていった。彼女に任せていたら、大丈夫だろう。

続けて、義母のもとへ向かった。私を見るなり、義母は走ってやってきて、その勢いのまま抱きついた。

「フランセットさん!!」

「ちょっ、母上、何をしているのですか!」

隣に立つガブリエルがぎょっとするほどの、熱烈な抱擁であった。

「だって、心配だったのですもの!!」

私が戻ってくるまで、食事も喉が通らなければ、睡眠もまともに摂れなかったらしい。離れて気づいたのだが、目の下にはくまがあり、いつもより顔色も悪かった。

「申し訳ありません。心配を、おかけしました」

「謝らないでくださいませ。フランセットさん、あなたは何も悪くない。悪いのは、クレマン叔父様で――」

義母は目眩を覚えたのか、体がふらつく。ガブリエルと同時に、体を支えた。

「母上、いったん座りましょう」

「水を飲んだほうがいいかもしれません」

なんでも私がいなくなってからというもの、義母は水の一杯すら口にしていなかったらしい。

「母上、どうしてそのような無理を?」

「だって、攫われたフランセットさんだって、同じように飲み食いできていない可能性があったでしょう？　それを思ったら、何も口にできなくなって」

「お義母様……！」

義母は私が誘拐されてからの話を、涙混じりに話す。震える義母の背に、そっと手を添えた。

「叔父が、乱暴を働いてしまって、フランセットさんになんと謝罪すればいいものか」

「他人の罪は、お義母様の罪ではありません。どうか、謝らないでください」

「でも――そうね」

納得してくれたので、ホッと胸をなで下ろす。親戚とはいえ、あまり気に病まないでほしい。

義母は何か決意したように顔を上げると、思いがけないことを提案した。

「フランセットさん、帝国のお母様と、お姉様のところで療養したらいかが？」

「え？」

「ここにいたくないでしょう？　お母様とお姉様の傍で、ゆっくり休んだほうがよいと思います。そのほうが、心も癒やされるかと」

驚いた。スプリヌの地に私がいることを、誰よりも歓迎していた義母が出て行くように勧めるなんて。よほど、今回の事件に対して責任を感じているのだろう。

「わたくしが責任を持って手配します」

「お義母様、待ってください」

「な、何ですの？」

「母なら、ここにいます」

「え？」

義母の手をぎゅっと握る。すると、驚いた表情で私を見た。

「スプリヌの優しい母が、私を励ましてくれるでしょうから、帝国に行かずとも、大丈夫です」

「フランセットさん……そんな、わたくしが、母なんて……！」

「図々しいお話だったでしょうか？」

「い、いいえ。う、嬉しい。で、でも、あなた、こ、ここが、嫌いになったんじゃないかって、思って」

「ぜんぜん思っていません。スプリヌに戻ってきた瞬間に、ああ、家に帰ってこられたとホッとしたくらいで」

「フランセットさん!!」

再び、義母は私を抱きしめる。子どものように涙する義母の背中を、優しく撫でてあげた。

「母上はフランを励まさなければいけないのに、逆に励まされるなんて」

ガブリエルは眼鏡のブリッジを上げながら、呆れた様子でいた。

「だ、だって、もう、婚約すら破談になるのではと、心配していて」

「大丈夫ですよ。ねえ、フラン」

「ええ」

私がそう返すと、ガブリエルは少しだけ瞳を潤ませる。もしかして、心配していたのだろうか。あとから彼も、抱きしめてあげなければと思った。

そういえば、一日一回の抱擁も、今日の分はしていなかったし。

何はともあれ、事件は解決した。あとの処理は、騎士隊に任せていてもいいだろう。

私とガブリエルは王都にある騎士隊本部に呼び出される。誘拐事件について、事情聴取が行われた。

通常であれば気まずい取り調べであったが、その場を取りまとめていたのはアクセル殿下だった。

終始私達を気遣い、味方でいてくれた。心から感謝したい。

拘束されたガブリエルの大叔父クレマン・ド・グリエットからは、驚きの証言が出てきたという。驚くべきことに、マクシム・マイヤールとの繋がりがあったらしい。

なんでも私に二十万ゲルトを請求した騒ぎのせいで、アクセル殿下に目を付けられてしまった。その腹いせに、報酬と引き換えに私を娼館へ売り飛ばす犯行を提案したのだという。

ガブリエルの大叔父は私を追い出すことにより、孫娘ふたりに良縁が舞い込む。マクシム・マイヤールは腹いせが成功して、気分がいい。

私がいなくなることにより、双方に都合がよくなるわけであった。

完全犯罪とも言える犯行だったが、スライムに阻まれてしまった。まさか、スライムが庭に潜伏していて、私を助けるとは想定もしていなかったのだろう。

犯罪が浮き彫りになったマクシム・マイヤールも、王都から逃げていたようだがアクセル殿下の追跡からは逃げられなかった。

現在はガブリエルの大叔父が収容されている刑務所で、同じ窯のパンを齧る仲になっているらしい。

それらの事件を受けて、マクシム・マイヤールの娘ヴィクトリアは、マエル殿下との関係を解消させられたようだ。

マエル殿下はヴィクトリアと結婚するつもりだったらしいが、国王陛下がふたりの仲を強引に引き裂いたという。なんでも、帝国側から公式に抗議が届いていたらしい。

その内容は、マエル殿下が多くの耳目がある場で、遠くない未来に皇后となるアデル・ド・ブランシャールを辱め、名誉をそこなうような言動を取ったと。

マエル殿下からの謝罪がなければ、食品の輸出を停止するとまで書かれていた。仮に帝国から食品の供給が絶たれたら、国内は大混乱となるだろう。

国王陛下は即座にヴィクトリアと別れ、帝国に謝罪文を送るよう命じたようだ。

そんな状況だったので、ヴィクトリアの父親であるマクシム・マイヤールの逮捕は、ふたりの破局を大きく後押しすることとなった。

そもそも、マクシム・マイヤールがよからぬ犯行に走ったのは、娘を王太子妃にするためだったらしい。金で縁故(コネクション)を結び、貴族でない娘がマエル殿下に近づくことを可能としたようだ。ふたりの愛を繋いだのは、父親のなりふり構わない犯罪行為(こうい)と、金だったというわけだ。

マエル殿下は廃太子(はいたいし)されるという噂(うわさ)も流れているという。なんというか、この世は悪行を働くと、しっぺ返しを受けてしまうのだろう。

事件関係で王都に何度も呼び出され、うんざりしていた私達に朗報が届く。アクセル殿下が私とガブリエルの婚約(こんやく)及び結婚許可証を勝ち取ってきたのだ。アクセル殿下は必要ないかもしれないが、と謙遜(けんそん)していたものの、そんなことはない。

父はいまだ、重要参考人として騎士隊に身を寄せているらしい。そのため、私の結婚についてあれこれ行動を起こしている場合ではないのだ。

そんな状況の中、私とガブリエルの仲は、アクセル殿下が認めてくれた。これ以上名誉なことはないだろう。

こうして、私は正式にガブリエルの婚約者となった。

事件から一か月も経(た)てば、私やガブリエルにも平和が訪(おとず)れる。
だが、再び嵐(あらし)がやってきた。再従姉妹(はとこ)であるディアーヌとリリアーヌが、両親を伴(ともな)ってやってきたのだ。なんでも、大叔父の事件の影響(えいきょう)で、財産が没収(ぼっしゅう)となったらしい。

さらに、スプリヌ地方から立ち去るようにと騎士隊から命じられたようだ。ご両親は王都で使用人として勤めに出るという。

ディアーヌとリリアーヌは下働きなどできないと判断し、修道院送りになるようだ。

本人らはここで初めて待遇を耳にしたようで、顔を真っ赤にして怒っていた。

「お父様、修道院に行けだなんて、どうしてですの⁉」

「一緒に王都に行って、結婚相手を探してくださるのではなかったの⁉」

「ディアーヌ、リリアーヌ、お前達はもう、結婚は無理なんだ。父上――お前達のお祖父様が、犯罪に手を染めてしまったからね」

ご両親は私の誘拐事件について、深々と頭を下げた。別に、当事者でない彼らを責めるつもりはない。

許すというのはちょっと違う気がするけれど、とにかく謝らないでくれと頼み込んだ。

それからひとつだけ、ある提案をしてみた。

「ディアーヌ様とリリアーヌ様、私達の仕事を手伝うつもりはない？」

突然の提案に、姉妹は目が零れそうなくらい見開いていた。

「あ、あなた、何を言っていますの⁉」

「そ、そうですよ。私達、フランセット様にたくさんいじわるしましたのに」

自分達が悪いことをしたと認めているのは結構。たしかに、いじわるをされた。それをわかっていて、私は彼女達を誘ったのだ。

「今、人手がひとりでも多く必要なの。修道院に行くよりは、よい待遇だと思っているけれど」

一応、彼女らを誘う件については、ガブリエルと義母に相談済みだ。反対されたが、何度も話し合い、理解してもらったのだ。

「な、何が目的ですの⁉」

「ま、まさか、汚れ仕事をさせるつもりでは⁉」

「違うわよ。あなた達には、社交界で、商品の宣伝をしてもらいたいと思っているの」

サロンを開き、試供品を配布し、ご婦人方に紹介する。

姉妹は美しいし、口は達者なので、注目の的となるだろう。

「どうしていきなり、そんな提案をしましたの？」

「こちらに恩を売るつもり⁉」

両親が制するが、暴走し始めた姉妹の口は止まらなかった。

私が何か企んでいるのではと、これでもかと疑っている。

「別に、恩を売るつもりはないわ。単純に、相応しい人が見つからなかっただけ」

「本当に？」

「嘘はついていませんよね？」

「ええ、神に誓って」

神の名を出したら、ようやく信じてもらえたようだ。

ディアーヌとリリアーヌは互いに顔を見合わせる。このまま了承すると思いきや、姉のディアーヌが首を横に振っていた。

「せっかくのお話だけれど、お断りをします」

まさかの返答に驚く。なんでもすでにガブリエルの大叔父、彼女らからしたら祖父の悪評は王都で噂になっているらしい。そんな中で働けるわけがないと主張する。

引っかかっている点はそのひとつだけではないらしい。

「ずっとずっとあなたが醜く思えて、大嫌いで、消えていなくなればいいと思っていました」

けれども、いざいなくなったと聞かされた瞬間、私がいなくなるよう願っていた自分のせいだと責めてしまったらしい。私が無事だったと知って、深く安堵したようだ。

「醜いのは自分自身だと気づいたのです。あなたへの妬みから、たくさん嫌がらせをしてしまいました。そんな人間が、罰を受けずにのうのうと暮らしていいわけがありません」

身内の逮捕を受けて、ディアーヌは心を入れ替えたようだ。

「しばらく、修道院で一度心を入れ直してきます」

どうせ、平穏無事な生活は送れないだろうという。修道院にいるほうが心穏やかでいられるかもしれないと話していた。

「フランセットさん、やっぱりあなたのことは大嫌いですわ。これから先は、関わらないようにいたしましょう」

最後の最後まで、憎まれ口を叩く。けれども、どこか憎めない。

次に会ったときは、もう少し仲良くなれたらいいなと思ってしまった。

事件から三か月も経つと、スプリヌ地方にも平和が訪れる。釈放された父は帝国に呼び出され、母や姉からこってり絞られたらしい。

没収されたメルクール公爵家の財産及び屋敷は返還された。だが、父はしばらく質素な暮らしをすることを望み、屋敷は分家の者に託して、自らは下町の家で暮らしているようだ。愛人との関係もすべて絶ち、真面目に仕事をする毎日だという。

よほど、母や姉に怒られたに違いない。

マクシム・マイヤールがガブリエルからせしめた二十万ゲルトは返還されたようで、私も借金返済から解放されたわけである。

持参金やスプリヌ地方にやってきた際にかかった準備費用も、父がきっちり用意してくれたようで、ホッと胸をなで下ろした。

秋になると、エスカルゴの捕獲と出荷で忙しくなった。加えてトリュフも、大量に注文が入る。湖水地方の名物として、王都で評判となりつつあるらしい。観光客も増えつつあるようで、これからますますスプリヌ地方は賑わうだろう。

目が回るような日々であったが、ある日ガブリエルからデートのお誘いがあった。

なんでも、スプリヌ地方では年に一度、流星群が観測されるらしい。一緒に観（み）ないかと、誘われたのだ。もちろん、喜んでと返す。

デートなんて、生まれて初めてである。

コンスタンスにどんなドレスがいいか相談したら、胸元（むなもと）が大きく開いたピーコックグリーンのドレスを用意してくれた。

これは少々露出（ろしゅつ）が高くないか。そう思った瞬間、リコが分厚い外套を用意してくれる。

夜は冷えるので防寒したほうがいいらしい。ココが毛皮の襟巻（えりま）きを巻いてくれた。

最後にニコが、アレクサンドリーヌを膝（ひざ）に置いていたら温かいと託してくれた。

約束の時間となり、ガブリエルの部屋へと向かう。

「フラン、ようこそ。どうぞこちらへ」

「え、ええ。ありがとう」

ガブリエルの部屋の露台（バルコニー）には、長椅子（ながいす）とテーブルが運ばれていた。足下（あしもと）には毛足の長い絨毯（じゅうたん）が敷（し）かれている。なんとも優雅（ゆうが）なスペースだ。

温かいスープと、カナッペやサンドイッチなどの軽食、果物の盛り合わせにベリーパイなどのスイーツ、ホットワインなども用意されていた。至（いた）れり尽（つ）くせりというわけである。

「まあ、すてき！　まるでパーティーだわ」

「流星群が見られなくても楽しめるように、いろいろ用意してみました」

「ありがとう」

ガブリエルは眼鏡のブリッジを素早く押し上げていた。その行為は、照れたときにするものだというのを最近気づいた。他にも癖がないか、探している最中である。

「じゃあ、ガブリエル。本日の抱擁をしましょう」

「業務連絡のようですね」

「ロマンチックに誘う方法は、よくわからないのよ」

「あなたらしくていいと思います」

一日一回、抱擁するという約束は、欠かすことなく行われていた。毎日していたら慣れるのではないか、というガブリエルの提案からするようになったが、いまだに新鮮な気持ちで照れている。本日も、無駄にドキドキしてしまったのは言うまでもない。

「今日は、お風呂に入ってきたのね。いつもの匂いに、石鹸やシャンプーの匂いが少しだけ混ざっているわ」

「なんですか、いつもの匂いって？」

「ガブリエルの匂いよ。香水の匂い？」

「いいえ、香水は付けていないです。おそらく、服に残った洗剤の香りとか、体臭とか、いろんな匂いが混ざったものではないのかなと」

「そうかもしれないわ」

いつもと少しだけ匂いが違ったので、余計にドキドキしてしまったのかもしれない。

「匂いをかがれていたなんで、知りませんでした。普通に恥ずかしいです」

「ごめんなさい。なんていうか、かいでいると、ホッとするの」

「ホッとする……。まあ、気持ちはわからなくもないのですが」

ガブリエルもまた、私の傍に寄ると香る匂いが落ち着くという。お互い様ということで、許してもらおう。

長椅子に並んで腰かける。膝の上にいるアレクサンドリーヌは、大人しくしていた。最近はガブリエルに慣れたのか、喧嘩をふっかけることもなくなった。

「アレクサンドリーヌ、なんだかうとうとしていますね」

「三十七回目のお見合いをして、雄のアヒルと戦ったようなの」

獰猛アレクサンドリーヌの名は健在で、せっかくニコがお見合い相手を探してきても、受け入れようとしないらしい。今日は跳び蹴りをしそうになったので、ニコが全力で止めたようだ。

「まあ、結婚だけが幸せのすべてではありませんから」

「本当に、そう思うわ」

ガブリエルは険しい表情で、私を見る。何か変なことを言ったのか、と言動を振り返ってみる。おそらくだが、結婚しなくても幸せだという旨を発言したからだろう。

「結婚しても、しなくても、人は幸せになれるっていうだけの話だから」

「よかったです。この場で、婚約破棄されるのではないかと、ドキドキしました」

「大げさね」

ガブリエルは遠い目をしながら言う。これまで、私にいいところを見せられなかったと。

「いいところしか、見ていなかったと思っているけれど」

「何かありましたっけ？」

「初めて出会ったときに、颯爽と登場して助けてくれたこととか」

「颯爽と……？　生け垣の隙間から、這いつくばって登場した、かっこ悪いとしか言えない状況だったように記憶していますが」

「そうだったわね。なんだか、記憶をねつ造して——あ!!」

這いつくばって登場するガブリエルという当時の様子を思い出していたら、引っかかる点があった。

同じような状況のガブリエルを、過去に目撃していたのだ。すぐに、それがいつだったか記憶が甦った。

「私、社交界デビューの晩に、あなたに会っているわ!!」

ガブリエルは飲んでいたワインをすべて噴き出した。

「ちょっと、大丈夫!?」

「げほっ、げほっ！　うっ……だ、大丈夫、ではないかもしれません」

ガブリエルの背中を摩り、落ち着くまで待つ。

息が整ったところで、初めて出会った晩について話す。

「あなたたしか、会場の廊下で、蹲っていたわよね？」

「ええ、まあ」

「いやだわ。どうして今まで忘れていたのかしら」

「一生、忘れていてほしかったのですが」

「どうして？」

「だって、かっこ悪いでしょう？」

「いいえ、そんなことないわ。誰にだって、具合が悪い時はあるし」

ガブリエルは背中を丸め、ずーんと落ち込んでいた。すぐさま彼の手を握って、訴える。

「今、思い出したの。姉が婚約破棄と国外追放されたときに、皆、蔑むような目で私を見ていたの。でも、あなただけは辛そうに、顔を背けていた」

気の毒に思ってくれる人も中にはいたのだと、励まされるような気持ちになった記憶が甦ってきた。当時の記憶が衝撃的過ぎて、今日まですっかり忘れていたけれど。

「私は、アクセル殿下のように、フラン、あなたを助けられませんでした。それが、どうしようもなく情けなくて……。当時の感謝すら、できないようないくじなしなんです」

「それでよかったのよ、きっと」

あの時、助けられていたら、私は誰かに依存して暮らすことしかできない、つまらない女になっていただろう。

「今、スプリヌ地方で働く自分を誇りに思っているの。ひとりだけでは、なしえなかった。ガブリエル、あなたの力があったから、やってこられたのよ」

「フラン……」

ガブリエルも手をきゅっと握り返してくれた。

ふいに、膝の上で大人しくしていたアレクサンドリーヌが、空を見上げて「グワッ！」と鳴いた。つられて、私とガブリエルも空を見上げる。

「あ、流星群！」

流れ星が空を駆けていく。一瞬（いっしゅん）しか見えないものの、次々と星々が流れていった。

「きれい……！」

「ええ」

星が流れる一瞬のうちに、願いを唱えると叶（かな）う、などという伝説があるという。

「フランは何を願いますか？」

「それは――」

ガブリエルの耳元で囁く。あなたと幸せな結婚ができますように、と。

しばし見つめ合う。ガブリエルは眼鏡を外し、胸ポケットにしまう。

そして、彼の指先が私の顎（あご）にそっと添えられた。瞼（まぶた）を閉じると、優（やさ）しくキスされた。

小鳥が木の実を啄（ついば）むような優しい口づけだったが、私には破壊力（はかいりょく）が大きい。信じられないくらい、ドキドキしてしまった。

ぴったり密着しているので、どうかガブリエルにバレませんようにと願った。たくさん流れ星が夜空を駆けているので、叶えてくれるだろう。

「私は、流れ星の力を借りずとも、フラン、あなたを幸せにします」

キスは、誓った約束を封じるために行うものでもあるらしい。

もう一度、私達は口づけを交わす。

ガブリエルはうっとりとした表情で、私を見つめる。

これが年上の余裕かと思っていたら、次の瞬間には眼鏡のブリッジを指先で押しあげようとしたものの――残念ながらそこに眼鏡はない。

「また、おかしな行動をお見せしてしまいました」

ガブリエルにとっての眼鏡は体の一部で、かけていないときもあるように思い込んでしまう瞬間があるらしい。

「あなたの前では一生かっこつけていたいのに、上手くいかないものです」

「私は、ガブリエルのそういうところが大好きだから」

「本当に？」

「ええ。嘘は言わないわ」

あなたはどう？　と質問を投げかけると、ガブリエルがぐっと接近し、耳元で囁く。

「フランセット、私はあなたを、心から愛しています。これから先の未来も、永遠に」

ガブリエルの愛の言葉は、口づけをもって封じられる。

流星群の下で、私達は永遠の愛を誓ったのだった。

スライム大公と没落令嬢のあんがい幸せな婚約1　完

プルルンと契約したガブリエルという男は、とにかく風変わりな人間である。

死にかけていたプルルンを救い、契約を持ちかけた。それだけでなく、彼はプルルンに言葉と知識を与えた。

ガブリエルはスライムが繁殖しやすい環境にある土地の領主で、営みの妨害となるスライムを鬱陶しく思っていた。

けれども積極的に駆除するわけでなく、手にかけるのは襲ってきた個体だけであった。害のないスライムは生かすのである。

契約関係となったプルルンに対しても、支配下に置くのではなく、敬意のようなものを示しながら付き合っていた。

そんな態度など最初だけだろう。プルルンはそう思っていたが、何年経ってもガブリエルは変わらなかった。

ガブリエルは賢く、才気に溢れ、学習能力も高かった。けれども人間的に不器用で、彼の頑張りはなかなか理解されなかった。

ずっとずっと孤独だったが、それをよしとしているわけではない。要領が悪い彼は対話を苦手としていたのだ。

心の奥底では、努力を認めてもらい、あわよくば褒めてもらいたいという欲求があったに違いない。プルルンは傍にいて気づいていたが、スライムなんぞに褒められても嬉しくないことはわかっていたので何もいわなかった。

領民どころか家族ですら、変わり者のレッテルを貼ってしまうような男だったが、いつしか恋を知った。

初めての感情に、どうすればいいのかわからないといった様子だった。

恋は彼に劇的な変化をもたらす。

これまでのガブリエルは、他人と関わろうとしなかった。けれども恋を知ってからというもの、人との関わりを厭わなくなったのだ。

人は短期間でこうも変わるものかと、プルルンは信じがたい気持ちになる。

ガブリエルが恋心を抱いたフランセットというご令嬢は、日々の暮らしにも困窮するような娘だった。

そんな彼女を、ガブリエルは陰ながら支援していた。

傍にいたプルルンは、まどろっこしいと思ってしまう。

人間達には結婚という、他人が共にいることが許される制度がある。それを使って彼女を助ければいいではないかとプルルンが進言するも、ガブリエルは頷かない。

自分みたいな男はフランセットに相応しくないと思っているらしい。

プルルンは気づく。ガブリエルの立派な功績について、本人がもっともわかっていないのだと。どうすればいいのかと、プルルンは思い悩んだ。

というのも、プルルンに寿命が迫っていたからだ。スライムはもともと長く生きない。短くて三日ほど、長くても一年程度しか生きない。

それゆえに、スライムは最弱とされる生き物なのだ。

プルルンはガブリエルと契約していたので、他のスライムよりも長生きだった。

けれども、命に限界が訪れていたのはよくよく理解していた。

自分がいなくなったらガブリエルはどうなるのか。想像すらしたくなかった。

ガブリエルはプルルンにだけ、独り言を呟くように弱音をはく。プルルンがいなくなったら、ガブリエルは壊れてしまうだろう。

ガブリエルが孤独にならないように、絶対に結婚させないといけない。そう思い説得を重ねるが、ガブリエルは頷かなかった。

大喧嘩となり、最終的にプルルンはガブリエルのもとを飛び出す。絶対にフランセットとガブリエルの縁を繋げてやる。そんな意気込みで王都にやってきたのだ。

想定外だったのは、思いのほか王都が遠かったこと。辿り着いたときには、プルルンの体はすっかりカピカピになっていた。

もうダメかもしれない。そう思った瞬間、プルルンは何者かに救出される。

その相手こそ、ガブリエルが恋心を寄せるフランセットだった。

彼女はガブリエルが話していたように優しい女性(ひと)である。そんなフランセットがガブリエルの傍にいたら、どれだけ幸せか……。

彼女との縁を手放してはいけない。そう思ったプルルンは、フランセットの家に居候(いそうろう)を続けた。こうしていたら、契約で結ばれたガブリエルが迎(むか)えに来るからだ。

プルルンの作戦は大成功だった。ガブリエルはフランセットの前に現れ、ふたりは見事結婚の約束を交(か)わす。

それからというもの、ガブリエルを取り巻く環境は変わっていった。

フランセットはガブリエルの研究に理解を示し、心からの賞賛をした。それだけでなく、それを周囲にもやわらかい言葉で伝えていったのだ。

人々はガブリエルが長年やっていたのは怪(あや)しい研究ではなく、領地をよくするための活動だったのだと気づく。

フランセットはさまざまな者と交流し、ガブリエルのすばらしさを伝えていった。そうすれば、彼の周りをたくさんの人達が取り囲み、笑顔(えがお)が溢れる。

フランセットのおかげで、ガブリエルの長年の努力は報(むく)われたのだ。

こんなに嬉しいことはない。プルルンは幸せそうに微笑(ほほえ)むガブリエルを見ていると、涙(なみだ)がぽろぽろと零れてきた。

もう、ガブリエルはプルルンがいなくても大丈夫なのだ。

幸せそうなガブリエルを眺(なが)めながら、プルルンは生涯(しょうがい)を終えようとしていた。

目を閉じた瞬間、プルルンに不思議な力が宿る。生命力がみるみる溢れてきたのだ。

これは精霊化だと、プルルンは理解した。

ガブリエルのために奔走しているうちに、プルルンの力は精霊界に認められたようだ。

プルルンの命は尽きなかった。奇跡が起きたのだ。

喜びが爆発したプルルンは、ガブリエルとフランセットのもとへ跳びはねていく。

ガブリエルに体当たりする形となり、彼は美しい弧を描いてぶっ飛んでいった。

「プルルン！　何をするのですか！」

『う、うれしくて!!』

「体当たりは喜びの感情を示すものではありません！」

『うん、ついうっかり。ごめんねー』

「ごめんですまない衝撃ですよ！」

『すまないー』

「言い換えたら許される問題でもありません！」

フランセットが笑っている。それにつられて、ガブリエルも笑顔になった。

プルルンは幸せだと思う。

それは、プルルンの努力で勝ち取ったものであったのだ。

書き下ろし番外編◆クランベリースコーンを焼いて

生暖かいばかりだった風が、少し乾いたように感じる。それはスプリヌ地方の秋の訪れだと、ガブリエルが教えてくれた。

湖水地方の秋は、キノコとベリーのシーズンとなる。先日、私は三つ子の侍女を連れて、ベリー狩りに行った。中でも、クランベリーは大粒の実を生らしていた。

あまりにも大量に採れたので、天日干しにしてドライクランベリーを作っていたのだ。

今日はそれを使って、スコーンを焼く。

バターは角切りにし、小麦粉、ふくらし粉、塩を加え、切るように混ぜていく。ここで、ドライクランベリーを投入。次に溶き卵に牛乳を混ぜたものを入れ、生地をしっかりこねる。

生地がまとまったら、めん棒で伸ばして型抜きするのだ。

メルクール公爵家の菓子職人に習った、砂糖を使わないスコーンである。

温めておいた窯で焼くこと二十分――クランベリースコーンの完成だ。

ちょうどいいタイミングで、ガブリエルの帰宅が知らされた。

私は玄関まで迎えに行く。ちょうど、従僕に上着を脱いで預けているところだった。私の存在に気づいたコンスタンスが、こちらを示しながら「フランセット様がお迎えのようです」とガブリエルに教えてくれた。

突然、私が現れたのでガブリエルを驚かせてしまった。目が零れそうなくらい見開いている。

「おかえりなさい、ガブリエル」

「ただいま戻りました。何かあったのですか？」

「クランベリースコーンが焼きたてなの。一緒にいかが？」

「ええ、いただきます」

そんなわけで、ガブリエルとお茶をすることとなった。

ちょうど、迎賓の間に暖かな日差しが差し込む時間だという。

初めて入った迎賓の間は白亜のマントルピースが美しく、水晶のシャンデリアが輝き、サテンウッドのローテーブルに、フェザークッションの長椅子が置かれた瀟洒な空間だった。

マントルピースの前にある特等席をガブリエルは勧めてくれた。

腰かけたのと同時に、リコとニコがお茶とスコーンを持ってきてくれる。あとは私がすると言うと、リコとニコは退室していく。

ティーカップにお茶を注ぐと、品のよい香りが漂った。それをガブリエルへ差し出す。

ガブリエルは一口飲むと、ホッとしたような表情を見せていた。そんな彼を眺めつつ、私も紅茶を飲む。

リコとニコが淹れてくれた紅茶は、とてもおいしかった。

「思っていたよりも、早かったのね」

「ええ。いつもより早く帰りたいなと思いまして」

「あら、ごめんなさい。何か用事があったの？」

ガブリエルは視線を宙に泳がせ、何やら口ごもる。

「忙しいって知らなかったの。誘ってごめんなさい」

「いいえ、違うんです。ぜんせん忙しくありません。その……あなたが家にいるので、早く帰りたかっただけです！」

「え？」

何か約束していたわけではなかったのに、ガブリエルは私がいる家に帰りたかったらしい。

恥ずかしかったのか、ガブリエルの頬はほんのり赤かった。

「すみません。気持ち悪いですよね、こんなの」

「いいえ、そんなことはないわ。私も、ガブリエルが帰ってきたら、嬉しかった」

そう答えると、ガブリエルは微笑んでくれた。今の私は彼よりも、顔を赤くしていることだろう。

「スコーンを食べましょう。この前、森に採りにいったクランベリーを使っているの」

「ええ、いただきます」

クランベリーが入っているので、ジャムは載せずにクロテッドクリームのみで食べる。

スコーンを手で半分に割り、クロテッドクリームを載せた。

先にガブリエルが頬張る。

「――おいしい！　しっとりした生地に、クランベリーの甘酸っぱさがよく合います」

お口に合ったようで、何よりである。作った甲斐があるというものだ。

続けて私も食べてみた。

噛んだ瞬間、クランベリーの甘さと酸味がジュワッと溢れ、口の中へと広がっていく。これが、バターたっぷりの生地と相性がいいのだ。

ガブリエルと共にお茶を飲み、スコーンを食べ、何気ない話をする。

そんなささやかな時間を、私は幸せに思った。

あとがき

はじめまして、江本マシメサと申します。

この度は『スライム大公と没落令嬢のあんがい幸せな婚約』をお手に取ってくださり、まことにありがとうございました。

こちらの作品は魔物の名を冠する魔物大公と呼ばれる貴族達が存在する世界で、その中でもスライム大公がメインとなっております。

物語の主人公格のキャラクターならば、かっこよくドラゴンを従えてほしいものですが、ガブリエルがテイムするのはスライム達です。

主人公であるフランセットは第二王子アクセルの保護を断り、下町にある借家で自立した暮らしを送る女性でした。

そんなふたりが出会い、始まる物語です。

完璧ではないフランセットとガブリエルが、手と手を取り合って支え合う様子を、お楽しみいただけたら嬉しく思います。

この『スライム大公と没落令嬢のあんがい幸せな婚約』はウェブで連載していたもので、タイトルにありますとおり、ガブリエルとの婚約関係で物語は終了します。

書籍化も一冊で完結するつもりで書いていたのですが、なんと、第二巻が発売するそうです！

ウェブ版にはない、完全書き下ろしのエピソードとなっております。

今回、名前だけちょこっと登場した、セイレーン大公がメインの物語となっております。

先日、美しすぎるセイレーン大公のキャラクターデザインをいただきまして、私自身も二巻の発売が心待ちになっているところです。

原稿は現在書き終わって改稿中ですが、皆様に楽しんでいただける物語をお届けできるよう、よりいっそう頑張りたいと思います。

ぜひとも、お手に取っていただけたら幸いです！


今回、凪かすみ先生にイラストをご担当いただきました。

凪先生のことはデビュー前より存じておりまして、いつかご一緒できたら、と思っておりました。

スライム大公～のイラストをご担当いただき、本当に光栄でした！

フランセットは清らかで美しく、たおやかな雰囲気が大変すばらしいです。

ガブリエルは端正なお顔立ちで、とてもかっこいいです。

プルルンをはじめとするスライム達もかわいくて、デザインが届くたびに癒やされておりました。

ドレスや小物も精緻で美しく、デザインが届くたびに幸せな気持ちになっておりました。

凪先生、本当にありがとうございました！

今後ともどうかよろしくお願いいたします。


そしてそして、『スライム大公と没落令嬢のあんがい幸せな婚約』ですが、コミカライズをしていただくこととなりました。

前作、〝『王の菜園』の騎士と、『野菜』のお嬢様〟でお世話になった狸田にそ先生に、再度ご担当いただきます。

王の菜園が最終回だと聞いたときは寂しい思いに駆られていたのですが、スライム大公も描いていただけると聞いて、喜びの舞いを踊ってしまいました。

狸田先生、これからもよろしくお願いします！

話は戻りまして……。

コミカライズ版のフランセットは溌剌としていて可憐で、ガブリエルはスラリとしていてかっこよく、ふたりとも魅力が増し増しで描いていただいております。

小説版と共に、コミカライズ版もどうぞよろしくお願いします。

『スライム大公と没落令嬢のあんがい幸せな婚約』の書籍化におきまして、さまざまなお方のお力を借り、刊行まで繋げることができました。

ありがとうございました！

最後に読者様へ。

お手に取ってくださり、心から感謝します。ありがとうございました。

どうか二巻でも会えますように、と願っております。

コミックファイアにて
コミック大好評連載中!!
漫画：狸田にそ
https://firecross.jp/comic

2023年春、発売予定!!

スライムを偶然拾ったことをきっかけに始まった、フランセットとガブリエルの婚約生活。フランセットの父親のせいで結婚こそまだなものの、二人はその仲を順調に深めていた。そんなある時、ガブリエルと同じ魔物大公の一人、セイレーン大公・マグリットが突如領地にやってきてしまう。ガブリエルと親しげに話す美女・マグリットの登場にフランセットは気が気でなくて——

2

江本マシメサ
イラスト 凪かすみ

スライム大公と没落令嬢のあんがい幸せな婚約

slime taikou to botsuraku reijou no angai shiawasena konyaku

魔物大公会議の準備に、新商品の開発など、フランセットは大忙し!
二人でスライム領地を盛り上げる愛し愛されファンタジー、第2弾!

カライズ決定！
コミックでも転生幼女が大活躍！
漫画●夏河もか
原作●彩戸ゆめ
キャラクター原案●まろ
コミカライズ版
『コミックファイア』にて
2023年春 連載開始予定！

Grand
次回予
Avail
2
なんとか黄金のリコリスを手に入れ、
魔力過多による死亡フラグを乗り越えたレティシア。
お兄様からの溺愛もますます加速し続ける中、遂に小説本編
の時間軸――つまりお兄様が魔法学園へと入学することに！
年齢の関係でしばらくお留守番なレティシアだけど、お兄様の
ラスボス化フラグを折るために引き続き頑張ります！
グランアヴェール
お守りの魔導師は最推し
ラスボスお兄様を救いたい
第2巻 2023年9月発売予定！

次巻予告

誕生日にアイ＝ファとの繋がりを強くしたアスタ。
そんなアスタの新たな一年は、銀色の獅子の紋章を掲げ、
軍勢を率いた王都の視察団たちによって幕を開けた。
彼らと共に戻ってきたレイトに
――忠告を受けつつも、――
護衛団によってケガをした
ミラノ＝マスに代わってアスタは宿の調理を
手伝うことになってしまって――
Author EDA
Illust. こちも
異世界料理道
VOLUME 30
Cooking with wild game.

喜びの再会と新たな波乱で始まる
新章突入の第30弾！
2023年春発売予定

HJ NOVELS
HJN71-01

スライム大公と没落令嬢のあんがい幸せな婚約 1

2023年2月20日　初版発行

著者——江本マシメサ

発行者—松下大介
発行所—株式会社ホビージャパン
〒151-0053
東京都渋谷区代々木2-15-8
電話　03(5304)7604（編集）
03(5304)9112（営業）
印刷所——大日本印刷株式会社
装丁——coil／株式会社エストール

Printed in Japan
ISBN978-4-7986-3080-9　C0076